時雨亭文庫

二

俊頼髄脳

冷泉家時雨亭文庫 編
冷泉為臣 稿
鈴木徳男 校正・解題

和泉書院

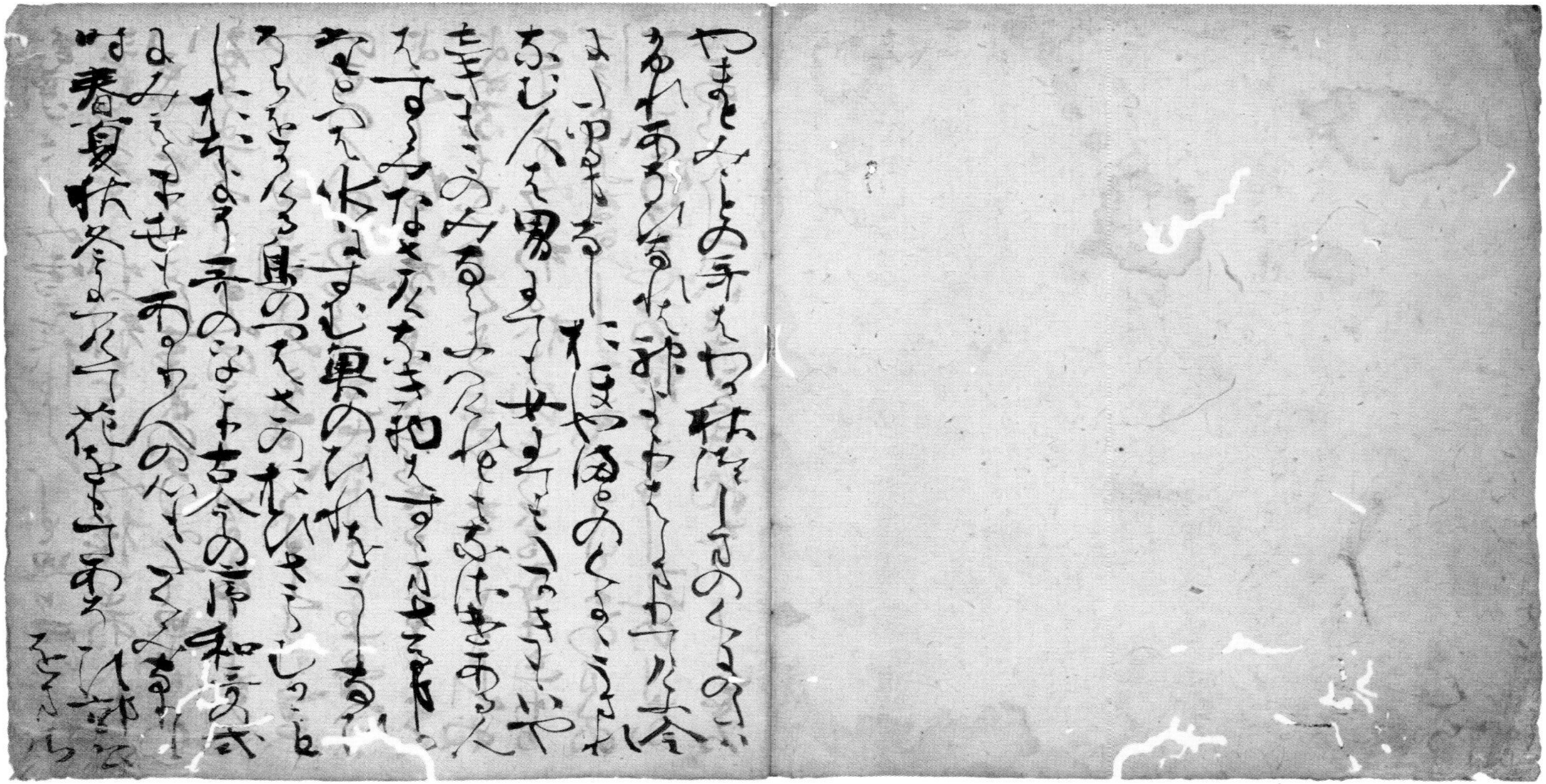

見返しと一丁表　定家書写の部分（二丁表までが定家筆。本書17頁）

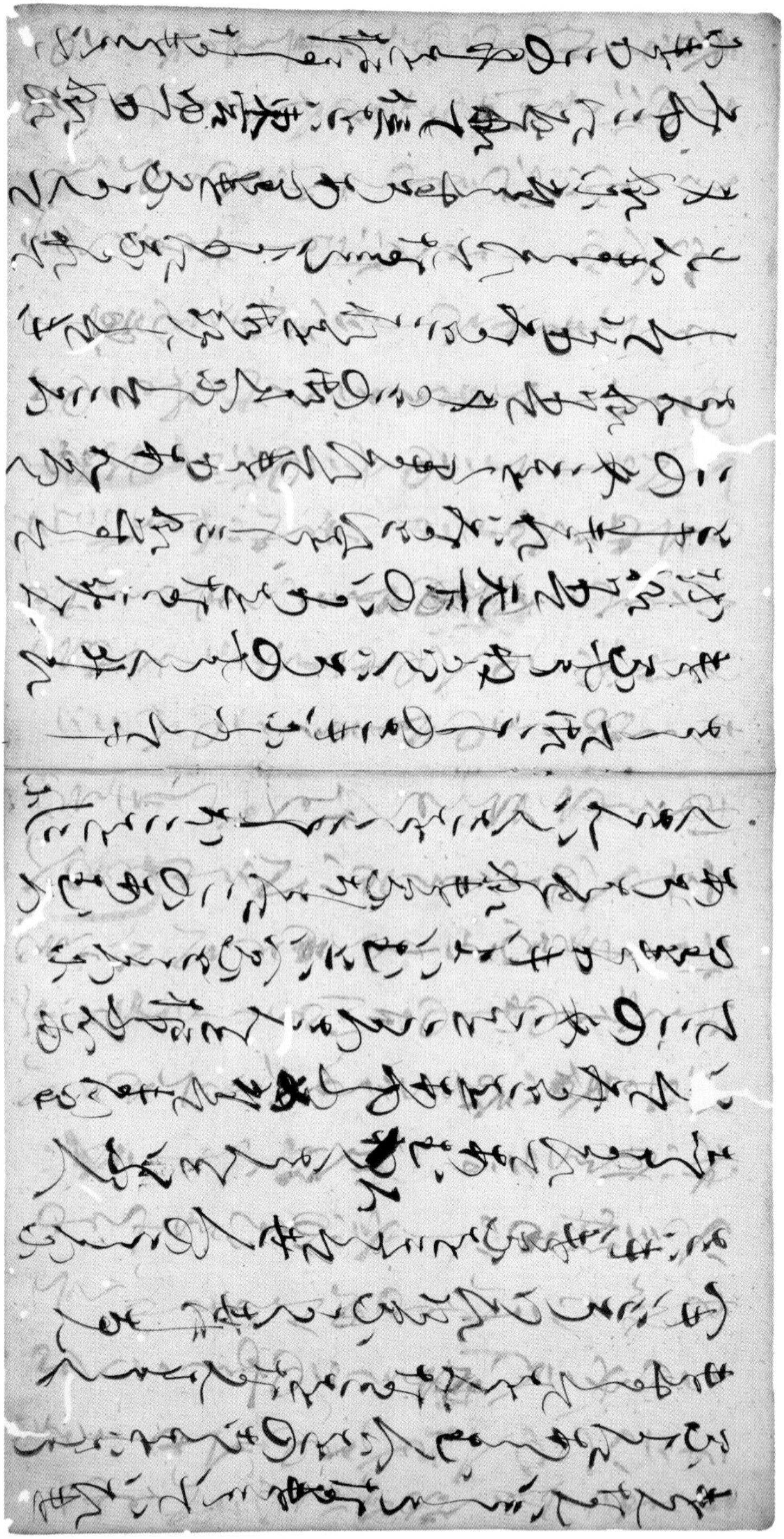

二〇三丁裏と二〇四丁表　定家側近の書写

（二〇三丁裏10行目「あむ」と二〇四丁表5行目の「あん」の箇所に朱の合点が認められる。本書277、278頁）

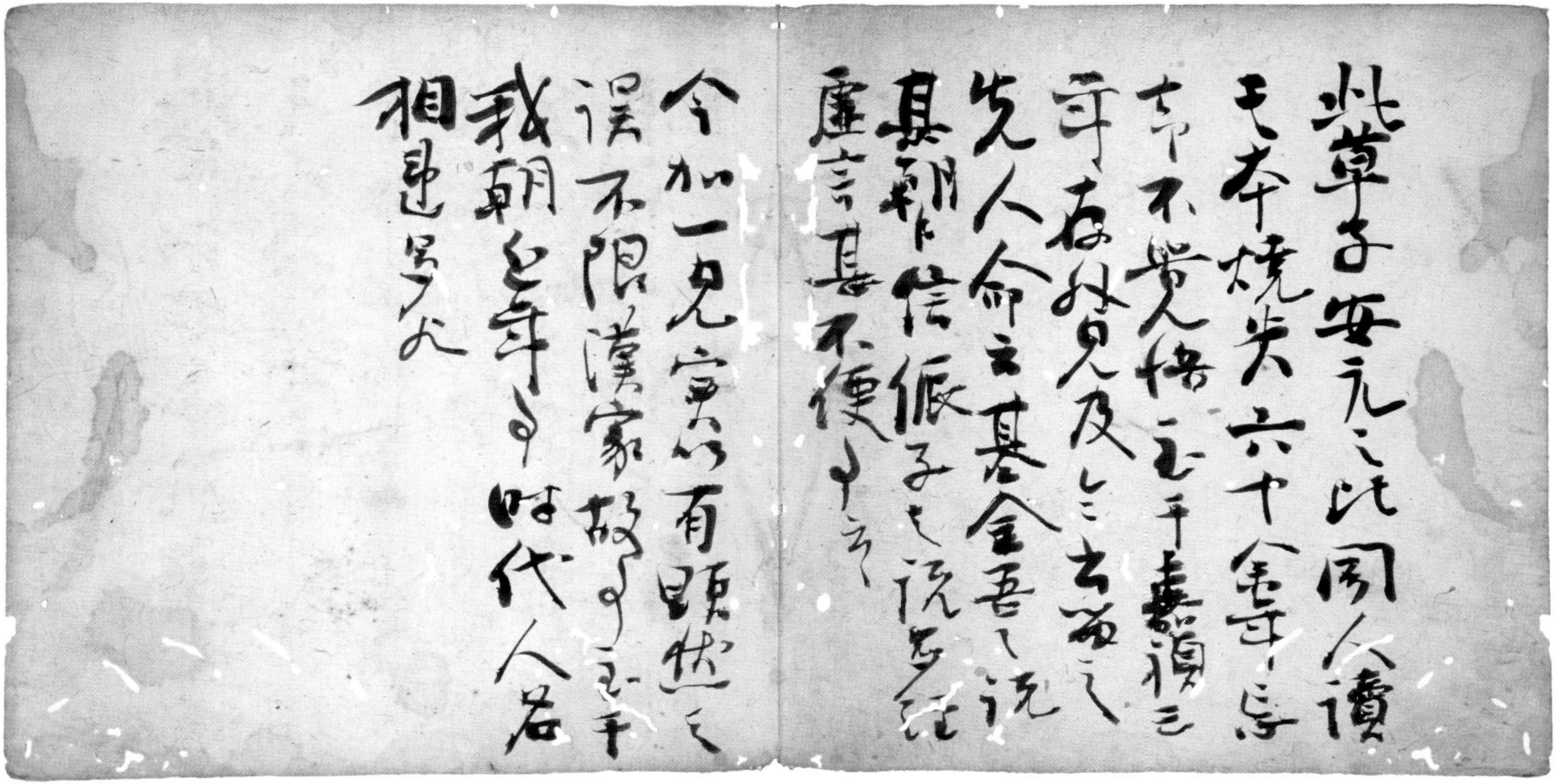

定家自筆の奥書（本書322、323頁）

冷泉為臣の『時雨亭文庫』

冷泉為人

この度、冷泉為臣《ためおみ》の著作『時雨亭文庫㈠』の復刻（オンデマンド版）と、同為臣の完全な生原稿として近年発見された『俊頼髄脳』が時雨文庫㈡として和泉書院から出版されることになった。これは誠によろこばしいことである。公益財団法人冷泉家時雨亭文庫にとっても、冷泉家にとっても。

冷泉家二十三代為臣は実に悲運な当主であった。彼に終戦前年の昭和十九年四月九日、臨時召集令状が届き、その五ヶ月後に中国・長沙で酷《ひど》い下痢により死亡している。時に為臣、三十三歳。

この出征の時、為臣は「冷泉家代々、文をもって朝廷にお仕え申し上げて参りましたが、本日より私は武をもって陛下にご奉仕申し上げます」、と挨拶をしたと伝えている。

若い命を中国で散らした彼は、帰国したら私には、「やるべき仕事がある」、ということをよく話していたという。

戦争は、ほんとうに理不尽な「ムゴイ」、無意味なこと。国家権力の絶大さと、無責任さがあるだけ。そしてそこに残るものは、「無念さ」と「無常観」のみ。

父為系《ためつぎ》は為臣の死を知った時、「これで男系は絶えた」と絶句したと伝えている。さらに嫡男でありながら先立った幸少ない息子為臣を、「自分の次の当主として遇するように」と遺言している。

為臣は、少年のころより理科が好きで化学の実験に没頭したり、他方では音楽にも堪能でバイオリンを得意とした。しかし冷泉家のことを思い、東京の國學院大學に進み、国文学を専攻し、在学中にすでに「冷泉家披講小考」（のちに昭和十八年八月十四日に小冊子をまとめている）を書き、卒業論文は「藤原俊成卿の研究」であった。

為臣のいう仕事は、彼の著書『時雨亭文庫㈠』の序文（昭和十七年十二月二十五日）に明記されている。冷泉家の歴史と文化のことを、「時雨亭は我が嚢祖《のうそ》京極黄門定家卿の命ぜられし自からの山荘の名なり。其の名を伝へて七百余年、我が文庫に命じて用ひしなり」「抑々《そもそも》我が家系は御堂関白の六男、長家卿に源を発したりしが、後冷泉天皇より歌道を以て家業となすべき由勅《よしちょく》（みことのり）を拝す。爾来九百有余年の星霜、此の一道を以て業とはなせり」と記述し、さらに「明治開化の御代になりて父卿五部抄を上梓してその序に曰《いわ》く、『以後祖先の著或は書写にかゝるものにして、しかる可きものは上梓するに吝《りん》（やぶさか）ならず。』」と「時雨亭文庫」出版の意味と決意のほどを明示している。

この考え方が元になり、今日の公益財団法人「冷泉家時雨亭文庫」や、「冷泉家時雨亭叢書」（一〇〇巻）へとつながっているのである。

為臣歿後の七十余年にして、このような出版がなされることはまさに稀有なことで、冷泉家二十三代為臣も天上からよろこんでいることであろう。

為臣

紫に咲ける嵯峨野の花すみれ
摘みあかぬ間に日は暮れてゆく

目次

解題

鈴木徳男

一、源俊頼と髄脳

平安後期を代表する歌人、源俊頼（一〇五五～一一二九）の歌人としての生涯は、勅撰集で言えば、『後拾遺集』（応徳三年〈一〇八六〉成立〈時に三十三歳〉）と、最晩年に撰者となった『金葉集』の成立（天治二年〈一一二五〉ころ）の間に位置づけられる。

寛治三年（一〇八九）四条宮寛子扇合や寛治八年高陽院七番歌合（俊頼四十歳、判者は父である経信）あたりの三十代後半の寛治年間に歌人的出発が認められる。九州で経信が亡くなった嘉保四年（一〇九七）から堀河天皇崩御の嘉承二年（一一〇七）ころまでの十年間程は、生涯の中でも花々しい時代であった（宇佐美喜三八「源俊頼伝の研究」『和歌史に関する研究』復刻版、一九八八年）。この間のめざましい業績として『堀河百首』での指導的役割などが指摘できる。

その後、『俊頼髄脳』の執筆（天永二年ころ、五十七歳）を経て、元永元年（一一一八）六月、藤原顕季亭での人麿影供では和歌の「宗匠」と称されるようになり、元永から保安にかけての忠通家の歌合では、詠者のみならず判者として中心的な活躍がみられる。

やがて、白河院により勅撰撰者を仰せつかり、『金葉集』を編纂する。千六百余首を収めた大部の家集『散木奇歌集』を残し、七十五歳で亡くなった。

和歌史をふまえ俊頼の生涯をふりかえると、五十代後半に書かれた『俊頼髄脳』の意義は、ひとつの画期を示しているように思われる。官途においては、近衛少将、左京権大夫などを歴任し、最終の官となった木工頭を天永二年に辞した後に執筆していることになる。

髄脳といわれる歌学書は、「光仁天皇は詔をくだして歌標をたて、喜撰法師は勅をうけたまはりて髄脳をつくれり。これのみにあらず、南をさすにたへたるふみ、なかごろもまま出来にけり」（仁安年間成立の『和歌現在書目録』の仮名序、この目録には「髄脳家」という分類がある）とあるように、この時代、陸続と著され、作歌の指南書（「南をさすにたへたるふみ」、真名序に「古今の髄脳、併《とも》に指南の玩びと為《な》れり」ともある）として重宝された。なかでも『俊頼髄脳』は五家髄脳のひとつとして重んじられた（『八雲御抄』巻第一正義部「学書」。他は『新撰髄脳』（公任）、『能因歌枕』、『綺語抄』（仲実）、『奥義抄』（清輔）の諸書）。

一口に髄脳といっても、時代や著者、執筆意図によって内容は多様である。『俊頼髄脳』（以下、本書）は、知足院忠実の娘（後の高陽院泰子）の后がね教育のために著された（顕昭本奥書、『今鏡』すべらぎ中）。和歌の姿・歌病から、歌語の解釈、詠み方や詠作の背景にある歌人たちの逸話まで、生き生きとした筆致で記されている。歌病や秀歌等の例、異名についての記述は、もともと「古き髄脳」にあったものであるが、それらを踏襲しつつ、歌病には寛大な態度がみられ、秀歌例には独自の和歌観がよみとれる。また従来の髄脳にない歌徳説話や歌題と詠み方、連歌の表現などには特異な内容を含み、後半の和歌注釈や歌人の逸話には説話的要素がふんだんにみえ、この髄脳のユニークさを示している。後世に及ぼした影響は大きく、『今昔物語集』の編者が披見しており、説話的な魅力もある。

国会図書館蔵本の題簽によって流布通行した「俊頼髄脳」という作品名は、著者名と普通名詞の髄脳をあわせたもので、本来の書名ではないであろう。『和歌現在書目録』では「俊頼口伝抄」、『古来風体抄』は「俊頼朝臣口伝」と引いており、『袖中抄』は「無名抄」（冷泉家時雨亭文庫本などは初出の箇所に「俊頼髄脳」と小字の注記がある）、『八雲御抄』でも「俊頼無名抄」などと記され、伝本においても「俊秘抄」「唯独自見抄」などさまざまに称されている。後述のように冷泉為久書写本の表紙には「源木工秘抄」とある。「俊頼髄脳」で本書を指す早い例として顕昭『散木注』での用例が知られるが、この場合も「俊頼の髄脳」の意かと思われる。

二、定家本『俊頼髄脳』と研究史

さて、一般に本書を読む場合、例えば新編日本古典文学全集『歌論集』（橋本不美男校注・訳、小学館）所収の活字本で読む。底本は国立国会図書館蔵の写本（以下、国会本）で、祖本は藤原定家が七十三歳の嘉禎三年（一二三七）に写した本であり、それを応永十六年（一四〇九）七月五日に写したものに拠っていることが奥の識語からうかがえる。従って「定家本」と呼称されてきたが、江戸時代中期の写しである国会本は嘉禎の原本から何度かの転写を経ている。書写をくり返した末流の伝本によって読むしかなかった。それは顕昭が書写した系統である「顕昭本」の場合も事情は変わらない。成立時点からすると六七百年後の写本を基に研究を進めなければならない状況にあった。専門家はせめて定家の時代に近い写本の出現を待望していたのである。

まさしく嘉禎三年書写の定家本『俊頼髄脳』（以下、定家本）は、平成二十年（二〇〇八）二月に冷泉家時雨亭叢書第七十九巻（朝日新聞社）に収められ、初めて影印公刊された。この定家本をめぐって、私は、これまでも同巻解題（以下、叢書解題）および「『俊頼髄脳』定家本の重要文化財指定に寄せて」（『しくれてい』第一〇五号、二〇〇八年七月）、「定家と『俊頼髄脳』」（『和歌文学研究』第一〇五号、二〇一二年十二月）などで論じてきた。

以下、簡単に研究史をふり返ると、本書の伝本を分類整理して系統を明らかにした久曽神昇の論文「俊秘抄に就いて」（『国語と国文学』一九三九年〈昭和十四〉三月）が、近代における研究の始発とみてよいだろう。本書の調査に取りかかったのは、久曽神昇『古今和歌集への道　国文学研究七十七年』（思文閣出版、二〇〇四年）によれば、昭和七年

（一九三二）、佐佐木信綱博士の研究会に参加、歌学研究を担当した時期である。久曾神論文中に取りあげられた伝本〈逸脱本〈丙〉類〉のひとつ、明暦二年（一六五六）校合本「俊秘抄」を昭和七年二月十四日ころ（読売新聞当日夕刊の切れ端を蔵書印の押し紙に使用している。当該久曾神旧蔵本は現在架蔵）入手していることからも推測される。

久曾神論文の結語に「定家が嘉禎三年書写した奥書ある系統と、顕昭が寿永二年書写し、建久四年校合した系統との二類となり、定家本は応永十六年書写され更に転写されて僅かに現存するに過ぎない。反之顕昭本は其数も甚だ多いが原形に近いものは僅かに光栄奥書本のみであり、少しく逸脱したのが歌学文庫本以下諸本であり、その系統本により後人が連歌の位置を変更し、新に目録を附したものが生じ、それが狩谷棭斎旧蔵本であり、更に甚しい脱落を生じて無窮会本以下の如くなり、他本と校合されて濱臣本となり、続々群書類従本となつたのである」とある。久曾神の伝本分類の要諦は、国会本の奥書を定家のものと認定し、国会本すなわち「定家本」を基本に据えたことであろう。これが以降の諸本論の基礎となり、佐佐木信綱編『日本歌学大系第一巻』の底本に国会本が用いられ、昭和五十年（一九七五）刊の日本古典文学全集50『歌論集』（前掲の新編のもとになった）に継承された。池田富蔵「『俊頼髄脳』の成立とその諸本」（『源俊頼の研究』桜楓社、一九七三年）や橋本不美男による論考も久曾神の見解を支持している。すなわち、戦後、本書は「定家本」によって読まれてきた。

しかし、定家本は嘉禎三年の書写であり、転写を経た国会本に比べ書写年代において五百年ほど遡る。研究が新たな段階に進展したことは言を俟たない。なお、八〇年代に入り、「定家本」に対して顕昭本の再評価を促す赤瀬知子の論考が発表された。「俊頼から顕昭・定家へ―『俊頼髄脳』をめぐって―」（『国語国文』一九八一年七月、後に『院政期以後の歌学書と歌枕』清文堂出版、二〇〇六年、所収）における、顕昭本の系統の価値を見直すべきという赤瀬の見解は、本書の本文をどうとらえるかを考察するにあたり重要かつ示唆的である。

三、時雨亭文庫の二冊目として『俊頼髄脳』を選んだ理由

冷泉為臣は、第二十三代の冷泉家当主。二十二代為系の嫡男として、明治四十四年（一九一一）五月七日誕生。昭和十九年（一九四四）八月三十一日、中国湖南省にて戦死した。享年三十三歳。「冷泉家の歴史を狂わせた大事件」であった（冷泉貴美子「五十年目の夏」冷泉家時雨亭叢書「月報」13、貴美子氏は為臣の生涯や人柄にふれるが、戦死の報せを受け取った為臣妹布美子の文章を昭和二十八年刊の冷泉為臣朝臣追悼集『ゆきさき』から引いている。また冷泉為臣略伝と年譜は、藤本孝一「為臣朝臣と時雨亭文庫」『しくれてい』第五〇号、一九九四年十月「為臣朝臣五十回忌」参照）。

為臣編の『時雨亭文庫㈠』は、教育図書から昭和十七年（一九四二）十一月二十五日付で発行されている。①『如願法師集』（藤原秀能の家集）、②『前権典厩集』（藤原長綱の家集）、③『露色随詠集』（空体房鑁也の家集）の翻刻本文を載せ、詳細な解題が付される。現在、①は冷泉家時雨亭叢書第二十九巻「中世私家集五」と同第六十八巻「資経本私家集四」、②は同第三十二巻「中世私家集八」、③は同第二十九巻「中世私家集五」に影印が収められる。

明治開花の御代になりて父卿五部抄を上梓してその序に曰く、「以後祖先の著或は書写にかゝるものにして、しかる可きものは上梓するに吝ならず。」と。然れ共其の後状況順応ならず、今日に到るも五部抄のみ。爾来三十数年、去る昭和十五年に定家卿の七百年祭に当り、往年の父卿の計画再燃し、予は後を承けて七百年の紀年として、父卿の許しの下に定家卿の全家集を編せり。今にして考ふれば是即ち、時雨亭文庫創刊の最初なり。

巻頭の吉澤義則の序文に続く為臣序にみえる文章である。文中の「五部抄」（『詠歌大概』『秀歌体大略』『小倉山荘色紙和歌』『未来記』『雨中吟』）は明治三十九年に刊行されている。㈠に翻刻された私家集は冷泉家所蔵の稀覯の書であり、これらを掲載した意義には、それぞれ理由が認められる。ひとつは定家との係わりであろう。①は同時代の新古今歌人の家集、②は定家を師とする長綱の家集（為臣は定家筆と認めている）、③は定家と昵懇の間である鑁也の家集であ

る。また為臣の序には「今此所に時雨亭文庫第一冊を世に送る。たまたま家集なり。爾後刊行するもの、内容の何たるかを予測しがたきものあり。……」と「たまたま家集なり」の言がみえる。㈠に引き続き時雨亭文庫の二冊目として、定家本『俊頼髄脳』の翻刻原稿が準備されたものかは明確な根拠はないのであるが、藤本孝一氏の提唱する見解(前掲『しくれてい』第五〇号。叢書解題)であり、蓋然性は高い。また、この原稿のほかに、『近代秀歌』『三代集之間事』『僻案抄』『毎月抄』『愚秘抄』『三五記』といった定家関係の歌論書の翻刻が残されている。

定家本は最初の二丁オモテまでと奥書が定家筆、他は側近の書写で随所に定家の書き入れがみられる。所謂、定家監督書写本である。奥書によれば、少年期の安元のころに(元年は定家十四歳)、人の読むのを聞いた、その本は焼失して六十余年、すっかり忘れていたけれども、嘉禎三年(定家七十六歳)になって思いがけなく見出し書写させたとある。そもそも『俊頼髄脳』の翻刻を志した為臣の意思は奈辺にあったのかを考えるに、該本が定家書写本であること、つまり祖先定家に対して抱いていた尊敬や家系への誇りをまず指摘すべきであろう。先に引用の序にも自ら記すように、為臣はすでに冷泉家所蔵の典籍類を整理、調査と目録化を進める中で、『藤原定家全家集』(文明社)を昭和十五年十月二十日に出版している。佐佐木信綱の序文に続く為臣自序にも「我が祖先藤原定家卿の七百年祭に当つた」「幸ひ今、家蔵の秘本のうちに卿自筆の本があるので、卿の薨去七百年祭の記念に、出来得る限りの注意を払つて、字配り、仮名遣に到るまで自筆と相違なきを期して翻刻する事になつた」と述べている。定家自筆の『拾遺愚草』は冷泉家時雨亭叢書第八巻・九巻に影印されている。

定家本『俊頼髄脳』の翻刻がなされた時期を推測してみると、昭和十五年十月十五日発行の日本歌学大系との校合について、原稿末尾に「日本一校了十月二日」という記述がある。為臣は昭和十九年四月二十日応召入隊し、前述したように同八月戦死している。したがって、大系との校合は、昭和十六〜十八年のことと思量され、原稿の執筆はそれ以前であろう。大系の出版が翻刻のひとつの契機になっていると想像することも可能であろうか。

一方、大系を担当した久曾神昇は、底本とした帝国図書館本（国会図書館現蔵本）の奥書の検討から奥書の書き手が定家であり、定家書写本が祖本であると鮮やかに認定した。久曾神がこの江戸期の写本を「定家本」と称した背景に、冷泉家所蔵の『俊頼髄脳』の存在を知っていた可能性をかつて考えてみた（叢書解題）。為臣の側からも、この間の事情をめぐって推測が広がる。翻刻に用いられた定家本が昭和五十五年に始まった冷泉家御文庫の調査では見つからないまま、御新文庫《おしんぶんこ》（第十五代為村が蔵書の拡大に備え新しく作った土蔵）の調査の中で平成十七年に見出された。御文庫にしまわれなかったのは為臣の急な召集のためかと考えれば、翻刻執筆の時期は召集に近い頃、『時雨亭文庫（一）』の出版後の昭和十八年かとも想像できる。ただし、日本歌学大系との校合（原稿には朱筆で記す）の後に、為久本との校異を書き込んでいるので、その作業期間を考慮すれば、昭和十七年から十八年にかけて、その間の執筆とおおよそ考えられようか。

さらに『俊頼髄脳』が翻刻対象に選ばれた理由を考えてみる。その材料として、國學院大学文学部に提出された為臣の卒業論文「藤原俊成卿の研究」を取り上げてみたい。この卒論は、現在の四百字詰めの原稿用紙に換算すると三百五十九枚になる（藤本孝一「為臣朝臣と時雨亭文庫続刊」『しくれてい』第一三八号、二〇一六年十月、参照）。

為臣は、昭和十一年三月に國學院大学を卒業している（時に二十四歳）。卒論中に谷山茂「藤原俊成の研究」（『国語国文』第四巻七号）を引用している。谷山論文は、のちに『幽玄の研究』（教育図書、昭和十八年一月）に所収され、著作集では第二巻「藤原俊成―人と作品」に収録。谷山の卒業論文であり、学術雑誌への最初の研究発表（昭和九年七月・九月、『中世和歌の想念と表現』〈思文閣出版、一九九三年〉掲載の著作目録によれば『帚木』に昭和六年以来すでに数編の論文を載せている）で、前人未到の業績と評される。為臣が卒論に取りかかるころの研究環境を思いやることができよう。定家についても後に日を更めて研究するつもりだと論中に記している。なお、卒業後、京都に戻り、京都大学の嘱託職員として附属図書館で働いた為臣は、師事する吉澤義則を通じて、谷山と親交があったという。谷山茂は明治四十三年（一九一〇）生まれで、同年代。

私が許されて披見した卒論は、冷泉家に現蔵されているもので、目次の章立てと内容に若干の齟齬や推敲の跡があり、別筆の書き入れ（朱のペン書き、いつのものか誰のものか、あるいは谷山の筆跡と憶測するが、不明。以下卒論の引用においてはこの修正を斟酌した）による補筆訂正が多々あり、いずれにしても草稿とみられる。ここで注目するのは、その自序に「冷泉家に伝はる古事来歴、言伝へなども出来得る限りとり入れた」と記していることである。

為臣の卒論には、歌仙正統を重んじる家風が随所にうかがえる。そして家伝の系図や祖父の為紀の「俊成卿研究案」なるものからの引用などがみえる。そうした冷泉家の伝承の中には、俊成が六百番歌合の判をするにあたり、後鳥羽天皇の勅裁を仰いだ（歌合開催の建久四年当時後鳥羽は幼年で現実味はない）というのもある。

興味深い例に、『千載集』の編纂をめぐって、俊成が勅撰集を如何なる性質のものと考えていたのかの伝えがある。『千載集』雑歌中の巻軸に入集する贈答歌（一一五八・一一五九）を引いて言及している。まずその詠作は、

今上の御時五節のほど、侍従定家あやまちあるさまにきこしめすことありて、殿上除かれて侍りける、その年もくれにける又の年やよひのついたちごろ、院に御気色たまはるべきよし、左少弁定長がもとに申し侍りけるに、そへて侍りける　皇太后宮大夫俊成

あしたづの雲ぢまよひし年くれて霞をさへやへだてはつべき

このよしを奏し申し侍りければ、いとかしこくあはれがらせおはしまして、今ははや還昇おほせくだすべきよし御気色ありて、心はるるよしの返事おほせつかはせとおほせくだされければ、よみてつかはしける　藤原定長朝臣

あしたづは霞をわけてかへるなりまよひし雲ぢけふやはるらん

この道の御あはれみ、むかしの聖代にもことならずとなん、時の人申し侍りける

文治元年（一一八五）十一月の五節の試夜に定家が源雅行を脂燭で打って除籍された有名な事件（『玉葉』）をめぐる父俊成の訴歎の詠と院近臣定長の返歌である。

為臣の論によれば、歌徳を示す内容の詠であるが、このような自身の恥ともなるような歌を入集させたところに俊成の勅撰への考えがあると論じる。為臣の記述には、定家の言として「父から色々聞いてゐたうち、勅撰集といふものは、新古今集の如く派手一方の歌ばかりを撰びあげるものではなし。又以て時のよい歌ばかりをあつめるものでもない。勅撰集の撰ばれるのは、歌の徳を現さんが為である。その為には、歌は下手であつても、その内容からして、一般の人が学ぶ所のあるものをも、社会の風教、いましめの為に加ふべきだ」と記す。そして次のようにまとめている。「即、卿は勅撰集の編輯の目的は、勿論歌道の御奨励の大みごころもあらう、それと同時に、集を見る者をして、歌の道を通して教へ導くといふこともなければならぬ。それ故に時としては前記の如き卿、撰者の恥にもなるが如き一節（中略）等をも加ふべきであるとしたことが窺ひ知ることが出来る」云々と。「……或は誤であるかも知れない家伝の物語を引いてのべたのである。何かの役に立つ事が出来れば幸甚の至りである」とまで述べている（このあたり朱のペン字の修正はみえない）。

この他、俊成女についての言い伝えや西行と俊成の逸話、俊成をめぐる著名な三つの伝承、『平家物語』にみえる忠度との話、桐火桶の話、雪を好んだ話、いまでも初雪を必ず卿の御像に供えること（臨終を記した『明月記』の記事による）が記されている。

このような家伝のうち、前述の為紀の説を引いて「俊成の名の出所に就いては、歌道の師基俊俊頼にあやかつたと祖父為紀卿の「俊成伝」も此の説を取つてゐる」と記しているなど、俊成の伝記を述べた章に、俊成が俊頼に師事したという説に触れる箇所がいくつかみえることに注目したい。例えば、次のようにある。

基俊の門に入つたのは無名秘抄によれば二十五才の時となつている……家伝には次の如き事が云はれてゐる。即ち、俊頼に師事したのが始めであり、次に基俊についたのである。此の言伝へを信ずるならば、此の二十五才までの間の何時かは俊頼朝臣についていた事になる。さうとしても決して矛盾は起らないやうに、筆者は考へる。但し此の間の細事に到つては何の記録も伝へられてゐないのである。

俊成の師であった俊頼の歌学をあきらかにする意図が、定家本『俊頼髄脳』に取り組む為臣にあったと思われるのである。

四、翻刻原稿の底本と校合本の書誌

翻刻の底本である定家本と校合本の書誌について、まず定家本の詳細は、冷泉家時雨亭叢書第七十九巻解題（藤本孝一）参照。以下簡略に示すと、縦一六・六センチ横一五・九センチの枡形本の綴葉装。表紙は鴇色花文様摺り装飾料紙を用いた原表紙。本文料紙は楮紙打紙。二百四十四丁（十四括り）。原表紙にある題簽は後補の薄茶地楮紙打紙であり、下部は糊付けされ上部は白糸を原表紙と前見返しを通して綴じている。題簽中央に大字で「基金吾説」とあり、その下に小字四行に「端一枚半／奥書等京極殿／御筆／自余不知筆」と記す。為和（第七代、一四八六～一五四九）の修理に伴う題簽であり、為久により為和の筆跡と鑑定される。

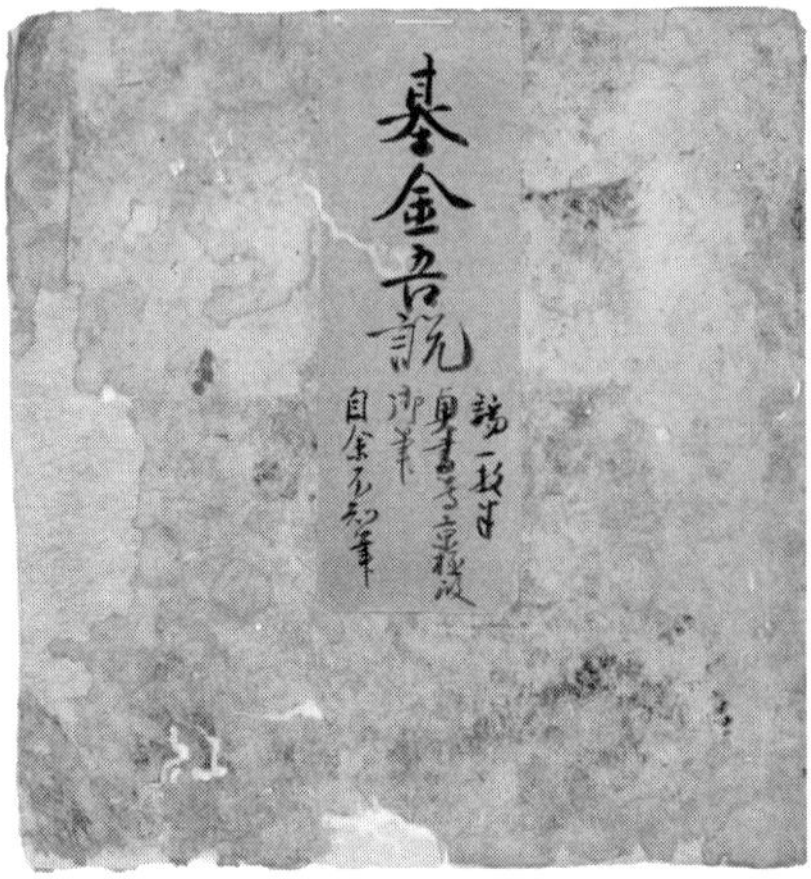

題簽にある「基金吾説」（基金吾は左衛門佐を極官とした基俊のこと）は、定家の奥書から抜き書きしたもので、したがって書名は伝えられていないと考えられる。奥書にはなぜか著書である俊頼を「某朝臣」（為臣翻刻は「其朝臣」とする）と表し曖昧な言い方をしている。しかし、該本

が俊頼の著した髄脳だという認識がなかった証とまではいえない。ただ、本書の享受を勘案すると、基俊の著作として理解されていたふしがないとはいえない。『悦目抄』などと称される基俊に仮託した秘伝的な一群の歌論書の形成に本書の受容がみられる。例えば、そのうちの『和歌無底抄』の序文などは本書の序文をほぼ借りているが如くである。ここで詳細を述べる余裕はないので、時雨亭叢書第九十八巻所収の『上眇抄』などを参照されたい。なお、冷泉家時雨亭文庫蔵『上眇抄』は今川了俊の書写と推測される（石澤一志氏の教示）など基俊の仮託書に冷泉家の関与がうかがわれる。

為久本の書誌

縦二九・二センチ横二〇・五センチの袋綴装。表紙は横刷毛目（丁子引）、表表紙の左上に「源木工秘抄」と打ち付け書き。右上に御新文庫の整理番号を記すラベルが貼られ、カードのコピーが挟まれている。本文料紙は楮紙打紙。本文十三行（一首一行書き）、百九丁、遊紙ナシ。見返し中央に「俊頼髄脳　上下」とある。一冊本であるが、親本は二冊。一丁オモテ欄外に「上」、五四丁オモテ欄外に「下」とある。地に「俊頼髄脳」と記す。一〇九丁に次のような為久（戸部尚書）書写奥書がみえる。享保十七年は一七三二年。

俊頼朝臣髄脳二冊借請或人/本書写之

享保十七年夏　戸部尚書　花押

為久本には「みかのよのもちゐは」（429歌）の注文中に、288頁下段において注記しているように巻末部分の文が入り込んでいる。これは同じ系統にある多くの諸本に共通する錯簡である。校異に掲出の「ひたらさめり～御ゆめさ」の為久本の本文は該当箇所（定家本翻刻の313頁にあたる）に移動させ修訂すべき部分である。

先の享保十七年の奥書の前にある智範の奥書（322頁下段）にみるように、為久本は所謂顕昭本系統に分類される写本。その他、同じ系統の特徴は、俊頼髄脳研究会編『関西大学図書館蔵俊秘抄』（和泉古典文庫一〇、二〇〇二年）を参照されたい。

日本歌学大系

日本歌学大系第一巻（文明社版）所収本は奥に「右以帝国図書館本書写以架蔵本流布本等校訂畢、昭和十五年四月」とある。帝国図書館本は現在、国立国会図書館の所蔵（丑—一二一）。本書323頁に下段に記した識語によって応永十六年に定家本を書写した本の転写本（江戸中期書写）である。詳細は俊頼髄脳研究会編『国会図書館蔵俊頼髄脳』（和泉書院影印叢刊九二、一九九九年）参照。同大系は戦後に風間書房から復刊されて、わずかながら異同がみられるが、原稿の校異を改めなかった。

大系と底本である国会本との異同も多い。一例として全集において、346歌の注文中、衍字とされた箇所について、次に付記する。まず国会本には、

それがよねをはしらくる物なれはさよめるにやあらんとまうし、人もありそれ○《かよね》よしをはしらくる物なれはさよめるにやきされとそれをよまは又それかくのものあるへし

とあり、定家本に近い本文をミセケチ訂正している。大系は次のようにして、〔　〕を用いて修正を加えている。

それがよねをばしらぐる物なればさよめるにやあらむと申し、人もあり。〔それがよねしらぐる物なればさよめるにやあらむと申す人もありき。〕されどそれをよまば又それがぐのものあるべし。

定家本は、229頁を参照、なお為臣翻刻では衍字を認める形で読点を付している。

五、翻刻の注意すべき事項

凡例でことわったように、翻刻は、ミセケチなどによる修訂後の本文を示しているが、補筆やミセケチが単なる誤写訂正ではなく意外に重い意味を持っている場合が多い。例えば、60頁の十行めは、

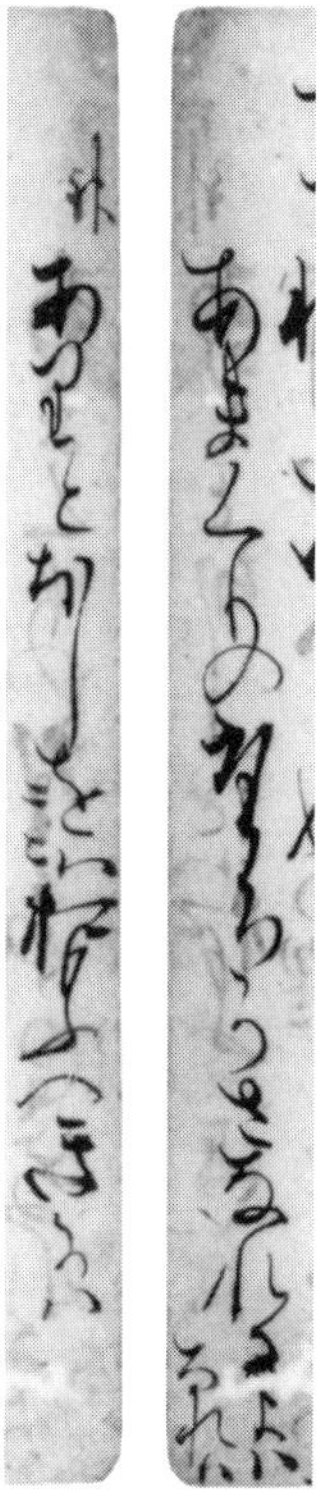

神ありとほしおもふへきかは

と72歌（蟻通明神に捧げた紀貫之詠）の下句を記している。定家本の表記を再現すれば、「神」は行頭に補筆され、元の本文は「ありとほしをはおもふへきかは」で「をは」がミセケチになっている（写真参照）。この本文は、顕昭本といわれる系統の本文と一致し（なお為久本は「ありとほしともおもふへきかは」）、この歌を載せる他出文献（『貫之集』「ありとほしをば思ふべしやは」など）とも近い。「をは」を消し「神」を加えたのは歌意を慮った定家の補筆と思しく、元の本文が俊頼の記述に遡るものではないかとの推定が成り立つと思われる。翻刻の本文によって「俊頼の記憶違いか」（日本古典文学全集の注）などと言うのは慎重にならざるを得ない。ただ、日本古典文学全集は国会本を底本にしており、この江戸期の写本では、補筆やミセケチの痕跡はなく、すでに「神ありとほしおもふへきかは」という本文で書写されている。祖本である定家本の出現がなければ、補筆修正の事情は分からなかったわけで、この問題は写本に関わる問題であった。

意識的な補筆ということでは、重ね書きによる仮名遣いの訂正（「を」「お」、「え」「へ」「ゑ」など）も同様である。さらに、こうした書き入れは、筆の違いによって数次にわたると推量され、翻刻では省いているが、朱の合点（口絵参照）や付箋を貼った箇所もみえる（叢書解題参照）。

なお、翻刻において、濁点は付しておらず、かな表記に漢字を当てることはしていない（校異も漢字かなの別は取り上げていない）が、活字本（日本歌学大系・日本古典文学全集）で、解釈による漢字表記に問題がある場合がある。例えば、295頁の二行めの一文は、

ひろうのさふらふましきそ

とある。全集は「尾籠《びろう》のさぶらふまじきぞ」と漢字を当てている（尾籠の注に「礼を失すること。不作法」とある）。前文に献上先の高陽院に対して「これらをご覧して御心をえおはしまさんれうなり」と述べており、「ひろう」は「披露」が適当かと思われる。為久本には「人にみせさせ給ましき也」（他の顕昭本といわれる系統の諸本も同じ）とあって明らかであろう。

俊頼髄脳

凡　例

一、本書は、定家本『俊頼髄脳』を底本に、冷泉為臣が戦前に翻刻した原稿に基づいている。
一、当該定家本は公益財団法人冷泉家時雨亭文庫の所蔵、重要文化財。
一、その翻刻本文は、適宜に朱筆で句読点（奥書には返点）がうってあるが、漢字仮名の別、送りがな、仮名遣いなども底本の表記のままである。改行も底本のまま、丁数のオモテ、ウラを（　）内に注記している。
一、底本にある語句の補入やミセケチ・重ね書きなどについては、すべて修訂後の本文によっている。補入を本文化し、ミセケチを略したため、一行の字数が変則的になっている場合がある。
一、原稿には、為久書写本（同じく冷泉家時雨亭文庫蔵）と日本歌学大系（文明社）の二本を以て校異が示してある。それぞれの書誌は別に解題に記す。校異は略号によって下段に記した。前者は略号（久）、書き入れ注記などを記す場合は㊄、後者は略号（日）、書き入れ注記などを記す場合は㊐。校異は仮名遣いの違いや「ん」「む」「う」の使い分けなどに及ぶ。校異の示し方を含め、この体裁は、為臣の原稿のままである。
一、漢字は原則として通行の字体にあらためた。
一、原稿にみえる段落番号は省略し、かわりに原稿にはない歌番号を便宜に付した。歌番号は新編国歌大観に準じる。
一、翻刻の経緯・意義など詳しくは鈴木による解題を参照されたい。
一、このたび為臣の原稿を刊行するに際し、鈴木があらためて原本と照合し、表記などの統一をはかった。

やまとみことの哥は、わか秋つしまのくにのたは
ふれあそひなれは、(久)神よゝりはしまりて、(久)けふ今
にたゆる事なし。おほやまとのくにゝうまれ
なむ人は、男にても女にても、たかきもいや
しきも、このみならふへけれとも、なさけある人
はすゝみ、なさけなき物はすゝまさる(久)事か。
たとへは、水にすむ魚のひれをうしなひ、
そらをかける鳥のつはさのおひさらむかこと
し。おほよそ哥の(日)(久)をこり古今の(久)序、和哥の式
にみえたり。世もあかり人の心もたくみなりし
時、春夏秋冬につけて、花をもてあそひ、郭公
をまち、　（1オ）
紅葉を(久)ゝしみ、雪をおもしろしと思ひ、君をいは
ひ、(日)わか身をうれへ、別をゝしみ、旅をあはれひ、
いもせのなかをこひ、事にのそみて思ひをの
ふるにつけても、よみのこしたるふしもなく、
つゝけも(久)らせる詞もみえす。いかにしてかはすゐ

神よゝり＝神の代より（久）　けふ＝二字ナシ（久）
事か＝か（久）
を＝お（日）（久）　の＝ナシ（久）
ゝ（を）＝お（久）
わか＝二字ナシ（日）
らせ＝ふけ（久）

の世の人の、めつらしきさまにもとりなすへき。よくしれるもなく、よくしらさるもなし(久)。よくよめるもなく、よくよまさるもなし。よまれぬをもよみかほにおもひ、しらさるをもしりかほにいふなるへし。そも〳〵うたにあまたのすかたをわかち、やつの病をしるし、九のしなをあらはして、いときなき(久)物をゝしへ、をろ

(1ウ)

かなる心をさとらしむる物あり。しかはあれと、ならひつたへされは、さとる事かたく、うかへて(久)まなは(久)されは、おほゆる事すくなし。むもれ木のむ(日)もれて人にしられさるふしとをたつね、たきのなかれになかれて、すきぬることは(日)(久)のはをあつめてみれは、はまのまさこよりもおほく、雨のあしよりもしけし。霞をへたてゝ春の山(久)にむかひ、きりにむせひて秋のゝへにのそめるかことき也。山かつのいやしきことはなれと、たつねされは朝のつゆときえうせぬ。玉のうてなの

し＝く(久)
き＝け(久)
て＝ナシ(久)
は＝ひ(久)
む＝う(日)
は＝ナシ(日)(久)
山＝山辺(久)

たへ(久)なるみことなれと、きゝしらされは風の　（2オ）
へ＝え（久）
まへのちりとなりぬるにや。あはれ
なる哉や。このみちのめのまへにう
せぬる事を。としよりのみ(久)一人この
のみ＝二字ナシ（久）
ことをいとなみて、いたつらにとし月
をゝくれとも、わかきみもすさめ給は
す、よの人もまたあはれふ(久)事(日)も(久)な
ふ＝む（久）　事も＝とも（日）　も＝ナシ（久）
し。あけくれは身のうれへをなけ
き、おきふしはひとのつらさをうら
む。かくれてはおとこ山にましませる
やつの(久)はたのおほむう(久)つくしみ
の＝ナシ（久）　う＝い（久）
をまち、あらはれてはみかさのもりに　（2ウ）
さかえ(久)給へるふちのうらはにたの
え＝へ（久）
みをかく。めくみ給へ、あはれひ給へ。
かくれたるしんあれはあらはれた
るかむある物をや。
哥のすかた、やまひをさるへきこと、

あまたのすいなうにみえたれとも、
き、とをく心かすかにして、つたへ
きかさらん(日)人は、さとるへからされは、
まち(日)かき事のかきりをこまかに
しるし申へし。
はしめにははんか《反哥》(日)(久)のすかた、　（3オ）

1　やくもたついつもやへかきつまこ
　　めにやへかきつくるそのやへかきを

これはすさのをのみこと、申神
の、いつものくに、くたり給て、あ(久)
しなつちて(久)なつちの神のいつき
むすめをとりて、もろともにすみ
給はんとて宮つくりし給ときに、
(久)よみ給へる御(久)うたなり。これなん(日)
くをと、のへ、文字のかすをさた
め給へるうたのはしめなる。や雲
たつとい(久)ふはしめの五文字は、その　（3ウ）

ん＝む(日)
ち＝じ(日)
はんか《反哥》＝反歌(日)(久)
あし＝手(久)
て＝あし(久)
よみ給へる＝よみてたまへる(久)　御＝ナシ(久)　ん＝
む(日)
いふ＝いへる(久)

所にや色の雲の(久)たちたりけると
そ書つたへたる。(久)
2　しなてるやかたおか山(久)にいひにう(久)ゑて
ふせるたひ人あはれ(日)(久)をやなし
返し
3　いかるかやとみのをかはのたえはこそ
我大きみのみなはわすれめ
これは文殊師利菩薩の、う(久)ゑひ
とにかはりて聖徳太子にたてまつ
り(久)給へる御返なり。(日)河内国にいか
るかといふ所に、とみの(日)(久)おかはと(久)いへる
(4オ)
かはのほとりに、う(久)ゑたるひとのふしたる
をみて、あはれひ給けれはよめる。
うゑ人は文殊なり、(久)太子は救世くわをん
なれは、みな御心のうちに(日)はしりかは(久)して
よませ給けるにや。
4　(久)あさ事にはらふちりたにある物を

たちたり＝たちわたりたり(久)
(久)たるノ下ニ「これはやくもたつなとは外にはよむへからすとそふるき人まうしける」トアリ
に＝の(久)　ゑ＝へ(久)
を＝お(日)(久)
ゑ＝へ(久)
給へる＝たまひける(久)　河内国＝河内の国(日)
お＝緒(日)を(久)　いへる＝いふ(久)
ゑ＝へ(久)
太子＝聖徳太子(久)
は＝ナシ(日)　して＝せたまひて(久)
あさ事に…九行…これらは＝ナシ(久)

いまいく世とてたゆむなるらん
これは拾遺抄の哥なり。おこなひしける人の、あからさまにねふりいりたりけれは、まくらかみにうつくしけなるそうのゐて、つき(日)おとろかしてよめるとしるせり。これらは（4ウ）
神仏(日)御うたなれは反(日)哥のためしにしるし申せる(久)なり。
次に旋頭哥といふものあり。れいの卅一字のうたのなかに、いま一句をくはへてよめるなり。五文しのく(日)、七文しのく(日)、たゝこゝろにまかせたり。くはふる所またよみ人の心なり。しかはあれ(久)と、はしめの五文字ふたつかさなれるうたはみえす。

5　ますかゝみそこなるかきにむかひゐて（5オ）
みる時にこそしらぬおきなにあふ心ちすれ

つき＝二字ナシ(日)
仏＝仙(日)　反＝返(日)
せる＝二字ナシ(久)
五文しのく＝五文字の句も(日)　七文しのく＝七文字の句も(日)
しかはあれと＝とはかきたれと(久)

これは中に七文字を(久)そへたるなり。
6 こ(日)(久)のおかに草かるお(日)(久)のこしかなかりそ
　ありつゝもきみかきまさんみまくさにせん
これはなかに五文字を(久)そへたるなり。
7 うちわたる(日)をちかた人に物申す
　そも(久)そのそこにしろくさけるはなにの花そも
これはゝてに七文字をそへたるなり。さ(久)ま〳〵おほかれと(久)、さのみやはとてしるしまうさす。
次に混本うたといへる物あり。れい（5ウ）の卅一字のうたの中に、いまい(日)(久)くをよまさるなり。
8 あさかほのゆふかけまたすちりやすき
　はなのよそかし
これはすゑの七文字を(久)よまさるなり。
9 いはか(日)(久)うへにねさすまつかえとのみこそ
　たのむ心あるものを

そへたるなり＝くはへたり(久)
こ＝か(日)(久)　お＝を(日)(久)
そへたるなり＝くはへたり(久)
る＝す(日)
も＝れ(久)
さま〳〵＝さま〳〵に(久)
と＝とも(久)
い＝一(日)(久)
字を＝字の句を(久)
か＝の(日)(久)

これは中の七文字の十文字あまりひと文字ありて、はてのなゝもしのなきなり。これもひとつの躰なり。

次におりくのうたとい(日)へるものあり。（6オ）五もしあるもの、名を五くのかみにすゑ(久)てよめるなり。小野小町かひとのかり(久)ことかりにやるうた、

10 ことのはもときはなるをはたのまなん
まつを(久)みよかしへてはちるやは(久)

返し

11 ことのはゝとこなつかしきはなお(日)ると
なへての人にしらすなよゆめ

く(久)ことのはしめのもしお(日)よみてこゝろうへし。

次に沓冠折句のうたといへる物あり。（6ウ）十もしある事(久)をくのかみしもにおきてよめるなり。あはせたき物

いへる＝いふ(日)
かり＝もとへ(久)
ゑ＝へ(久)
をみよかし＝はみちよし(久)　は＝と(久)
お＝を(日)
くことの…へし＝是はことたまへといふ文字を句のかみにをきたる也かへしはなしといふ文しを句のかみにをきたる也(久)　お＝を(日)
事＝ことは(久)

すこしといへることをするゐ(久)たる
うた、

12 あふさかもはてはゆきゝのせきもゐす
　たつねてこえ(久)(日)こきなは返さし

これは仁和のみかとの、かた〳〵にたて
まつらせ給たり(久)けるに、みな心もえす
返しともをたてまつらせ給たり(久)けるに、
ひろはたの御やす所と申ける人の、
御(久)かへしはなくてたき物を(久)たてま　（7オ）
つらせたりければ、心ある事にそおほ
しめしたりけると(久)、かたり(日)(久)つたへたる。
をみなへし、花すゝきといへるこ
とをするゐ(久)てよめるうた、

13 をのゝはきみし秋にゝすなりそます
　へしたにあやなしるしけしきは

これはしもの花すゝきをは(久)さかさまに
よむへきなり。これも一のすかたなり。

ゐ＝へ(久)
こえ＝とひ(久)　え＝ば(日)
たり＝二字ナシ(久)
たり＝二字ナシ(久)
御かへしはなくて＝八字ナシ(久)　を＝ナシ(久)
と＝とそ(久)　かたり＝書き(日)(久)
ゐ＝へ(久)
は＝ナシ(久)

次に廻文のうたといへるものあり。草の
花をよめる（久）うた、

14 むらくさに草のなはもしそなはらは
なそしも花のさくにさくらん　（7ウ）

これは摂論のあまかうたなり。さかさまによめは、すみのまのみすといへる事のていにおなしうたによまるゝなり。

次に短歌といへるものあり。（久）それはいつもし、なゝもしとつゝけて、わかいはまほしきことのあるかきりは、いくらともさためす、いひつゝけて、はてに（久）なゝも（日）（久）もしを、れいのうたの（日）（久）はてのやうにふたつゝつ（日）（久）ゝくるなり。　（8オ）

15 おきつなみ　あれのみまさる　宮のうちに
としへてすみし　いせのあまも　ふねなかしたる
心して　よらんかたなく　かなしきに

うた＝二字ナシ（久）
そ＝こ（久）
に＝には（久）
も＝ナシ（日）（久）　はての＝三字ナシ（日）　はてのやう
に＝躰に（久）
ゝ（つ）＝ナシ（日）（久）

なみたの色の　くれなゐは　我らか中の
しくれにて　あきのもみちと　ひと〳〵は
をのかちり〳〵　わかれなは　たのむかたなく
なりはてゝ　とまる物とは　花すゝき
きみなきにはに　むれたちて　そらをまねかは
はつかりの　なきわたりつゝ　よそに
　こそみめ

これはいせか七条のきさきにおくれ（8ウ）たてまつりてよめるうたなり。ことはをかさりてよ(久)そへよめれは、このころの人はこれをまね(久)ふな(久)るへし。人まろか高市の御子によせたてまつれるうた、

16 かけまくも　かしこけれとも　いはまくも
ゆゝしけれとも　あすかやま　まかみかはらに
ひさかたの　あまつみか(日)とを　かしこくも
さため給て　かみさふと　いはかくれます

よ＝ナシ(久)
ね＝な(久)　なる＝二字ナシ(久)
か＝こ(日)

まきのたつ　そはやさ(日)(久)こえて　かりふ山
と丶(久)まりまして　さかえんと(日)(久)　我もとも〱　（9オ）
これはことはもかさらす、さし事にく(久)
されるなり。(久)
又万葉集の中に十もしあるくを
二そへたるうた、
17 うくひすのかひこのなかのほと丶きす
ひとりうまれてしやて丶に丶(久)てなかす
しやかは丶に丶てなかすうの花の
さけるのへよりとひかへり
きなきとよましたちはなの
はなはをちらし日ねもすに
なけとき丶よしまひはせん(日)　（9ウ）
とほくなゆきそわかやとの花
たちはなにすみわたれとり
これはよくしれる人もなし。た丶(久)
旋頭哥のやうに句をそへて(日)よめれは

そはやさ＝ふは山(日)(久)
と丶まりまして＝と、まりまして　あめのした(久)　と
＝時に(日)(久)
くされる＝よめる(久)
(久)なりノ次ニ「是そむかしのみしか歌のすかたなめる」
トアリ

て丶に丶て＝か母に丶て(久)

ん＝む(日)

た丶…みたまふる＝短哥の中にも施頭哥といふ物はある
なめりれいの短哥に十文字ある句の二句そへる也(久)
そへて＝三字ナシ(日)

短哥の中にも(日)旋頭哥とそみた
まふる。

18　しら雲のたつたの山のたきのうゑ(日)(久)の
お(日)(久)くらのみねにひらけたるさくらの(久)はなは
山たかみかせしやまねは春さめの
つきてしふれはいとすゑ(久)のえたは
おちすきさりにけりしつえに
（10オ）
のこる花たにもしはらくはかり
なみたれそくさまくらたひゆく
きみか返くるまて

これはくさまくらといふ五文字(久)のそへるなり。これをちやうかといひ(日)、たんかといへる事あり。よのすゑ(久)の人さたかにし(久)ることなし(日)。たゝうけ給はりしは、なかうたとい(久)へるは、なかくゝさりつゝけてよみなか(久)せるにつきて、なかうたとはいふなり。ことはのみしかきゆ(久)へに(久)、み

も＝ナシ（日）
ゑ＝へ（日）（久）
お＝を（日）（久）　の＝ナシ（久）
ゑ＝へ（久）
字のそ＝字の句のそ（久）
いひ、たんかと＝六字ナシ（日）
よのすゑの＝このころの（久）
しる＝しれる（久）　なし＝なきに（日）
いへる＝いふ（久）
か＝ナシ（久）
きゆ＝きかゆ（久）　に、み＝に又み（久）

しかうたとはいふなり。詞みしかしと（10ウ）いふは、れいの卅一字のうたは、花とも月ともたいにしたかひてよむに、そのものをいひはつ(久)るなり。たとへは、あさかやまかけさへみゆる山の井のともとにいひつれは、あさくは人をなとなを水のことにかゝりたることはお(日)(久)いひなかすなり。このみしかうたには(久)、うたのうちにいふへきこゝろをは、するゐまていひなかせとも、事はをかへつつ、いはるゝにしたかひてわたりありくなり。たとへは、おきつなみ（11オ）あれのみまさる宮のうちにと思ひよりなは、するまてその海のことはにつきていひ(日)はつへきなり。これはことはにひかされて、なみたのいろのくれなゐはといひて、又花すゝ

つ＝へ（久）
お＝を（日）（久）
に＝ナシ（久）
いひ＝二字ナシ（日）

きにかゝりて、そらをまねかせて、すゑにはつかりのなきわたりつゝといひて(日)(久)はつれは、うたひとつかうちに、あまたのものを(久)いひつくせるによりて、みしかうたとはいふなりとそ中ころの人まうしける。但れいの（11ウ）うたにもあまたのものお(日)(久)よめるうたあり。あつさゆみをしてはるさめともいひて、すゑにあ(久)すさへふらはわかなつみてんともよむめ(日)れはにや。れ(久)いのうたを、みしかうたとも(久)かき(久)たるすいなうもみゆる(久)は、詩に短哥行、長歌行とい(久)へることあり。されとそれにそのこゝろかなはす(久)とそうけ給はる。次に誹諧哥とい(久)へるものあり。これよくしれる物(久)なし。又髄なうにもみえたる事なし。古今につい(久)て（12オ）

て＝ナシ(日)(久)

を＝ナシ(久)

お＝を(日)ナシ(久)

あすさへ…めれはにや＝わかなのことをいひたることもきこゆれはにや(久)

め＝さ(日)　(久)書入ニテ「万葉集にはミシカウタトモカケルハ」トアリ

も＝ナシ(久)　きた＝け(久)

る＝める(久)

いへることあり。されとそれに＝いふものあれと(久)

すとそうけ給はる＝さるなり(久)

いへる＝いふ(久)

物＝人(久)

い＝き(久)

たつぬれは、されことうたといふなり。
よくものいふ人の、されたわ(久)ふる、か
ことし。

19 むめの花みにこそきつれうくひすの
　ひとく〱といとひしもする

20 あきの、になまめきたてるをみなへし
　あなこと〱し花もひと、き

これかやうなることはあるうたは、さ
もときこゆ。さもなきうたの、う
るはしき事葉あるは、なを(久)ひとに
しられぬことにや。宇治殿の、(日)(久)
四条大納言にとはせ給けるに、これは
たつねを(久)はしましき(久)事なり。公任
あひとあひし(久)先達ともに、随分にたつ
ねさふらひしに(久)、さたかに申人なかり
き。しか(日)れはすなはち、後撰、拾遺せう(久)
にえらへることなしと(久)、まうされ(久)

(12ウ)

わ＝は(久)

なを＝二字ナシ(久)
、(の)＝ナシ(日)(久)

を＝お(久)　ましき＝ますましき(久)
し＝たりし(久)
さふらひしに＝はへりしに(久)
しか＝さ(日)　せう＝集(久)
と＝とそ(久)　され＝し(久)

けれは、さらは(久)すちなき事なりと
(久)申てやみにきとそ、帥大納言にお
ほせられける。それにみちとし中
納言の後拾遺(久)抄といへる集を
えら(久)ひて、誹諧哥を撰へ(久)り。若(日)を（13オ）
しはかりことにや。これによりて(日)(久)事々
も(日)(久)をしはかるに、はか〱しきことや
なから(久)むとこそ申されしか。
(日)(久)次れんかと(久)いへるものあり。
れいのうたのなからをいふなり。本末心にまか
すへし。その(久)なからかうちに、いふ
へきことのこゝろを、いひはつるなり。
こゝろのこりて、つくるひとにいひは
てさするはわろしとす。たとへは、
なつのよをみしかき物といひそ
めしといひて、ひとはものをや（13ウ）
おもはさりけ(日)(久)んと、するにいは(久)せんは

すちなき＝無術（久）
申て＝いひて（久）
抄＝ナシ（久）
ひて＝へるに（久）　り＝る（久）　を＝お（日）
事々＝異事（日）事と（久）
を＝お（日）をを（久）
む＝ん（久）
次＝次に（日）（久）　いへる＝いふ（久）
の＝れ（久）
ん＝む（日）（久）　せん＝する（久）

わろし。このうたをれんかにせん(日)
ときに(日)(久)は、なつのよをみしかき物と
思ふ哉、とい(久)ふへきなり。さてそか
なふへき。

21 さを(久)かはのみつをせきあけて 久⃝
　うゑしたを
　久⃝かるわせいひはひとりなるへし 久⃝
久⃝これはまんえふしふのれんかなり。よも
わろからしと思ふ(日)(久)とこゝろの(久)こりて
するにつけあらはせり。いかなることにか。

22 しら露のをくにあまたのこゑすなり
　花のいろ〳〵ありとしらなん(日)
これは後撰のれんかなり。

23 ひとこゝ《心》(日)(久)ろうしみついまはたのましよ
　ゆめにみゆやとねそすきにける
これは拾遺抄(久)のれんかなり。これ
ふたつはあひかなへり。古今にはれんか

(14オ)

ん=む(日)
に=ナシ(日)(久)
いふ=す(久)

を=ほ(久)　久⃝「尼の作」トアリ

久⃝書入ニテ「コノイ」トアリ　久⃝「家持中納言」トアリ
久⃝書入ニテ「万葉第八有之」トアリ
ふ=へ(日)(久)　の=のゝ(久)

ん=む(日)

こ《心》ゝろ=心(日)こゝろ(久)

抄=集(久)

なし。
次に隠題といへる物あり。ものゝ名
をよむに(久)、その物ゝ名をうたのを(日)(久)もてに
すゑ(久)なから、そのものといふ事をかく
してまとはせるなり(日)。（14ウ）

24　くきもはもみなみとりなるふかせりは
　あらふねのみやしろくみゆらん
(久)これはあらふ(久)ねのみやしろといへる九
文字をかくして、よしなきせりのうたに
よみなせるなり。

25　あた(久)なりなとりのこほりにをり(日)ゐるは
　したよりとく(久)る事をしらぬか
(久)これはなとりのこほりといへる所の
名をかくして、よしなきこほりのうへに、
とりのをろかにい(日)るよしをよめるなり。（15オ）
これらはおもしろし。(久)

26　わかやとの花ふみちらすとりうたん

に＝ナシ(久)　を＝お(日)(久)
ゑ＝へ(久)
なり＝二字ナシ(日)
これは＝三字ナシ(久)　(久)以下三行、くきもはもノ例歌ノ前ニアリ
(久)あたなりなノ例歌ノ前ニ「なとりのこほりといふ七文字をかくせる哥」トアリ　を＝お(日)
とくる＝きゆる(久)
これは…三行…よめるなり＝ナシ(久)
い＝ゐ(日)
(久)おもしろしノ下ニ「まねふへきか」、改行シテ「龍膽をたいにする」トアリ

のはなけれはやこゝにしもすむ
(久)これはりうた(日)うといへる花をかくして、はなふみちらせるとりをうらむるなり。

27 あきちかうのはなりにけりしら露の
(日)(久)をけるくさはも色かはりゆく
これはきち(久)かうといへる花お(日)かくせるうたなり。これらはつねに人の(久)いふさまにもみえす、つねにい(久)へるさまにはよみにくけれは、まことにかける文字をたつねて、そのまゝによめるなり。よのすゑにもさやうなる事あらは、その文(日)(久)しおたつねてよむへきなり。(久)

28 きみはかりおほゆる人(久)はなしはらの
(日)むまやいてこん(日)たくひなき哉
(久)これはなら(日)になしはらのむ(日)まやといふ所の名をたいにしてよめるなり。

(15ウ)

(久)これは以下三行ナク「桔梗を題にする哥」トアリ　う=む(日)
を=お(日)(久)
きちかうと…二行…これらはつねに=ナシ(久)　お=を(日)
いふさまにもみえす=九字ナシ(久)　いへる=いふ(久)
お=を(日)(久)　(久)よむへきなりノ次ニ改行シテ「なしはらのむまやといふことを題にするうた」トアリ
人=もの(久)
む=う(日)　ん=む(日)
これは…二行…よめるなり=ナシ(久)　ならに=三字ナシ(日)　む=う(日)

こ(久)れはなへてのことはにつかはに(日)(久)や、いてこんとこそよむへけれ。む(日)まやといへるは、ことたかひたるさまにきこゆれと、拾遺抄(久)に、よしのふか仲文に、車のかもとい(久)へる物を、こはれてなしといひけれは、（16オ）

29 鹿をさしてむ(日)まといひける人もあれは
かもをもをしと思(久)ふなるへし

返(久)し

30 なしといへはをしむかもとや思らん(日)
しかやむ(日)まとそいふへかりける

こ(久)れをみれは、いまといへる事はをは、む(日)まといふへしとそみゆは(久)、こ(久)れをよく心えてかやうによむへきなめ(日)り。万葉集(久)に相聞哥とい(久)へるは、こひのうたをいふなり。腕(日)(久)哥とかける(久)は、（16ウ）悲の哥なり。譬(久)喩といひ、問答とい(久)へるは、文字にあらはれぬ。又(久)うたのやま

これは=とよめる(久)　に=今(日)(久)
む=う(日)
抄=集(久)
いへる=いふ(久)
む=う(日)
思ふなるへし=いふ名あるへし(久)
返し=とよみたりける哥のかへしに(久)
ん=む(日)
む=う(日)
これを=とよめりこれらを(久)
む=う(日)　は=ゐ(久)　これをよく心えてかやうによむへきなめり=これひかことにあらしされはかのなしはらの哥もよきなめり(久)
め=ナシ(日)
集=ナシ(久)　いへる=いふ(久)
腕=捥(日)(久)　かける=いへる(久)
譬=辟(久)
いへる=いふ(久)　又=ナシ(久)

ひをさる事、ふるきすいなうに
みえたることくならは、そのかすあ
またあり。それらをさりてよまは、お
ほろけの人のよみゆ(日)(久)へきにもあらす。
た丶世のすゑの人のたもち(久)さる事
のかきりをしるし申すへし。ふるき
うたにも、それらのやまひをさりてよ
めりともみえす。いまにもさるへ
しとみゆるは、同心のやまひ、文字(久)　(17オ)
やまひなり。同心のやまひと(久)いへるは、もし
はかはり(日)たれと、心はへの同きなり。

31 やまさくらさきぬるときはつねよりも
　みねのしらくもたちまさりけり

これは山と、みねと、なり。やまの(久)いた丶きを
みねとは(久)いへは、やまひにもちゐるなり。

32 もかりふねいまそ(久)なきさに
き(日)よすなるみきはのたつのこゑさはくなり

ゆ＝得(日)(久)
さる事＝さるへきこと(久)
字＝字の(久)
いへる＝いふ(久)
たれと＝たれども(日)
の＝ナシ(久)
は＝ナシ(久)
そ＝は(久)
きよすなる＝よするなる(日)

これ又なきさと、みきはと、なり。みきはを(日)
なきさとも(久)いへは、もしはかはりたれと、
をなし心のやまひとするなり。（17ウ）

33 みちよへてなるてふもゝのことしより
　はなさくはるにあひそしにける
これもとしと世とを、やまひと、ていしの
ゐんのうたあはせにさためられたり。
もしやまひといふは、こゝろは
かはりたれとも、をなしもし
あるをいふなり。

34 みやまにはまつのゆきたにきえなくに
　みやこはのへにわかなつみけり
(久)このみやことみ山となり。みやまにと(久)
(久)いへるはしめのいつもしの、(久)みやは（18オ）
まことのおくやまといひ、みやこは
のへにといへる(久)みやは、はなのみやことい(久)へは(日)
もしはをなしけれと、心はかはるなり。

を＝と(日)
もいへは＝いふは(久)
このみやことみ山＝是はみやまとみやこ(久)　にと＝にはと(久)
いへる＝云(久)　みやは＝みやまは(久)
いへる＝いふ(久)　といへは＝とはいへる(久)　は＝る(日)

35 いまこむ《(久)》といひしはかりになか月の
　ありあけの月をまちい《(久)》てつるかな

この月と月となり。なかつきのとよめる月は、つきなみの月なり。ありあけの月とよめる月は、そらにいつる月をい《(日)(久)》は丶心《(久)》はかはれとなを《(日)(久)》をなしもしなり。

36 なにはつにさくやこのはなふゆこもり
　いまは丶るへとさくやこのはな

(18ウ)

これは《(久)》ふるきうたろんきとい《(久)》へる物に、たかひにろんしたる事なれは、いまはしめて申すへきにあらねと、なにはつに《(日)(久)》といふは《(久)》なむ《(日)(久)》はのみや《(久)》をいひ、このはなとい《(久)》へるは、むめのはなをいふなりとは《(日)(久)》いへと、なを《(久)》もしやまひはさり《(久)》とところみえす。

37 あさかやまかけさへみゆるやまの井の
　あさくは人をおもふものかは

む＝ん(久)
い＝ナシ(久)
いは丶＝いへは(日)いへる(久)
心は＝二字ナシ(久)　なを＝なほ(日)二字ナシ(久)
は＝ナシ(久)　いへる＝いふ(久)
に＝ナシ(日)(久)　は＝ナシ(久)　む＝ん(日)に(久)
みや＝事(久)
いへるは＝云は(久)
は＝ナシ(日)　いへと＝いへれと(久)　なを＝二字ナシ(久)　り＝る(久)

これまたもしのやまひなり。
あさかやまといふは(久)、はしめのいつもしは　（19オ）
所のなゝり。にこりていふへきなり。
中のあさくは人をといへる(久)は、(日)こゝろ
あさしといふ事なれは、こゝろは(久)か
はるといへ(日)と、もしのやまひはさり
かたくそみゆる。これふたつはうたの
ちゝはゝとして、(久)ゝならふ人のはしめと
して、おさなき人のてならひそ(久)
むるうた也とふるき物にかけり。
このちゝはゝのうたのやまひのあれは、
すゑのよのしそむのうたの、やまひ(久)
あらむ(久)にとかならん(日)か。又ふるき　（19ウ）
うたの中に、さり所なきやまひある
うたもあまたみゆる(久)、いかなる事にか
あらん(日)(久)。
38　み山にはあられふるらしとやまなる

は＝ナシ(久)
いへる＝云(久)　こゝろ＝三字ナシ(日)
は＝ナシ(久)
いへと＝いへども(日)
ゝ(て)ならふ人のはしめとして＝ナシ(久)
そむる＝はしむる(久)
ひあ＝ひはあ(久)
む＝ん(久)　ならん＝なからむ(日)
る＝めれは(久)
ん＝む(日)んよむへからんもしのつゝきにたゝよむへき
にやとそみゆる(久)

まさきのかつらいろつきにけり
これ(久)はみやまと、山となり。
39 さかさらむものとはなしにさくら花
おもかけにのみまたきみ(久)ゆるらん(日)
このさかさらむといへるらん(日)(久)と、又
き(久)みゆらん(日)といへるらん(日)となり。
40 あつさゆみを(日)して春さめけふふりぬ
あすさへふらはわかなつみてん(日)
このけふゝりぬと(久)いふゝりと、あすさへ
ふらはといふ(久)ふりとなり。(久)これはのかるゝ
ところなきやまひなり。これらみな
さむたいしふにいれり。これはた
とへは、人のかたちの(久)すくれたる中に、
ひとゝころをくれたる所みゆれとも、
くせともみえぬかことし。これらあり
とて、いとしもなからん(日)うたの、やまひ
さへあらむ(久)に(久)は、ひきち(久)からもなく

（20オ）

はみやまと、山＝みやとやま（久）
みゆるらん＝たつらん（久）　ん＝む（日）
ん＝む（日）（久）
みゆ＝たつ（久）　ん＝む（日）　ん＝む（日）
を＝お（日）
ん＝む（日）
いふゝりと＝ナシ（久）
ふりと＝三字ナシ（久）　これは＝これらは（久）

の＝ナシ（久）

ん＝む（日）
む＝ん（久）　に＝ナシ（久）　ちから＝ところ（久）

やあらむ(久)。てんとくのうたあ(久)はせ、やま（20ウ）
ふきをたいにするうたに、
41 ひとへつゝやへやまふきはひらけなん(日)
ほとへてにほふはなとたのまん(日)
とよめり。これをやへ(久)やまふきの
本いにあらす、さらはひとへ(久)やまふきに(久)て
こそはあ(久)らめとさためられた(久)り。
けにさもときこゆ。本のすゑのは(久)ての
もしと、すゑのはてのもしと同。これは
うたにとか(久)する事なりとさためられ
たり。これにつき(久)て、よむましきかと
おもへは、同うたあはせのさくらの（21オ）
うたに、
42 あしひきのやまかくれなるさくら花
ちりのこれりと風にしらすな
とよめり。さ(久)くらはなといへるなの
しと、ちりのこれりと風にしらす

む＝ん（久）　あはせ＝合に（久）
ん＝む（日）
ん＝む（日）
へ＝え（久）
へ＝え（久）　にて＝と（久）
あらめ＝いはめ（久）　たり＝たりける（久）
はての＝三字ナシ（久）
かする＝かとする（久）
き＝ゐ（久）
さくらはな…うたによるなめり＝はなとすなとこのなとなと是同し是をあしとも定られすこれは物の名とたいのことはとはゆるすところかさくら花と云は物の名也しらすなといふは詞なれは（久）

な、といへるはてのなもしとなり。やまふきのうたにつきてこれをいは丶、をなしやまひか。されとこれをはあしともさためられす。かやうのほとこと（日）は、うたによるなめり。

（21ウ）

43 わか恋はむなしきそらにみちぬらし
おもひやれともゆくかたもなし

（久）すゑのはてのゆくかたもなしといへるはてのしもしとをなしけれととかありともきこえす。をなしうたあはせに、

44 ことならはくもゐの月となりな丶む（久）
恋しきかけやそらにみゆると

とよめり。これは本のはしめ（久）のもしと、すゑのはしめ（久）のもしとをなし。いか丶あるへきとさためられたり。

（22オ）

ほとこと＝ほどのこと（日）

すゑの…きこえす＝このらしとなしとおなしけれともとかある哥とも定られすかやうのほとのことは哥によるなめりまた（久）

む＝ん（久）

のもし＝のこ文字（久）

のもし＝のこ文字（久）

これ又ふるきうたになきにあらす。

45 こひしさはをなし心にあらすとも
　こよひの月をきみゝさらめやは
とよめり。恋しさはといふ事、こよひ
の月お(日)(久)といふことなり。

46 秋風にこゑをほにあけてくるふねは
　あまのとわたるかりにそありける
(久)このあとあとなり。
又はしめのいつもしのは(久)しめのもしと、
つきの七もしのは(久)しめのもしとをなし
きを、(久)ふるきすいなうにかんしうの
(日)山ゐといへり。これ(久)そなをさるへき事。(日)(久)
をなしもし(久)よみつれはさゝへて
みゝとまりてきこゆ。(日)されとも(久)又
ふるきうたに(日)(久)よまさるにあらす。

47 しら露もしくれもいたくもる山は
　したはのこらすもみちしにけり

（22ウ）

お＝を（日）ナシ（久）

このあとあとなり＝とよめりあきとあまとなり是寛平哥合にとかと定られす（久）
はしめのもし＝初字（久）
はしめのもし＝初字（久）
を、ふるき＝は（久）
山ゐ＝病（日）　そなを＝は（久）　事＝事なり（日）（久）
しよ＝しをよ（久）
さ＝ナシ（日）　も＝ナシ（久）
よまさる＝なきさま（日）なき（久）

48 秋のよのあくるもしらすなくむしは
わかこと物や(久)かなしかるら(日)(久)ん
(久)とよめり。又はしめのいつもしの
はてのもしと、中のいつもしのはての
もしと、をなしきはみゝとゝまりて
あしと(久)きこゆとかきたれと、ふるき
うたにみなよみのこしたること
みえす。

(23オ)

49 山風にとくるこほりのひまことに
うちいつるなみやはるのはつ花
山風にと(久)いへる(日)ふたもしと、ひまことにと
(久)いへる(日)(久)二のしとなり。

50 ふるさとはよしのゝ山(久)しちかけれは
ひとひもみゆきふらぬひはなし
ふるさとはと(久)いへるは(久)のしと、ちかけれは
と(久)いへるは(久)のしとなり。これともに
(日)あしくもきこえす。(久)かやうのほとのとかは、

(23ウ)

かなし＝わひし(久)　ん＝む(日)(久)
とよめり＝四字ナシ(久)
と＝く(久)
いへるふた＝いふに(久)　ふた＝に(日)
いへる＝云(久)　二のし＝にの字(日)に文字(久)
し＝の(久)
いへる＝云(久)　のし＝文字(久)
いへる＝云(久)　のし＝文字(久)
あしくも＝あしくとも(日)　かやうのほとのとかは＝かうほとの事は(久)

うたによるへきなめり(久)(日)。うたは
卅一字あるを、卅(久)四字あらはあしく(久)
きこゆへ(日)けれとも(久)、よくつゝけつれは
(日)(久)とかもきこえす。

51 ほの〳〵とありあけの月のつきかけに
もみちふきをろす山を(久)ろしのかせ

52 しぬるいのちいきもやすると心みに(久)
たまのおは(久)かりあはむ(久)といはなん(日)(久)

さきのうたは卅四字(久)ある也。次のうたは
卅三字あるなり。
(久)はしめの五文字(久)、七文字ある哥、

53 いてわかこまははやくゆきませ(久)
まつち山まつらむ(久)いもをはやゆきてみん(日)

これらみなよきうたにもちゐて(久)
人にしられたり。
もしのたらねはよしなきもしを(久)
そへたるうた、

（24オ）

なめり＝なめり病さることは大略如是(久)　め＝ナシ(日)
卅四＝卅三四(久)　く＝くも(久)
へけ＝二字ナシ(日)　も＝ナシ(久)
とか＝あしと(日)　かも＝かとも(久)
を＝お(久)
に＝ん(久)
お＝を(久)　む＝ん(久)　ん＝む(日)(久)
ある也＝三字ナシ(久)
はしめ＝又はしめ(久)　字、七＝字の七(久)
ま＝こ(久)
む＝ん(久)　ん＝む(日)
て＝られて(久)
を＝ナシ(久)

54 はなのいろをあかすみるともうくひすの
　ねくらのえたにてなゝふれそも
このてなゝ(久)ふれそもといへるなもし
なり。（24ウ）

55 むらとりのたちにしわかないまさらに
　ことなしふともしるしあらめや
このことなしふとも(久)いへる(久)ふのしなり。
(久)これらみなよきうたにもちゐたり。
おほよそうたは、神ほとけ、みかと、
きさきよりはしめたてまつりて、
あやしの山かつにいたるまて、その
こゝろある物はみな、よまさる物なし。
神仏の御うたはさきにしるし
申せり。みかとのこせいは、おほさゝ
きのてんわうのたかみくらにのほ(久)らせ給て、（25オ）
はるかに(久)なかめやらせ(久)給てよませ給へる
こせい、

ふれそもといへる＝といふ(久)

いへる＝云(久)　ふのし＝ふ文字(久)
これらみなよきうたにもちゐたり＝ナシ(久)

らせ給て＝りて(久)
なかめ＝み(久)　給てよませ＝五字ナシ(久)

56 たかきやにのほりてみれはけふりたつ
　たみのかまとはにきはひにけり
これはみやこうつりのはしめ（日）、たかみ
くらにのほらせ給て（久）、たみのすみかを
御覧して（日）よませ給へるうた（久）也。かまと
なとはうたよまむには（久）いやしき
事はなれと、かくよみを（日）かれぬれは
は、かりなし。みかとの御うたいま
はしめてかきいたすへきにあらす。
（25ウ）
えんきてんりやくりやうてい（久）のこしふ
を御覧すへし。さかのきさきの御
うたに、うへわたらせ給たりけるに、
57 ことしけししはしはたてれよひのまに
　おけらむ露はいて、はらはん
これら（久）さきのことく（久）をの〱のこ（久）しふを
御覧すへし。
うたはかなの物なれはか、（久）れさらむ（久）

はしめ＝はしめに（日）
らせ給て＝りて（久）
て＝ナシ（日）　うた＝御哥（久）
は＝ナシ（久）
を＝お（日）
りやうてい＝五字ナシ（久）
ら＝又（久）　く＝し（久）　のこ＝二字ナシ（久）
、（か）＝く（久）　む＝ん（久）

こと(久)、事はのこはからむ(久)をはよむまし
けれと、ふるきうたにあまたきこゆ。（26オ）
行基菩薩の哥に、

58 りやうせんのさかのみまへにちきりてし
　しんによくちせすあひみつるかな

はらもんそうしやうの(久)返し、

59 かひらゑにともにちきりしかひありて
　もんすのみかほあひみつるかな

これは、しやうむてんわうと申けるおん(日)(久)
なみかとの、とうたいしをつくりて、
きやうきほさつにくやうせさせ給へと
申させ給けれは、いまこのみてらの
くやうにあはむとて、はらもんそう
しやうと申す人、まい(久)るらん。その（26ウ）
人にくやうせさせ給へと申させ給
けれは(久)、いかに(久)といふはかりに(日)おほしめ(久)して、
たちゐまたせ給けるほとに、

こと＝二字ナシ（久）　む＝ん（久）

の返し＝御返（久）

お＝を（日）　おんな＝三字ナシ（久）

いる＝いらる（久）

は、いかに＝はまたせ給ひけれとをそくみえたまひけれはいかに（久）　は＝ナシ（久）　に＝ナシ（日）　めし＝二字ナシ（久）

そのときになりておしきにかう
はなをそなへて、うみにうけて
人してみせさせ給けれは、を（久）しき
なみにつきて、（久）おきさまへゆきて
みえすなりぬ。とはかりありてを（久）しき
の花をさきにたてゝまいり給へり
けれは、よろこひお（久）ほし、とくとすゝめ
申（久）させ給けるに、はらもんそうしやう（27オ）
によみかけ申させ給けるうた也。
りやうせんと申すは、しやかによらいの
ほけきやうとかせ給ける所也。しん
によといへるは、まことゝいへる事（日）也。
返（久）しのかひらえも、をなしことなり。
このふたりは、を（久）なしくもんすにて
おはしましけるとそいひつたへたる。
又たかをかのしんわうの、こうほうたいしに
よ（久）せ給うた、

を＝お（久）
て、お＝て遥にお（久）
を＝お（久）
おほし＝おほしめして（久）
申＝ナシ（久）
事＝ナシ（日）
返しのかひらえも、をなしことなり＝ナシ（久）
をなしくもんす＝同聞衆（久）
よせ給＝たてまつらせ給ける（久）

60 いふならくのそこにいりぬれは
　せちりもすたもかはらさりけり　（27ウ）

御返し、大師（久）

61 かくはかりたるまを（日）しれるきみなれは
　たゝきやた（久）まては（久）いたるなりけり

もとのうたに、ならくのそことよまれたるは、ちこくを（久）いふなり。せちりもと（久）いへるはみかときさきもといふなり。すたもといへるは（日）、あやしの（久）かたい（日）（久）もといへる（久）なり。ちこくにおちぬれは、よき（久）人もあやしの人も、をなしやうなりとよまれたる也。返し（久）はかゝるよの事はりをよくしろしめしたる（28オ）人なれは、かくめてたきみにてはおはしますなりと、よまれたるなり。

伝教大師御哥、

62 あのくたらさむみやくさんほたいの

大師＝弘法大師（久）
を＝の（日）
た＝ナシ（久）　は＝も（久）
をいふ＝ナシ（久）　と＝ナシ（久）
は＝ナシ（日）　の＝き（久）　い＝ひ（日）（久）
いへる＝云（久）　よき人もあやしの人も＝ナシ（久）
返しは＝三字ナシ（久）

ほとけたちわかたつそまにみやうかあらせ給へ
これはひえの山を、(久)すゑまて事なく
あるへきよしをよませ給へるなり。
この人々(日)(久)こそ、うたなとは(久)さる物もや
(久)あるともしらておはすへけれと、われ(久)か
くにのふそくなれは、みなよみつ(日)たへ給へる(日)
なり。

（28ウ）

(久)すみよしの神の御うた(日)、

63 よやさむきころもやうすき
かたそきのゆきあ(久)はぬまよりしもやおくらん(日)

これは(日)みやしろのとしつもりてあは(日)れ
(久)にけれは、みかとの御ゆめにみせたて
まつらせ給へ(久)るうたなり。かたそきと
(久)いへるは、神のやしろのむねに、たかく
さしいてたるきのなゝり。すみよしの
みやしろは、二のやしろのさしあひて
あれは、その二の(久)やしろのくちに(久)たる

すゑまて事なくある＝すゑの世まてある（久）
々＝ナシ（日）　こそ、うた＝こそはうた（久）　は＝をは（久）
ある＝あらん（久）　れ＝ナシ（久）
つたへ＝三字ナシ（日）　るな＝二字ナシ（日）
すみよしの神の＝住吉大明神（久）　うた＝うたに（日）
あはぬ＝合の（久）　ん＝む（日）
は＝ナシ（日）　は＝ナシ（日）
にけ＝にあ（久）
へる＝ひける（久）
いへる＝云（久）
やしろ＝みやしろ（久）　に＝え（久）

よしを、よませ給へるにや。かたそきを　（29オ）
かさゝきとかける本も(久)あるか(久)、うた
ろんきにたかへに(久)あらそへること(久)
あり。かさゝきといひては心も(久)えす。
みわのみやうしんの御(日)うた、
64 こひしくはとふらひきませちはやふる
　みわのやま本すきたてるかと
これはみわのみやうしんの、すみよしの
みやうしんにたてまつり(久)たまへる(久)
うたとそいひつたへたる。(久)
65 すみよしのきしもせさらむ(久)物ゆへに
　ねたくや人にまつといはれん(日)　（29ウ）
これもすみよしのみやうしんの御うた
とそ(久)申つたへたる(久)、ひか事にや。
いせかひわの大臣にわすられたてま
つりて、をやのやまとのかみつきかけか
もとへまかるとてよめるうた、

も＝ナシ(久)　か＝にや(久)
たかへに＝四字ナシ(久)　ことあり＝は(久)
も＝ナシ(久)
御＝ナシ(日)

り＝らせ(久)　へる＝ひける(久)
(久)書入ニテ「或本云みわの明神のすみよしの明神にすてられてよみ給へる哥なりと云云」トアリ
む＝ん(久)
ん＝む(日)
そ＝こそは(久)　る＝り(久)

66 みわのやまいかにまちみん（日）としふとも
たつぬる人もあらしとおもへは
これはあ（日）（久）のみわの明神の御うたを
おもひてよめる也。

67 わかやとのまつはしるしもなかりけり
すきむらならはたつねきなまし

すきをしるしにて、みわのやまを　（30オ）
たつぬとよむも、みな
ゆへあるへし。むかしやまとのくに、、
おとこをんなあひすみて、年らい（久）に
なりに（久）けれと、ひ（久）るとゝ（久）まりてみ（久）る
事なかりけれは、を（久）んなのうらみて、
年来のなかなれと、いま（久）たかたちを
みる事なしとうらみけれは、
をとこうらむる所事はりなり。
たゝし、わかゝたちみてはさ（久）ためて
を（久）ちおそれんかいかにといひけれは、　（30ウ）

ん＝む（日）
あ＝か（日）（久）
らい＝比（久）
に＝て（久）　ひ＝よ（久）　ゝ（と）＝ナシ（久）　みる＝たかひに（久）
をんなのうらみて＝ナシ（久）
また＝またその（久）
さためて＝四字ナシ（久）
を＝お（久）

このなからひ、としをかそへ(久)むはいく
そはくそ、たとひそのかたちみ
にくしとい(久)へとも、たゝみえ給へといへは、
(久)しかなり。さらは(久)そのみくしけの
中にをらむ(久)。ひとりひらき(久)給へと
いひて返ぬ。いつしかあけてみれは、(久)くち
なはわたかまりてみゆ。おとろき思ひて、
(日)(久)ふたをゝゐてのきぬ。そのよめ(日)(久)
きたりて、われをみておとろきお
もへり。まことに事はりなり。われも
またきたらむ(久)こと、はちなきに
あらすといひちきりて、なく〱わかれ
さりぬ。女うとましなから、こひし
からむ(久)ことをなけき思ひて、をのま
きあつめたるをはへそといへり。(久)その
へそに(久)はりを(久)つけて、(久)そのはりをかり
きぬのしりにさしつ。よあけぬ

（31オ）

へむは＝ふれは(久)
いへとも＝いふともねかはくは(久)
しかなり＝四字ナシ(久)　は＝はわれ(久)
む＝ん(久)　き給へ＝きてみ給へ(久)
くちなは＝ちいさきくちなわ(久)
ふたをゝゐて＝ふたをおほひて(日)(久)　め＝又(日)(久)
む＝ん(久)
む＝ん(久)
そ＝こ(久)
に＝を(久)　を＝に(久)　て、そのはりを＝六字ナシ(久)

れは、そのを丶しるへにて、たつねゆきて
みれは、みわの明神の御ほく(久)らの
うちにいれり。そのをの丶こりのみ
わけのこりた(久)れは、みわの山とはいふ
なりと(久)いへり。
(31ウ)
い(久)せ御神のさ(日)(久)いすしゆすけちかに
よませ給け(久)る御(久)うた、
68 さかつきにさやけきかけのすみぬれは
　ちりのを(日)(久)そり(久)はあらしとをしれ
御和にい(久)はく、
69 を(日)(久)丶ち丶ちむまこすけちかみよまてに
　いた丶きまつるすへらおほむ神
これは(久)さいすになりてはしめて御なを
らひたまひ(久)ける。よろつにたえ(日)(久)ぬ
み(日)なれは、か(久)た〳〵に(日)をそりあ(日)る
よしを申けれは、まへに
(32オ)
候(久)ける人につきて、たくせんし給

く＝こく(久)

たれは＝たりけれは(久)
といへり＝四字ナシ(久)
(久)いせ御神の＝伊勢太神宮(久)　さいすしゆ＝祭主(日)
け＝ナシ(久)　御＝ナシ(久)

を＝お(日)(久)　りは＝れも(久)

いはく＝云(久)

を丶＝おほ(日)(久)

はさいす＝は輔親祭主(久)
ひける＝はりけるに(久)　え＝づ(日)へ(久)
みな＝二字ナシ(日)　かた〳〵に＝四字ナシ(久)　に＝
ナシ(日)　り＝れ(日)

ける＝二字ナシ(久)

けるとそ(日)申伝たる。な
を(日)らひとは、いせのくに丶て、御(久)神の
御(久)まへにてさけのみ物く(久)ふを申す也。
いつみしきふか保昌にわすられて、
きふねにまいりてよめるうた(久)、
70 ものおもへはさはのほたるをわかみより
あくかれに(久)けるたまかとそみる
明神の御返し、
71 おく山にたきりておつるたきつせに
たまちるはかり物なおもひそ
これは御社の内にこゑのあ(久)りて
みゝにきこえけるとそしきふ
申ける。
つらゆきかむ(日)まにのりて、いつみのくに丶
おはしますな(久)るありとほ(久)しの明
神の御まへを、く(久)らきにえしらて
と(久)ほりけれは、むまにはかに(日)(久)にたふれて

(32ウ)

そ＝ナシ(日)
を＝ほ(日)　御＝ナシ(久)
御＝ナシ(久)　くふを＝くひなとするを(久)
うた＝二字ナシ(久)
にける＝いつる(久)
ありてみゝに＝六字ナシ(久)
む＝う(日)
なる＝二字ナシ(久)　ほ＝を(久)
くらきにえ＝よるくらかりけれは神の御まへとも(久)
ほ＝を(久)　に＝ナシ(日)(久)

し(久)にけり。いかなる事にかとおとろ
きおもひて、火のほかけにみれは、神
のとりゐのみえけれは、いかなる神
のおはしますそとたつねけれは、これは　（33オ）
ありとほ(久)しの明神と申て、もの
とかめい(久)みしくせさせ給神也。
もしのりなからやとほり給つ(日)ると
人のと(日)ひけれは、いかにもく(久)らさに
神おはしますと(久)もしらてすき侍に
けり。いかゝすへきと、社のねきを
よひてと(久)へは、そのねきたゝに(久)は
あらぬさまな(久)り。なんちわれか
まへをむまにのりなからとほ(久)る、
すへからくは(日)しらされは、ゆるし
つかはすへきなり。しかはあれと、わかの　（33ウ）
道をきはめたる人(久)也。その
みちをあらはしてすきは、むまさ

しにけり＝いかにもおきあからす(久)
ほ＝を(久)
いみしく＝四字ナシ(久)
つ＝へ(日)
と＝い(日)　くらさに＝四字ナシ(久)
とも＝らんとも(久)
とへ＝とひけれ(久)　にはあらぬ＝ならぬ(久)
なり＝になりて(久)
ほ＝を(久)
は＝ナシ(日)
人＝もの(久)

ためてたつ事をえんか。これ、
(久)明神の(久)御たくせむなりといへり。
つらゆきたちまちに水をあみて
このうたをよみて、(久)かみにかきて
御社のはしらに(久)をしつけて(久)はいゝ
りてとはかりあるほとに、むまをき
てみふるいをして、(久)いなゝきてた
てり。ねきゆるし給と(久)てさめにけり(久)とそ。
72 あまくものたちかさなれるよはなれは
　(久)神ありとほしおもふへきかは
さねつなか(久)いよのかみにて(久)くたり
はへりけるに、うたこのむ物にて、
のうゐんほうしをくしていよに
くたりてはへりけるに、そのとし
世中ひてりしていかにもあめ
ふらさりけり。その中にもいよのくには
事のほかにやけて、くにのうちに

（34オ）

明＝御（久）　御＝ナシ（久）
かみにかきて御社＝御殿（久）
を＝お（久）　はいゝりて＝おかみいりて（久）
いなゝきて＝五字ナシ（久）
て＝いひて（久）　とそ＝二字ナシ（久）
神ありとほし＝ありとほしとも（久）
いよのかみ＝伊与守（久）　くたり＝三字ナシ（久）

水たえて、のみな（日）とする（久）水たになか
りけれは、水にうへてしぬる物あまた
ありけ（久）れは、かみさねつなヽけき（34ウ）
おもひて、いのりさはきけれと、（久）いかにも
しるしもみえさりけれは、思ひ
わつらひて、のうゐんほうしに、神は（日）（久）う
ためて（久）させ給物也。みしまのみやう神に哥
よみてまいらせて、あめいの
れとせめけれは、事にきよ（久）まはりて
いろ〳〵のみ（久）てくらにかきつけて、
（久）御社にまいりてふしおかみける
ほとに、にはかにくもりふたかりて
（久）おほきなるあめふりて、たえかた
きまてやます。

73　あまのかはなはしろ水にせきくたせ（35オ）
　　あまくたります神ならはかみ

そのゝち三日はかり、をやみもせす

と＝ん（日）　水＝ナシ（久）
れは＝り（久）
いかにもしるしもみえさりけれは＝ナシ（久）
うた＝うたに（日）（久）
させ＝二字ナシ（久）
まは＝めい（久）
て＝か（久）
御＝ナシ（久）
おほきなるあめ＝大雨（久）

ふりて、のちには三(久)四日はかり三(日)(久)たひふりて
くにの中おもふさまにそなりにける。
世すゑなれとも(久)、神はなを(日)うたを(久)
すてさせ給はぬとそ、さねつな
申ける。これら(久)よしなし事なれと、
神の御うたのつゝきに、さること
ありけりとも(久)きこしめさん(日)れうに
かきて候なり。まして人の形し
たらん(日)ものは、このみ習(日)へきにや。
いきとし(日)いき(日)たらむ(久)ものゝ、なに物か(久)
しらさ(久)らむ。めにみえぬ鬼神をも
あはれと思はせ、たけき物のふのこ
ころをもなくさむと(久)、ふるきも
のにもかけれと、むかしの事にや。こ
のころはさもみえす。
あさましくをひたるおきなの
七人ゐなみて、をの〳〵よめるうた、

（35ウ）

三四＝四五(久)　三＝に一(日)(久)
も＝ナシ(久)　を＝ほ(日)　を＝をは(久)
ら＝は(久)
けりとも＝と(久)　ん＝む(日)
ん＝む(日)　習＝見る(日)
し＝ナシ(日)　いきたらむ＝いけらむ(日)　らむ＝る(久)　か＝かは哥を(久)
らむ＝る(久)
むと、ふるきものにもかけれと＝むるものと古今の序にかゝれたれと(久)

74 かそふれと(久)たまらぬ物は(久)としといひ
てことしはいたくおい(久)そしにける
75 をしてるやなにはほりえ《のみつ》(日)(久)にやくしほの
からくも我はをいにける哉
(36オ)
76 おい(久)らくのこんとしりせはかとさして
なしとこたへてあはさらましを
77 さかさまにとしもゆかなん(日)とりもあへす
すくるよはひやともにかへると
78 とりとむ(日)る物にしあらねはとしつきを
あはれあなうとすこしつる哉
79 とゝめあへすむへもとしとはいはれけり
しかもつれなくすくるよはひか(久)
80 かゝみ山いさたちよりてみてゆかん(日)(久)
としへぬる身はをいやしぬると
(36ウ)
これはをいたる人とも(久)のあつまりて、
いたつらにをいぬる事をなけき(久)て
よめる哥なり。このころの人は、

と＝は(久)　は＝を(久)
そしにける＝にけるかな(久)
ほりえ《のみつ》＝ほりえ(日)みつえ(久)
い＝ひ(久)
ん＝む(日)
むる＝めぬ(日)
か＝を(久)
ん＝む(日)(久)
とも＝々(久)
なけき＝いひ(久)

（久）うたまては思もかけす。千年も
なからふへきさまにこそ思けなるに、
むかしのひとは、はかなき事を思
しりけるにや。をのつから、ひとり
ふたりやかくもよま（久）む、七人なから（日）は
（久）思かけし（久）かし。
人のむすめのやつなりけるか（久）哥、

81 神な月しくれふるにもくるゝ日の
　きみまつほとは（日）なかしとそ思ふ

これは十月はかりに、はゝのものへ（久）まか
り（久）たりけるに、をそく返けれは
よめるうたなり。
五節まひめのうた、

82 くやしくそあまつおとめとなりにける
　雲ちたつぬる人もなきよに

古ハ舞妓（日）非幼少物歟（久）
（久）これも五節のまひゝめなれは、お

（37オ）

うた…けるにや＝あまたあつまりたりとも（久）

か＝ナシ（久）

思か＝思もか（久）　かし＝しかし（久）「し」ノ傍ニ「本ノマヽ」トアリ

む＝ん（久）　は＝ナシ（日）

なか＝かな（日）

へ＝に（久）

たりけるに＝て（久）

非幼少物＝非幼少女物（日）　（久）古ハ以下ノ注記ナシ

これも＝三字ナシ（久）

さなくこそ(久)ありけめ。このこ
ろの人(久)はこ(久)さかしとやにくまむ。
又ちのむほとのことも(久)ゝ、むかしは　（37ウ）
うたをよみけるにや。

83 うくひすよなとさはなくそちやほしき
　こなへやほしきはゝや恋しき

これはおさなきちこの(久)てゝか、まゝはゝに
つけておきたりけるに(日)(久)(日)、をやのも
のへまかりたりけるほとに、つちしてち
ひさきなへのかたをつくりたりけ
るを、まゝはゝか(久)こに(久)とらせて、この
まゝこにはとらせさりける(久)を、ほしとは(久)
思けれと、えこはぬ事(久)にてありけるに、
うくひすのなきけれは、よめるうた(久)　（38オ）
なり。ちなともほしかりけるほとにや。お
さなき人もちことも(久)ゝ、むかし(久)うたを
よみけるとみ(久)ゆるためしなり(久)。

こそ＝こそは(久)
の人＝二字ナシ(久)　こ＝ナシ(久)
こともゝ＝こも(久)
の＝を(久)
に＝程に(日)か(久)　をやのものへまかりたりけるほと
に＝ナシ(日)
か＝わか(久)　に＝には(久)
るを＝れは(久)　は＝ナシ(久)
ぬ事にてあり＝さり(久)
うたなり＝四字ナシ(久)
ゝ(も)＝ナシ(久)　し＝しは(久)
みゆる＝三字ナシ(久)　なり＝になん(久)

(久)乞食ひとのいゐにつねにきて、ものをこひけるを、ひんかしおもてにゐたる(久)ひと、すさめさりけり(久)。西面てにゐたる(38ウ)ひとは、とき〳〵物をとらせけれは、きてよめるうた、

84 (日)をこなひの(久)つとめてもの丶ほしけれは
　にしをそたのむくる丶かたとて

此後いよ〳〵あはれかりて、つねにものとらせけりとかや。

(久)蟬丸かうた、

85 世中はとてもかくてもありぬへし
　宮もわらやもはてしなけれは

これはあふさかのせきにゐて、行きの人に、ものをこひてよをすくす物ありけり。さすかに琴なとひき人にあはれからけるものにてゆへ(日)つきたりける物にや。あやし

乞食ひと＝乞食の人(久)
る＝りける(久)
と＝とは(久)　り＝る(久)
を＝お(日)　の＝を(久)
蟬＝せひ(久)
へ＝ゐ(日)

のくさのい(久)ほをつくりて、わらと
いふものをかけてしつらひたり　(39オ)
けるをみて、あやしのすみかのさまや、
わらしてしもしつらひたるこそ
なとわらひけるを、よめるうたなり。
賀朝法師の人のめにしのひて
かよひ侍りけるに(久)、本のおとこに
みつけられてよみかけゝる。

86 みなくとも人にしられし世中よ(日)(久)
　しられぬ山をみ(久)るよしも哉

返し、本のおとこ

87 世中にしられぬ山に身なくとも
　たにのこゝろやいはて思はん(日)　(39ウ)

このころの人は、さらにうたよましものを。
ぬす人事にかゝりて、事のあらはれに
けれは、か(久)くしてゐ中へまかりける
ときに(久)、わするなとい(久)ひける時よめる

いほ＝いほり(久)
に、本の＝ほとに(久)
よ＝に(日)の(久)
み＝知(久)
ん＝む(日)
かくして＝かくれゐて(久)
に＝にめに(久)　いひける時＝申けれは(久)

うた、
88 わするなといふになかるゝなみたかは
うき名(日)をす(日)ゝくせともあ(久)らなん(日)
おなし事にて、とうたうみへまかる
に、はつせかはをわたるとてよめる。
89 はつせ河わたるせさへやにこるらん(日)　（40オ）
よにすみかたき我身とおもへは
さるをりにもむかしの人は哥を
よみけれは、このころのひとにははにさ
りけるとそみゆる。故帥(日)大納言の
は、ゝ、たかくらのあまうへときこえ
し人のもとに、参河守なりけ
るひとの(日)ちひさき和布(久)をたて
まつりたりけるを、前にたて
られたりけるを(日)き物ゝつし(日)に
(久)おきて、めつらしき物なりとて、とりも　（40ウ）
ちらさゝりけるか、ほともなくすくなく

名＝世(日)　すゝく＝すくす(日)　あら＝なら(久)　ん＝む(日)
ん＝む(日)
帥＝ナシ(日)
の＝が(日)　和布＝め(久)
を＝お(日)　し＝ら(日)
お＝を(久)

みえけれは、あやしかりてお（久）きたり
けるひとの、きひしくたつねさた
しけるに（久）、女はうのちかつきよりた
りけるをうたかひて、たつね（久）けるをき、て、
あまうへ
90 うらなくていそ（久）のみるめはかりもせよ
　いさかひをさへひろふへしやは
返し、を（久）ひける女はうの（久）たてまつり
ける。
91 めにちかくおきつしらなみか、らすは
（41オ）
　たちよる名をもとらすやあらまし
又おなし事にて、せなかうたれん（日）と
しけるをり（久）に、よめる哥、
92 おい（久）はて、雪の山をはいた、けと
　霜とみるにそ身はひえにける
このうたのとくにゆるされに（久）けり
とそきこゆる。帥内大臣と申

お＝を（久）
に＝にことに（久）
ねけ＝ねいさかひけ（久）
そ＝く（久）
を＝お（久）　のたてまつりける＝八字ナシ（久）
ん＝む（日）
をり＝時（久）
い＝ひ（久）
に＝ナシ（久）

けるひとの御もとにて、にはかにしに
いりさはきけれは(久)、しとみの本に
かきのせて、おう(日)(久)ちにおきたり
けるに、草の葉にお(久)きたりける　（41ウ）
露のあしにさはりけるほとに、ほと
ときすのなきてすきけるをきゝて
よめるうた(久)、
　　　　　河内重之(日)(久)

93 草の葉にかとてはしたりほとゝきす
　してのやまちもかくや露けき

良暹法師やまひして(久)雪のふりけ
る日、しなん(日)としけれはよめる。

94 しての山又《また》(日)(久)みぬ道をあはれわか
　雪ふみわけてこえん(日)とすらん(日)

うせける日、業平中将よめる哥(久)、　（42オ）

95 つゐにゆく道とはかねてきゝしかと
　きのふけふとは思はさりしを

いりさはきけれは＝けれは（久）
う＝ほ（日）（久）
お＝を（久）

うた＝二字ナシ（久）
河内重之＝河内守重之（日）（久）

やまひして＝五字ナシ（久）
ん＝む（日）
又《また》＝まだ（日）また（久）
ん＝む（日）　ん＝む（日）
業平中将よめる哥＝よめる業平中将（久）

(久)よまれしか(久)しとおもへと、さ(日)こそは(久)あ
りけめ(久)、そら事ならんや(久)は。
おほかた、うたをよまむには(久)、たいをよ
くこゝろゆへきなり。たいのもしは
三文字、四文字、五文字あるを(久)、か(日)ならす
よむへき文字、か(久)ならすしもよま(久)
さる文字、まはして心をよむへき文字、
さゝへ(久)てあらは(久)によむへき文字
あるを(日)、よく心ゆへきなり。心をま
はしてよむへき文字を、あらはによみ
たる文字(日)(久)わろし。たゝあらはによむ
へき文字を、まわしてよみたるもくた
けてわろし(久)。かやうの事はならひ
つたふへきにも(久)あらす。たゝ我心をえて
(久)さとるへきなり。たいをもよみ、そ
の事となか(日)らん(日)おりの哥は、思は(久)
やすかりぬへき事なり。たとへは、春

（42ウ）

(久)書入ニテ「ムカシノヒトハイカナルオリニモ哥ヲヨミケルハソラコトノヤウニソキコユルトイ本」トアリ　かしと＝物をと(久)　さこそ＝さてこそ(日)　は＝ナシ(久)
め＝り(久)　や＝やう(久)
は＝ナシ(久)

を＝題もあるを(久)　かならす＝限らず(日)
か＝ナシ(久)　まさる＝むへからさる(久)
へ＝え(久)　あらはに＝四字ナシ(久)
を＝ことを(日)

文字＝も(日)(久)

し＝くきこゆとそふるき人まうしける(久)
も＝ナシ(久)
さとるへきなり＝可読也(久)
か＝る(日)　ん＝む(日)　は＝へは(久)

のあしたにいつしかと（久）よまむと
思はゝ、さを（久）の山に（久）かすみのころもを
かけ（久）つれは、はるの風にふきほこ（43オ）
ろはせ、峰のこすゑをへたてつれは、
心をやりてあくからせ、むめのにほ
ひにつけて、うくひすをさそひ、子日
の松につけても（久）、心のひくかたなら（久）は
ちとせをすく（日）さん（日）事を思ひ、わか
なをかたみにつみためても、心さ
しのほとをみえ（久）、のこりの雪のきえ
うせぬるに、我身のはかなき事をな
けき、花さきぬれは、ひとの心の（久）し
つかならす、白雲にまかへ、春の雪
かとおほめき、こゝろなきかせを（43ウ）
うらみ、ひとならぬあめをいとひ、あお
やきのいとに思よりぬれは、おもひみたる
ともくりかへし、木の本にたちよら

と＝哥を（久）
さを＝よも（久）　に＝へに（久）
かけ＝きせ（久）
も＝ナシ（久）　ら＝れ（久）
く＝ご（日）　ん＝む（日）
え＝せ（久）
の＝も（久）

む事をいひ、草の(日)もえい(久)てん(日)につけ
ても、さわらひをうたかひ、やよ(日)(久)ひにも
なりぬれは、山かつのそのふに、(日)(久)もゝのす
かたにつけても、すける心をあはれひ、
みちとせになるといふなるもゝの、
ことしはしめてさきそめる
かとうたかひ、春のむなしくすき
ぬるにつけても、いたつらに年(日)(久)を　（44オ）
お(日)(久)くる事をなけき、いつしかと
ほとゝきすをまち、やすきゆめをたに
むすはす、しらぬ山ちに日をくらし、
おもはぬふせやにして(久)よをあかすに
つけても、よむへきふしはつきも
せす。五月になれ(久)はあやめくさにかゝ
りぬれは、人の心のうち(久)におほし、
身のほとをしらぬにひかせ、なか
きね(久)をたもとにかけ、心さしをあ

の＝ナシ(日)　いてん＝いつる(久)　ん＝む(日)
よ＝ま(日)(久)「よ」ト傍書
に、もゝの＝にたてるものゝ(日)(久)
年＝事(日)とし月(久)
おくる＝たつる(日)、(を)くる(久)
して＝二字ナシ(久)
なれは＝なりぬれは(久)
ち＝き(久)
ね＝ナシ(久)

さかのぬまゝておもひよ(久)り、思ひのき
にふかせなとすへきなり。かく（44ウ）
てこゑ(日)(久)みな月にも(久)なりぬれは、ほとゝき
すにわかれをゝしみ、かきりありて、身はくも
ちに返(日)るとも、こゑはかりをはなきとゝむ
へき事(久)をかたらひ、みなつきにもなりぬ
れは、松かけのいはひのみつをむすひても(久)(日)、
夏なきとしかとうたかひ、よろつにあ
つかはしきみのありさまをなけき、
かやり火のくゆるにつけても、ことの(久)
つきすへきにもあらす。秋のはしめにも
なりぬれは、はつ(日)かせのけしきも身に
しみ、おきのはのそよとこたふるに（45オ）
つけても、あはれをもよを(日)(久)し、七夕つめ
のあふせをまち(日)つけて、わたしもりを
たつね、かさゝきのわたせるはしを
もとめて、雲のころもをひきかさ

よ＝や（久）
ゑ＝え（日）（久）　も＝ナシ（久）
返るとも＝つきるとも（日）
事を＝ことはを（久）
ても＝あけても（久）　も＝ナシ（日）
ことの＝こと葉の（久）
はつ＝松（日）
を＝ほ（日）（久）
まちつけて＝待うけて（日）

ね給(日)らんめつらしさも心おかしく、ほと(久)
なくあけぬることをなけき、なこりの
恋しさをいひつくさむにも(日)、月のひかり(久)
いつと(久)もわくましきものなれと、秋は
なをいかなるかけそとおほえ、山かつ
のふせやのうちにては、雲のうへひ(久)
とうらやまれ(久)、たまのうてなにては、
（45ウ）
あかしのうら(久)思ひやられ、草むらの露
をかそへ、はねうちかはしとふかりも、
かくれなきまてみえ(日)(久)、山のはよりたち
い(久)つるも、ゝみちすれはやとおほえ(久)、雲
まのつきのあらしにはれゆくもめつら
しく、物思ふ(久)人をこふるにつけても、す
くれたる心地そする。木のはの色つき
ぬれは、にしきのひもをとき、あらしに
たくひぬれはなみたをおとし、みむ
ろの山にちりぬれは、たつたかはに水を

給らん＝給はむ(日)　ほと＝ほとも(久)
も＝は(日)　り＝りは(久)
と＝こ(久)
ひと＝人を(久)
まれ＝み(久)
うら＝浦を(久)
みえ＝二字ナシ(日)　え＝ゆ(久)
い＝ナシ(久)　え＝へ(久)
物思ふ＝ものを思ひ(久)

うしなひ、よしのかはにみちぬれは、　（46オ）
わたらむ事をなけき、あめと(久)ふれと(久)
水のまさらぬことをよろこひ、草
むらのむしのこゑ〳〵に人にしられ、
はきの花、露にすから(日)れて、にはもせに
を(久)れふし、をみなへし名にめてられて、
行かふひとにおられ、花すゝき、か
せにしたかふ心(日)なれは、つま木こ(久)りゆく
山かつの、いやしきをも(久)まねき、ぬ(日)し
さたまらぬふちはかまを、さゝかにの
いとにかけ、まかきのきく(日)、はつしもに
おきまとはされ、うつろ(久)ふいろ、しかみさ　（46ウ）
えたをた(久)おりて、ひとの心をあくからす。
冬の物は、は(久)しめのゆきめつらしくふりて、
いはほにも花をさかせ、あしひたく
やのすゝをもひきかへ、よもの山へを
かさり、草のとさしふりとちつれは、

と＝ナシ(久)　と＝とも(久)
ら＝ゝ(日)
を＝お(久)
心＝頃(日)　こりゆく＝こりにゆく(久)
も＝ナシ(久)　ぬし＝ぬへし(日)
きく、はつ＝菊はも初(日)
ろふいろ、しかみさえたを＝ろふろふいろみさほのえを(久)
たおりて＝たはめ(久)
はしめの＝はつ(久)

ひとしれすあけん(日)春をまち、みち
かくれぬれは、ふみわけてとはん(日)
ひとをまち、いけのつらゝひまなく
むすふほとになりぬれは、たかせのふ
ねもかよはす、あしまにすたくかもの
うきねもたえぬこほりのせきかたく
なりぬれは、たまものやとにくるこ（47オ）
と(久)みえすとうらみ(久)、としくれぬれは、
をくりむかふとなにいそくらん(日)と
おもひなから、よのならひなれは、お(久)
のつからつもりぬることをなけき
よむへきなり。恋のうたをもよみ、
みのことをも(久)いはん(日)と思はん(日)には、
思ひよるへきことはなにとかあらむ。
なつひきのいとゝも、さゝかにの
いとゝも、おもひよりなは、思ひたゆ
とも、かきたゆとも、くるにつけても（47ウ）

ん＝む(日)
ん＝む(日)
みえすと＝たえぬと(久)　み＝む(久)
ん＝む(日)
お＝を(久)
も＝ナシ(久)　ん＝む(日)　ん＝む(日)

くりかへしとも、心ほそしとも、また
心なかしとも(久)、おもひみたるとも、かき
みたるとも、我てにかけ、しつはたにか
けても、おりふしにしたかひて、いひなか
しつれは(久)、うためきぬるものなり。又
そま山ともそま河ともとりかゝりつ(久)れは、
このくれとも、ゆふくれとも、日のくれ
かたにとも、おと(久)すいかたのすきやら
すとも、又うみのふねなとに(久)かゝ
りぬれは、つゝきはおほかるものそかし。（48オ）
よのうらめしき(久)につけても、さを(久)の
さすかにとも、つなよはみとも、又
たえてあふましとも、おもひこかる
とも、ひとの心のうきたる事をなけき、
つりのうけなる事をわか身にたとへ、
あまのたくなは(久)のくり返し、ひとを
うらみ、、ちくるしほにそてをぬら

も＝ナシ(久)
は、うた＝はをのつからうた(久)
つ＝ぬ(久)
とす＝つる(久)
にかゝり＝にとりかゝり(久)
き＝さ(久)　を＝ほ(久)
の＝ナシ(久)

し、あさゆふに(久)みるめをかつき、世
にいきたるかひをひろひ、うつせか
ひのむなしきことをわか身によそへ、
あみのひとめをつゝみ、あまのとまやにた
ひねをしても、かちをかこひにし(久)、　（48ウ）
とまをむしろにしきて(久)、あみのうけを
草のまくらにむすふにつけても、いふへき
事は(久)ゝつきもせぬ物なり。お(日)とこはめ
をつまといひ、めはおとこをつまとい
ふにや(久)。つまなしといは(日)んとては、あれ
たるやとゝいひ、つのくにのまろやなとに
つけていひつれは、すへから(日)(久)にきこゆ。(久)く
れたけのとも思ひよりぬれは、うき
ふししけしともいひ、ふえ(久)たけとい(日)
ひつれは、ひとよのことを思ひ出、ねにあ
らはれぬる事をなけき、河竹のといひては、　（49オ）
なかれてのすゑの(久)よのひさしかるへき

に＝ナシ(久)
し＝して(久)
て＝ナシ(久)
ゝ(は)＝ナシ(久)　お＝を(日)
や。つま＝やこれをくせぬをはつまなしといふつま(久)
ん＝む(日)
から＝らか(日)(久)　くれたけの…二行…ともいひ＝ナシ(久)
ふえ＝くれ(久)　といひ＝ともいひ(日)
の＝ナシ(久)

ことをつゝくへきなり。よをもうらみ、(日)(久)よをもうらみむとしても、ゝゆ(日)なと草木につけてもいふは、草も木も、いまめのめくみはへいつるを(久)いふは、うちまかせて春夏よむへきなり。秋冬はそのときにをひいて(日)ん草木につけてよむへきなり。たゝうはのそらにはよむへからす。ほにいつとい(久)はゝ心にこめしのひたる事を、思ひあまりてひとにきかせ、あらはせるをいふなり。これをいはむとては、春は草(久)木のもえいつるにたとへ、夏はほとゝきすのねにあらは(久)し、秋は花すゝきのほにいつるによそへ、山の葉にさしいつるつきをなかめ、冬はそてのつらゝ(久)のちれる(久)かあらはれぬることをいふへきなり。思みたる(久)といふは、心にいかに

（49ウ）

よをもうらみ＝身をもうらみ（世をもうらみ）（日）　よをもうらみむとしても、ゝゆなと＝身をもなけかんとてもゆると（久）　な＝る（日）

いふ＝いへ（久）

ん＝む（日）

はゝ＝ふは（久）

木＝ナシ（久）

し＝れ（久）

のち＝のこほりてち（久）

か＝に（久）

と＝ゝ（る）（久）

せましとおもふ事のあるを思ひ
わつらひてなけくをいふなり。そ
れをよまん(日)(久)おりには、かるかやに
たとへ、あさねかみによそへ、しの（50オ）
ふもちすりなとにくらふき(日)(久)なり。
かならすかくよむへしとにはあらす。
たとへは、え思よらさらむ(久)おりには、こ
れら(久)をみてよく(久)心をえてくさる
へきか。おほかたかやうの事ともは、
つきもせね(久)とも、いかゝ(久)はかきつくす(久)
へき。
おほかた哥のよし(久)といふは、心をさき
としてめつらしきふし(日)(久)おもとめ、
ことはをかさりよむへきなり。心あれと(久)
事はかさらねは(久)、うたおもてめてたし（50ウ）
ともきこえす。ことはかさりたれと(久)、さ
せるふしなけれは、よしともきこえ

ん＝む(日)(久)
き＝べき(日)(久)
む＝ん(久)
ら＝ナシ(久)　よく＝二字ナシ(久)
もせね＝せぬ(久)　ゝ(か)は＝てか(久)　すへき＝しさ
ふらふへき(久)
し＝き(久)
お＝を(日)(久)
と＝はとて(久)
ねは＝されは(久)
と＝とも(久)

す。めてたきふしあれとも、いふなる
心ことは(久)なけれは又わろし。けたかく、と(久)
ほしろきをひとつのこと〻すへし。
これらをくしたら(日)んうたをは、よのす
ゐにはおほろけの人は、思ひかく(久)へからす。
金玉(久)集と(久)いへるものあり。その集(久)なと
の哥(久)こそは、それらをくしたる哥な
(久)めり。それらをこらんして、心(日)(久)おえさせ
給へきなり。これらをくしたりとみゆる
うたすこししるし申へし。

96 かせふけはおきつしらなみたつた山
よはにやきみかひとり(久)ゆくらむ
白浪といふはぬす人を(久)いふなり。(日)(久)立山を、
(日)(久)をそろしく(久)やひと(久)りこゆら(久)むと、お
ほつかなさによめる哥なり。(久)

97 (久)そてひちてむすひし水のこほれるを
はるたつけふのかせやとくら(日)ん

（51オ）

なけれは＝くせねは(久)　とほしろきを＝とをもしろきとを(久)

ん＝む(日)

へからす＝へきにもあらす(久)

集＝ナシ(久)　いへる＝云(久)　なと＝二字ナシ(久)

こそは、それ＝なとこそはこれ(久)

めり＝らめ(久)　お＝を(日)(久)

ゆく＝こゆ(久)

をいふ＝のな(久)　立山＝立田山(日)さる物のたつ山(久)

を＝お(日)(久)　や＝ナシ(久)　り＝りや(久)　む＝ん(久)

(久)書入ニテ「或本云いせ物語にくわしくみえたりと云也」トアリ

(久)書入ニテ「古今第一貫之」トアリ

ん＝む(日)

98 春たつといふはかりにやみよしの丶
山もかすみてけさはみゆらむ《(久)》

む＝ん(久)

99 ほの〳〵とあかしのうらのあさきりに
しまかくれゆくふねをしそ思ふ　(51ウ)

100 さくらちるこのしたかせはさむからて
そらにしられぬ雪そふりける

101 恋せしとみたらしかはにせしみそき
神はうけすもなりにける哉

102 もみちせぬときはの山にすむしかは
をのれなきてや秋をしるらむ《(久)》

む＝ん(久)

103 たのめつ丶こぬよあまたになりぬれは
またしと思に《そ(日)(久)》そまつにまされる

に《そ》そ＝ふぞ(日)(久)

104 よしのかはいはなみたかくゆく水の
はやくそひとを思そめてし　(52オ)

105 なにはかたしほみちくれはかたをなみ
あしへをさしてたつなきわたる

ひとへにいふなる哥

106 思ひいつるときはの山のいはつゝし
いはねはこそあれ恋しき物を

107 春たちてあしたのはらの雪みれは
またふるとしの心ちこそすれ

けたかくとほ（久）しろきうた

108 よそにのみみてやゝみなん（日）かつらきや（久）
たかまの山のみねのしらくも

109 おもひかねいもかりゆけは冬のよの
かはかせさむみちとりなくなり

よきふしにいうなる事くしたる
うた

110 すみよしのきしもせさらむ（久）ものゆへに
ねたくやひとにまつといはれん（日）

111 むねはふしそてはきよみかせきなれや
けふりもなみもたゝぬひそなき

心をさきに（久）してことはをもとめさ（日）（久）
るうた

（52ウ）

ほ＝を（久）

ん＝む（日）　や＝の（久）

む＝ん（久）

ん＝む（日）

に＝と（久）　さ＝た（日）（久）

112 ふ(久)くかせにあつらへつくる物ならは
このひと(日)えたはよき(久)(日)よといはまし
113 ふ(日)くかせは花のあたりをよきてふけ
こゝろつからやうつろふとみむ(久)
114 お(久)そくいつるつきにもある哉
あしひきの山のあなたもを(久)しむへらなり (久)
よきうたにこはき事はそへる哥
115 春かすみたゝるやいつこみよしのゝ
よしのゝ山に雪はふりつゝ
116 のへちかくいゑゐしせれはうくひすの
なくなるこゑはあさな〳〵きく
ふせいあまりすきたるやう(久)なる
うた
117 おほそらをおほふはかりのそても哉
ち(久)りかふ花をかせにまかせし
118 みつうみに秋の山へをうつしては
はたはりひろきにしきとそみる

（53オ）

（53ウ）

(久)書入ニテ「古今大伴黒主」トアリ
ひとえたは＝一本は（日）　きよと＝けと（久）　よ＝ナシ（日）
ふく＝春（日）
む＝ん（久）
お＝を（久）
を＝お（久）　(久)書入ニテ「此哥或本ニ無シ」トアリ
やうなる＝四字ナシ（久）
ちりかふ＝春さく（久）

119 春さめのふるはなみたかさくら花
ちるを（久）ゝしまぬ人しなければ

120 そへにけふくれさらめやはと思へとも
たえ（久）ぬは人の心なりけり

五文字こはき哥

121 たれこめて春のゆくゑもしらぬまに
まちしさくらはうつろひにけり

（54オ）

すゑなたらかならぬうた

122 さくら花ちりかひま（久）かへをいらくの
こむ（久）といふなる道まと（日）ふかに

123 ゆめちにはあしもやすめ（久）すかよへとも
うつゝにひとめみる事はあらす

124 くろかみにしろかみましりおふるまて
かゝる恋にはいまたあはさ（日）（久）る

きくにつみふ（久）かくきこゆるうた

125 この世にてきみをみるめのかたからは
こん（日）よのあまとなりてかつかん（日）

ゝ（を）＝お（久）

え＝へ（久）

まかへ＝くもれ（久）

む＝ん（久）　と＝か（日）

め＝ま（久）

さる＝ざるを（日）（久）

ふかくきこゆる＝ふかき（久）

ん＝む（日）　ん＝む（日）

（54ウ）

126 あすしらぬいのちなりともうらみおかん(日)
このよにてしも(久)やましと思へは
けにときこゆるうた

127 恋しなん(日)のちはなにせん(日)いける日の
ためこそひとのみまくほしけれ

128 ありはてぬいのちまつまのほとはかり
うき事しけく思は(日)すも哉

129 ありへむ(久)と思もかけぬよの中は
なか〳〵身をそなけかさりける
心くるしくいとを(日)(久)しき哥

130 さゝのくま日のくまかはにこまとゝめ

（55オ）

しはし水かへかけをたにみん(日)

131 ゆふやみ(日)は道たつ(久)〳〵し月まちて
返れわかせこそのまにもみん(日)
こゝろさしをみせん(日)(久)とよめる哥

132 をはたゝのいたゝのはしのくつれなは
けたよりゆかん(日)(久)返わかせこ

ん＝む(日)
しも＝のみ(久)

ん＝む(日)　ん＝む(日)

思は＝歎か(日)

む＝ん(久)

を＝ほ(日)お(久)

ん＝む(日)

やみ＝され(日)　たつ〳〵し＝たと〳〵し(久)
ん＝む(日)
ん＝む(日)(久)

ん＝む(日)　返＝こふな(久)

133 やましろのこはたのさとにむまはあれと
きみを思へはかちよりくる(久)
134 みちのくの(久)とふのすかこもなゝふには
きみをねさせてみふに我ねん(日)
を(日)(久)ひたゝしきふしあるうた
135 なとて我うたゝある恋をはしめけん(日)
しとろにとこのたちろゝく(久)まて　(55ウ)
136 まてといふにたちもとまらてしゐてゆく
こまのあしをれまへのたなはし
お(久)こかましきこと(久)ある哥
137 うたゝねに恋しき人をゆめにみて
を(日)(久)きてさくるに(久)なきそ(久)わひしき(久)
138 まくらよりあとより恋のせめくれは
とこなかにこそおきゐられけれ(久)
ひたふるにきこゆるうた
139 あつさゆみ思はすにしていりにし(久)を
ひきとゝめてそふすへかりける　(56オ)

くる＝そくる(久)
の＝に(久)
ん＝む(日)
を＝お(日)(久)
ん＝む(日)
ろゝく＝そゝく(久)
お＝を(久)　こと＝ふし(久)
を＝お(日)(久)　に＝か(久)　そ＝か(久)　き＝さ(久)
れ＝り(久)
にし＝ぬる(久)

140 山(久)かつのこけのころも(久)はたゝひとへ
かさねはうとしいさふたりねん(日)
にくからても、ひとはわすれ(久)けりとき
こゆるうた
141 わすれなん(日)と思心のつくからに
ありしよりけにまつそ恋しき
142 あかてこそ思はん(日)中ははなれなめ
そをたにのちのわすれかたみに
思はなれ(久)たるやうにて、さすか(久)ね
ちけたるうた
143 こゝろありてとふにはあらすよの中に
(56ウ)
ありやなしやのきかまほしきそ(久)
144 たのめこし事の葉いまは返してん(日)
ほとなき身にはを(日)(久)き所なし
女はさそ(久)なとみゆる事をも(久)あらかふ
にこそかゝりたれ。いとを(日)(久)しくおいふし
たるうた

(久)書入ニテ左傍ニ「よをいとふ欤」トアリ　も＝ナシ(久)
ん＝む(日)
す＝か(久)
ん＝む(日)
ん＝む(日)
れ＝ち(久)　か＝かに(久)
そ＝に(久)
ん＝む(日)
を＝お(日)(久)
そ＝う(久)　も＝たに(久)
を＝ほ(日)お(久)

145 ひとしれすたえなましかは(久)中々に
なき名そとたにいはまし物を
146 なき名そとひとにはいひてありぬへし
心のとはゝいかゝこたへむ
ものにこゝろえたり(久)ときこゆる哥 （57オ）
147 あまのかるもにすむゝしの我からと
ねをこそなかめよをはうらみし
148 おほかたの我身ひとつのうきからに
なへてのよをもうらみつる哉
思かけぬふしあるうた
149 おく山にたてゝましかはなきさこく
ふなきもいまはもみちしなまし
ふね(久)のこきいてたら(久)むをみて、もみ
ちのうた(久)よまむといふことは、思(久)も
よらぬ事なり(久)や。
150 はるかすみかすみてい(日)(久)てしかりかねは （57ウ）
いまそなくなる秋きりのう(日)ゑに

中々に＝わひつゝも（久）

と＝ける人かなと（久）

の＝ナシ（久）　む＝ん（久）
よまむ＝よむ（久）　もよらぬ＝かけぬ（久）
や＝ナシ（久）
て＝に（日）（久）
ゑ＝へ（日）

はつかりをよまむに、(久)はしめに春かすみと
よまむ(日)(久)事にもあらす。これらは人の
しわさともみえす。
おほかた(日)(久)のうたのふしは、ともかくもい
ひからなめり。花を丶しみ、月をめつる
こといくそはくそ。
151
身に(日)(久)かけてあやなく(久)花(久)を丶しむ哉
いけらはのちのはるもこそあれ
152
まてといふにちらてしとまる花ならは
なにをさくらに思まさまし
かやう(久)によむと思に、又ちれ(久)とよみたるも、
ひか事ともきこえす。
153
(久)なこりなくちるそめてたきさくら花
ありてよの中はて(日)(久)しうけれは
154
(久)さくら花ちらはちらな(日)んちらすとて
ふるさと人のきてもみなくに
はしめのうたは、よのはかなき事をい

（58オ）

はしめに＝四字ナシ(久)
事にも＝事思ひよるべきにも(日)ことは思よるへきにも(久)
の＝ナシ(日)(久)
かけて＝かなへて(日)かへて(久)　花＝はる(久)　、(を)＝お(久)
によむ＝にのみよまむ(久)　と＝ともと(久)
(久)書入ニテ「古今」トアリ
しう＝のう(日)しな(久)
(久)書入ニテ「同惟喬親王」トアリ　ん＝む(日)

はん(日)とて、花をはす(久)てたるなめ(久)り。(久)
花をあくとよめるうた、
155 山さくらあくまて色をみつる哉
　花ちるへくもかせふかぬよに
花をあくといはん(日)は(日)な(久)れと、めてたき世に
は、かせたにふかすといふことのあれは、よ　（58ウ）
をほめむ(久)かれうに(久)いへは、けにときこえた(久)り。
月なとも又花のことし。
156 あしひきの山のはいて丶やまのはに
　いるまてつきをなかめつる哉
157 あかなくにまたきも月のかくる丶か
　山のはにけていれすもあらなん(日)
かやうに山のはにけてなと(久)、あるましきこと
をさへ思よりて、おしむときくに、
158 おほかたは月をもめてしこれそこの　（59オ）
　つもれは人のおいとなる事《もの》(日)(久)
かうもよみけるは、されとをいのつも

ん＝む(日)　は＝ナシ(久)　め＝ナシ(久)　(久)なめりノ下ニ「つきの哥はこぬ人のうらめしさをいはんとて花をすてたるなめりはらのあしかりけるにや」トアリ
ん＝む(日)　はなれと＝はあしかりぬべき事なれど(日)(久)
む＝ん(久)　にいへは＝なれは(久)　たり＝てそ(久)
ん＝む(日)
なと＝なとさへ(久)
事《もの》＝もの(日)(久)

りぬることをなけか(日)んとて月をいと
ひたるにや。月ものいふものなら(久)ま
しかは、(久)つきあやまたすとやいはまし。
159 てるつきをまさきのつなによりつ《か》(日)(久)けて
　あかすわかるゝひとをとゝめ(日)ん
これはこれたかのみこの、(久)月にあそひ
けるかつきとゝもにいり(久)にけれは
(日)業平中将のよめるうたなり。これは
月をまさきの(久)かつら、つなして
ゆひとゝめ(久)むとよめるにや。さらは
つきのために(久)もいと(日)(久)をしく、かのみ
こもはらたちぬへ(久)くそきこゆれと、
あかぬをとゝめむ(久)と思心の、(久)あなかちに
ふかけれは、よきうたにも(日)ちゐるな
めり。この(久)ころはいかはかりそしらむ
とそきこゆる。
160 みるからに(久)うとくもあるかな月かけの

(59ウ)

ん＝む(日)
ましか＝三字ナシ(久)
つき＝かく(久)
つ《か》＝か(日)つ(久)
ん＝む(日)
月に＝月夜に(久)
にけれは＝なんとしけれは(久)
業平中＝業平の中(日)
かつら＝三字ナシ(久)
む＝ん(久)
も＝ナシ(久)　を＝ほ(日)お(久)
くそ＝き哥かなと(久)
と思＝の(久)　あなかちに＝五字ナシ(久)
ちゐ＝い(日)
ころ＝心(久)
うとくもあるかな＝うとましきかな(久)

いたらぬさともあらしと思へは
これも(久)あまねくてらすらん(日)(久)といふ事の
まことなるゆへに、うとまし(久)といふも
めてたくこそきこゆれ。（60オ）

161 白雲にはねうちかはしとふかりの
かけさへみゆる秋のよの月

月はあかくよむをめてたき事にす
れは、このうたこそは(日)よきうたなめ
れ。たゝし此うたをおろしり
たりとおほしきひとは、月まことに
くまなくとも、そらをゆかん(日)(久)とりのか
け、にはにうつるへからす。なをかすさ
へといふへきなりといへと、つら〳〵(久)こ
のきを思に、つきまことにく（60ウ）
まなけれと、そら(日)(久)ゆくかりのかす
さら(久)にみえす。ともにみえぬにてはな
をかけさへとこそよみけめ。かけといふ(久)は

も＝ナシ（久）　ん＝む（日）（久）
しと＝しきと（久）
は＝ナシ（日）
ん＝む（日）　んと＝むか（久）
つら〳〵＝つく〳〵（久）
そら＝空を（日）空に（久）
ら＝へ（久）
いふ＝いへ（久）

いますこしあかくみゆるなり。さ
れはなをかけさへといふへし(久)とそみ
ゆ(久)る。

162 てりもせすくもりもはてぬ夏《春(日)(久)》のよの
　おほろ月よにしく物そなき

かうもよめるは、花をちるめてたし
と(久)よめる心は(久)へか(日)。うくひすのうたにも(久)、

163 あらたまのとしたち返あしたより　(61オ)
　またるゝものはうくひすのこゑ

かやうによむとおもふに、

164 竹ちかくよとこねはせしうくひすの
　なくこゑきけはあさいせられす

ほとゝきすの(久)うたにも、

165 ゆきやらて山ちくらしつほとゝきす
　いまひとこゑのきかまほしさに

かやうによめ(久)りと思に、

166 なつ山になくほとゝきす心あらは

し＝き(久)
ゆる＝たまふる(久)
夏《春》＝春(日)(久)
と＝なと(久)　はへ＝二字ナシ(久)　か＝る(日)　にも
＝二字ナシ(久)
の＝ナシ(久)
めり＝む(久)

ものおもふ我にこゑなきかせそ
かやうによ(久)める心はへなめり。これは
ほとゝきすのにくきにはあらす。もの
おもふ(久)をりにきけは、いとゝなけきの
まさる○久よしを(久)いふなり。こと物(久)とも
みな(日)をなし事なれは(久)しるしま
うさす。
またうたにはにせ物といふ(久)事あり。
(久)さくらをは白雲によせ、ちる花をは
雪にたくへ、むめの花をはいもか
衣によ(日)(久)せへ、うの花をはまかきの島
の波かとうたかひ、もみちをはにしき
にくら(日)へ、草むらの露をは(久)つらとゝの
はぬたまかとおほめき、かせにこ
ほるゝをは、そてのなみたになし、
みきはのこほりをは、かゝみのおもて
にたとへ、恋をはひとりの(久)こに思

（61ウ）　める＝む(久)
を＝お(久)
○久書入ニテ「ナリトヨメハホト、キスソナウコ、ロオトリスヘキサラニソキコユルイ」トアリ　いふ＝よめる
(久)　とも＝の事(久)
を＝お(日)　しるし＝つくしてもしるし(久)
事＝もの(久)
さくら＝山のさくら(久)
せ＝そ(日)(久)
（62オ）　へ＝ぶ(日)　つらとゝのはぬ＝をのつからとられぬ(久)
こ＝山(久)

よそへ、たかのこゐにかけ、いはひの
心をは、松と竹とのすゑのよにくらへ、つ
るかめのよはひとあらそひなとす
るはよ(久)の中のふる事なれは、いまめか
しきさまによみなすへきやうもな
けれと、いかゝはすへきと思なから、い
ひいた(久)すにや。(久)うたのことは(久)に
らし　かも　(日)しも　へらなり　まに〳〵
いまはた、　みわたせは　こゝちこそすれ
わひしかりけり　かなしかりけり　(久)
(日)つらくも　これらはおほろけにては
よむましと、ふるき人々申け(久)りと
そうけ給は(久)りし。これまたふるき
うたになきにあらす。

167 我恋はむなしきそらにみちぬらし
思やれともゆくかたもなし
168 しものたて露のぬきこそ(日)(久)つらからし

の中の＝もやまの(久)

(62ウ)

す＝せる(久)　うた＝また哥(久)　に＝には(久)

し＝い(日)

(久)書入ニテ「或本無」トアリ

つらくも＝つゝ、そも(日)

り＝る(久)

りし＝る(久)

つら＝よは(日)(久)

山のにしきのを(日)(久)れはかつちる（63オ）
169 みやまにはあられふるらしとやまなる
まさきのかつら色つきにけり
これら(久)らしとよめれ(久)とあしう(久)も
きこえす。
170 はるかすみ色のちくさにみえつるは
たなひく山の花のかけかも
171 いはそゝくたるみ(久)のうへのさわらひの
もえいつる春にあひ(久)にけるかも
172 あまのはらふりさけみれはかすかなる
みかさの山にいてし月かも
これらにて心をゆ(日)(久)るに、よくつゝけ（63ウ）
つれは(久)とかともきこえす。あしうつゝけ
つれは、とかともきこえ(久)、あしう(久)つゝけつ
れは花さくらといふも、てる月の(日)とい
ふも、きゝにくゝこそはおほゆれ。
へらなりと(久)いふことは(久)けにむかしの

を＝お（日）（久）
ら＝ナシ（久）　れと＝る（久）　うも＝きと（久）
み＝ひ（久）
あひ＝なり（久）
ゆ＝う（日）（久）
とかともきこえす。あしうつゝけつれは＝ナシ（久）
え＝えす（久）　う＝く（久）
の＝ナシ（日）
といふ＝なといへる（久）　は＝はゝ（久）

ことはなれは、よのすゑにはき丶つか
ぬやうにきこゆ。いもなとい(久)へることは(久)
なとてかあしからむ(久)と(久)思、とかくき丶
そめつ(久)れはありつかぬやうにきこ
ゆるは、いもかりゆけは(久)といへるうたのめ
てたきか、み丶うつしにてきこゆ（64オ）
るにやとそ、ひとも申し。みわたせはと
いへる五文字も、まつのはしろし(久)と
も、やなきさくら(日)こ(久)きませてとも
つ(久)丶けつれは、みわたせはとそこの
みよむへきとそ(久)きこゆる心ちこそ
すれと(久)も、又ふるとしのとも(久)、ひかけ(久)の
そひてともい(久)ひつれは、はしめの
ことし。つ丶き、き丶(久)にく丶とり
なしつれは、けにあやしとも(久)や申
へからむ(久)。うたをよむに、ふるきう
たによみにせつ(久)れはわろきを、いまの（64ウ）

いへる＝いふ(久)　は＝は丶(久)
む＝ん(久)　と思＝とはおもへと(久)
つれは＝たれはにや(久)
はと＝は冬のよのと(久)
し＝き(久)
らこ＝らをこ(日)(久)
つ丶け＝よくつ丶け(久)
そ＝ナシ(久)
と＝ナシ(久)　も＝つ丶け(久)　け＝り(久)「け」ト傍書
いひつれ＝いひなしつれ(久)
き丶＝二字ナシ(久)
も＝ナシ(久)
む＝んまた(久)
つれはわろきを、いまのうたよみましつれは＝たるとをとりたるといふかひなしまさ丶まによみなしつるは(久)

うたよみましつれはあしからすとそ
うけたまはる。
い(久)ゑのさくらを(久)よめるうた、(日)(久)

173 我やとのものなりなからさくら花
ちるをはえこそと丶めさりけれ

おなしたいを、　花山院御製

174 我やとのさくらなれともちるときは
こ丶ろにえこそまかせさりけれ

175 もみちせぬときはの山(久)をふくかせの
おとにや秋をき丶わたるら(久)む

176 もみちせぬ時はの山に(久)たつしかは　(65オ)
(日)をのれなきてやあきをしるら(日)ん

177 しのふれと(久)色にてにけり我恋は
ものや思とみる人そとふ

178 しのふれと色にてにけり我こひは
ものやおもふと人のとふまて

179 うくひすのたによりいつるこゑなくは

ゑ＝へ（久）　よめるうた＝みてよめる（久）　(日)(久)「貫之」トアリ
を＝は（久）
む＝ん（久）
たつ＝住（久）
を＝お（日）　ん＝む（日）
色にてに＝あらはれに（久）

はるくる事をいかてしらまし

180 うくひすのこゑなかりせはゆきゝえぬ
山さといかてはるをしらまし

181 さゝれいしのうへもかくれぬさは水の
あさましくのみみゆるきみかな（65ウ）

182 さをしかのつめたにひちぬ山かはの
あさましきまてとはぬきみかな

183 きみこむといひしよことにすきぬれは
またれぬ物ゝ恋つゝそお(日)(久)る

お＝を（日）（久）

184 たのめつゝこむよあまたになりぬれは
またしと思そまつにまされる

185 秋のたのかりそめふしもしてけるか
いたつらいねをなにゝつまゝし

186 あきのたのかりそめふしもしつる哉
これもやいねのかすにとるへき

187 思つゝぬれはやかもとぬま(久)たまの（66オ）
ひとよを(日)(久)ちすゆめにしみゆる

ま＝は（久）

を＝お（日）（久）

188 おもひつゝぬれはやひとのみえつらん(日)
ゆめとしりせはさめさらましを

これかやうによみまさむ(日)(久)事のかたけれは、かまへてよみあはせしとすへきなり。うたの返しは、本の(久)うたによみましたら(久)はいひいたし、お(久)とりなはかくしていひいたすましきとそむかしのひと申ける。

返しよき(久)うた、

189 恋しさはを(日)(久)なし心にあらすとも
こよひの月をきみみさらめや　(66ウ)

返し

190 さやかにもみるへき月を我はたゝ
なみたにくもるおりそおほかる

191 ひとしれぬなみたにそてはくちにけり
あふよもあらはなにゝつ(久)くさむ

返し

ん＝む(日)

む＝る(日)ん(久)

のうたに＝哥に(久)

たら＝る(久)　お＝を(久)

よき＝をとらぬ(久)

を＝お(日)(久)

つくさむ＝つゝまん(久)

192 きみはた丶そてはかりをやくたすらん(日)
あふには身をもかふとこそきけ
193 きみやこし我やゆきけん(日)おほつかな
ゆめかうつ丶かねてかさめてか　（67オ）

返し

194 かきくらす心のやみにまとひにき
ゆめうつ丶とはよひとさためよ

このうたの返しは(久)、おろさかしきよの(久)
(久)ひとは、ひか事なり、さはかりのしのひ
ことをは、いかてか(久)よ人はしるへき
そ、こよひさためむ(久)といへるこそ
いはれたれと申めり。それか(久)もろ〳〵の
ひかことにて候なめり。まつこの
うたは、いせ物かたりのことくならは、
又もえあはすしてあくるひは、ほかの　（67ウ）
くにへまかりぬ、また(日)(久)とかけり。こよひ
またあふへくはこそは、身つからはさ

ん＝む(日)

ん＝む(日)

は、お＝を丶(久)　よの＝二字ナシ(久)

ひとは＝人はよひと丶は(久)

か＝ナシ(久)

む＝ん(久)

か＝ナシ(久)

また＝二字ナシ(日)(久)

ため丶(久)、ゆめ(久)のやうにて又もえあは
て、こ丶ろにもあらて(久)わかれぬれは(久)、こ
の事(久)はいますこしめてたけれ。よ
ことにあひて、ひころにならは、む(久)けに
おもひもなき心ちす。よひとさた
めよとよめるは、まことに世中の
ひとあつまりてさためよといふに
はあらす。我は又もえあふましけ
れは、すへきやうもなしとて、いかにも
えしらぬよしにて、いひすて丶いぬる也。
かくよの(久)ひとにさためよといへる事
そ、ことの心も哥のこ丶ろもえもいはぬ
事にてはあれ(久)。こ(久)よひさためむ(久)と
いへる人は、和哥の外道なり。き丶
いるましきこ(久)とか。
かへしともおほえぬ返しあるうた、
195 みすもあらすみもせぬ人の恋しきは

（68オ）

丶（め）＝し（久）　ゆめ＝二字ナシ（久）
て＝す（久）　は＝はこそ（久）
事＝なからひ（久）
む＝ん（久）

の＝ナシ（久）

れ＝れと（久）　こ＝ナシ（久）　む＝ん（久）

こ＝ナシ（久）

あやなくけふやなかめくらさむ(久)

返し

196 しるしらぬ(久)なにかあやなくわきていはん(日)
おもひのみこそしるへなりけれ

(68ウ)

此うたの返しをすへき心は、みすもあらすみもせぬ人のといへれは、いつかみえつるそら事と(日)も、又(久)(久)みえなはよもさも思はしとも、まことにさも(久)思は、うれしともそよむへき。この返しの心は、おまへはたれとか申、すみかはいつれ(久)の所そ、慥にのたまへ、たつねてまい(日)らん(日)とよみたらん(日)うたの返しとそきこゆる。されとまことにあしからむ(久)に、古今にいら

(69オ)

むやは。(日)かう思は(久)、まことのひか事なり(久)。されと(久)かやうにかきたるを御覧して、あしとも、又さ(日)も(久)ともおほしめさん(日)。

む＝ん(久)

ぬ＝す(久)　ん＝む(日)

と＝を(日)　又＝ナシ(久)　(久)書入ニテ「或本云タレトカ申スサトハイツコソナトマタラムカヘリコトツカハスヘキコトホコレトアシカラムニ古今ニイラムヤハ云云」トアリ
も＝ナシ(久)

れの所そ、慥に＝こそ(久)

い＝ゐ(日)　ん＝む(日)　ん＝む(日)

むに＝んには(久)

かう思は＝四字ナシ(日)　は＝ナシ(久)　なり＝なめり(久)

と＝は(久)

さも＝さ(日)　とも＝いはれたりとも(久)　ん＝む(日)

(日)おほくの事なり。
哥の返に鸚鵡返しと申事あり。
かき(日)(久)をきたるものは(久)なけれと、ひと
のあまた申ことなり。あうむかへしと
いへる心は、本の(久)うたの心ことはを
かへすして、おなしことはをいへる
なり。え思よらさら(日)んおりは、さも
いひつへし。(久)
ふるきうたの中に(久)も、うたのおも
てによみすふへきもの、名を(久)いはて、
こゝろに思はせたるうた(久)あり。(久)うくひ
すをたいにする(久)哥、
197 (久)こつたへは(久)おのかはかせにちる花を
たれにおほせてこゝらなくらむ
花のちるを題にする哥、
198 とのもりのとものもの宮つこ心あらは
このはるはかりあさきよめすな

（69ウ）

おほくの＝をこの（日）
を＝お（日）　をき＝二字ナシ（久）　なけれと＝みねと（久）
のうた＝哥（久）
ん＝む（日）
(久)書入ニテ「已上別也」トアリ
も＝かならす（久）
(久)書入ニテ「或本云タ、イマシルコトヲサ、ヘテヨムニハアラスシモ哥ノオモテニヨミノセヌコトナリ」トアリ
あり＝ある也（久）　(久)書入ニテ「已上別」トアリ
哥＝哥に（久）
(久)書入ニテ「古今素性」トアリ　お＝を（久）

199 ふ(久)くかせにあつらへつくるものならは
このひとえたはよきよ(久)といはまし (70オ)

ふねをたいにするうた、

200 かのかたにはやこきよせよほと、きす
みちになきつとひとにかたらむ(久)

帰雁を題にする哥、

201 はるかけてかく返ともあきかせに
もみちの山をこえさらめやは

もみちをたいにするうた、

202 からにしきえたにひとむらのこれるは
あきのかたみをた、ぬなりけり

(久)これら(久)この(久)ころの人のよみいたせ(久)らんに、はしめの鶯の哥は、花の木には、か (70ウ)
ならすしもうくひすやはゐるといは
まし物を。つきの花のうたは、こ、のへ
のうちには、かならすはなのみやはちり
つもりて、ともの宮つこは(久)、あさきよ

(久)書入ニテ「古今黒主」トアリ
きよ＝け(久)
む＝ん(久)
(久)書入ニテ「已下別」トアリ
らこの＝らはよく哥おほえつきてよむへきこととそ人まうしけるこの(久)
(久)書入ニテ「或本云コレラハヨク哥オホエツキテヨムヘキナリコノ比ノ人ノカクヨミタラハムメノエタニハカナラスシモウクヒスノミヤハヰルス、メモカラスモヰヌモノカハトモイヒコ、ノヘノウチニハ花ノミヤハアルヘキチリナトモツモレハコソハヒヲヘテアサキヨメハスラメトモイヒツヘシホト、キスノ哥モツネトモナリモミチノ哥モエタニヒトムラトハカリヨミテコノハノユクヘモシラネトオホツカナケレトモカ、ル哥ノミオホアレハコレヲタメシテテヨノスヱニモトキシキコヱ是ラハ詩ノ心トソウケタマハル詩ハ題ノ文字ヲハスヱテコ、ロハヘヲシテ題ヲマハスモノナレハソレヲマネフナリソレヲシラヌ人カタフキキラフモノナルヘシト云々」トアリ
いたせらんに＝たらは(久)
は＝ナシ(久)

めには(久)すらむ。おほうちにはちり山といへ
る山、右兵ゑのちんにおほきなる山あ
り。その山は、おほうちにつもれるち
りを(久)、あさ事にはきあつめて、す
てたるちりの、年ひさしくつもり
てなれる山なり。それをみれは、花
のみやは、こゝのへには(久)つもるへき。猶
(71オ)
花といはさらむ(久)頽荒涼にそきこゆる
と(久)いひつへし。つきのうたは、あらき風は
えたをもふきおる物なり。又も
みちとも心えん(日)に、ひかことにあら
し。つきのうたは、はやこきよせよ
といへるを、ふねのみやはこくへき。
うき木もあり、いかたといへるものも
あれは、たゝこくとい(久)ふはかりにて、ふね
といはん(日)事かたし。つきのうたは、
春ものにい(久)きて、返物は雁のみや

は＝ナシ(久)
を、あさ＝をとのもりのつかさの朝(久)
は＝ナシ(久)
む頽＝んは(久)
といひつへし＝六字ナシ(久)
ん＝む(日)
いふ＝いはん(久)
ん＝む(日)
い＝ゆ(久)

はあるへき。ひとも、のにいきて、返
（71ウ）
ら(日)(久)んに、もみちの山をこえ(日)んにかたかる
へき(久)か。次(久)のうたは、えたにひとむらか、
らん事は、もみちのみやはあるへきとい
ひてなんしつへし。されとふるき哥に
て、三代集(久)ともにをの〳〵い(久)りたり。こ
れらを(日)ためしにて、このころのひとも、
おつ〳〵よむ(久)へきなり。猶さりと(久)もこ
の道におほえあらむ人のよむへき也。
いともそのかたに、おほえなからむ物は
(久)よまさらむに事かけさらん物をや。㊅
よに哥枕といひて、所の名かきたる
（72オ）
ものあり。それ(久)らか中に、さもありぬへ
(久)からむ所の名をとりてよむ、つねの
事なり。それはうちまかせ(久)てよむへ
きにあらす。つねに人のよみなら(久)はし
たる所をよむへきなり。その所に

ん＝む（日）（久）　ん＝む（日）
か＝かは（久）　の＝ナシ（久）
とも＝二字ナシ（久）　りたり＝れり（久）
ためし＝例（日）
へき＝二字ナシ（久）　もこ＝もよくこ（久）
よまさらむに事かけさらん物をや＝よむへからす（久）
㊅書入ニテ「已上別」トアリ
ら＝ナシ（久）
からむ＝き（久）
てよむへきにあらす＝たることにはあらすとそ申つたへたるされとよまれぬおりはさやうにかまへたるもあしくもきこえす（久）
は＝ナシ（久）

むかひて、ほかのところをよむは、あ
るましき事なり。たとへはさかの
にゆきて、そのゝはよみにくし
とて、みよし野とも、かすか野とも、
あたこの山にむかひて、たつた山と
も、お《(久)》とは山とも、桂河にの　（72ウ）
そみて、よしのかはとも、みたらし河とも
いはむ《(久)》はひか事なり。野をよむ《(久)》つゝ
きならは、のへとも、のちとも、秋ならは
秋野とも、春ならはは《(久)》る野とそよ
む《(久)》へき。つねにもみゝなれぬ所の名は、
ことはのつゝきにひかさ《(久)》れて、おもふ所《(久)》あ
りとみえてよむへきなり。たとへは、な
き名とりたらむを《(久)》り、哥よまむ《(久)》と思
は、、
203　なき名のみたかを《(日)(久)》の山といひたつる
ひとはあたこのみねにやあるらむ《(久)》　（73オ）

おとは山＝男山（久）
む＝ん（久）　むつ＝むへきつ（久）
はる野とそ＝はるのゝとも折ふしにしたかひて（久）
へき＝へきなり（久）
さ＝ナシ（久）　所＝心（久）
を＝お（久）　む＝ん（久）
を＝雄（日）お（久）
む＝ん（久）

204 なき名のみたつたの山のふもとには
よにもあらしのかせもふかなん(日)(久)

205 なにしおは、あたにそ思たはれしま
なみのぬれきぬいそへ(日)(久)きぬ(久)らむ(久)

これらを心えて、かやうによむへきなり。よろつの物、名に(久)、みない名あり。これらをおほえて、よまれさらむ(久)おりは、つ、きよきさまにつ、くへき也。

天　なかとみといふ　　地　しまのねといふ
㊐日　あかねさすといふ　　月　ひさかたといふ
しほ海　を(日)(久)してる(久)といふ　　水海　にほてるやといふ
島　まつねひことといふ　　礒　ちりなみといふ
浪　ちる(久)そらといふ　　海の底　わたつみといふ
河　はやたつ(久)といふ　　山　あしひきのといふ
野　いもきのやといふ　　巌　よそねしまといふ
高峰　あまそきといふ　　峰　さはつの(久)といふ
谷　いはたなといふ　　たき　しらいと、いふ

（73ウ）

ん＝む(日)(久)
いそへ＝いくへ(日)(久)　ぬ＝つ(久)　む＝ん(久)
に＝には(久)
む＝ん(久)
㊐日、月ノ条ノ一行鶯ノ前ニアリ
を＝お(日)(久)　る＝るや(久)
る＝り(久)
たつ＝たつの(久)
つの＝みね(久)「み」ノ傍ニ「つイ」トアリ

神　ちはやふるといふ
大和　しきしまのといふ
臣　かけや《な》(日)(久)ひくといふ
人　もの、ふといふ
母　たらちめといふ
婦(日)(久)　わかくさ(久)といふ
男　いはなひくといふ
海人　なみしなふといふ
髪　むはたまの(久)といふ
念(久)(久)　わくなみのといふ
枕　しきたへのといふ
月　しまほしのといふ
時　つかのまといふ
春　かすみしくといふ
秋　(日)(久)くちきのといふ
朝　たまひまのといふ
夜　ぬはたまのといふ

湖　ころしまのといふ
平城京　あをによしといふ　(74オ)
民　いち、ゆきといふ
父　たらちをといふ
夫　たまくらといふ
夫婦親族　か(久)ひのゆのといふ
女　はしけやしといふ
顔(日)　ますみいろのといふ
心　かくのあはといふ
衣　しろたへのといふ
年　あらたまのといふ　(74ウ)
日　いろかけにといふ
旬　ころほひのといふ
夏　かけろふ(久)といふ
冬　こる露のといふ
夕　すみそめといふ
夢　ぬるたまのといふ

か＝あ(日)　や《な》＝な(日)(久)

婦＝婦《いも》(日)妻(久)　さ＝さの(久)　かひのゆの＝かひのすき(久)

顔＝鏡(日)

の＝ナシ(久)

念＝思(久)　わくなみのと＝わかくなみ(久)

ふと＝ふのと(久)

くちきの＝くちきりの(日)さちきりの(久)

暁　たまくしけといふ
田舎　いなこ(久)しきのといふ
橋　つくしね(久)のといふ
旅　草まくらといふ
実物　あや(久)ひこねといふ
草　さいたつま(久)といふ
花　しめしいろのといふ
菓　しまひこのといふ
風　しまなひくといふ
(久)霰　し(久)らたまひねといふ
しまひねと(久)もいふ
雨　しつくしく(久)といふ
雪　いろきら(久)すといふ
不忘物　うたかたのといふ
新　いれしなひ(久)といふ
(久)天　あまのはらといふ
月　ますかゝみといふ
東宮　はるのみやといふ

京　たましきのといふ
道　たまほこ(久)のといふ
(久)別　むらとり(久)のといふ
常　ときとなしといふ　（75オ）
木　やまちきのといふ
竹　からはしく(久)といふ
(久)浮物　うつたへにといふ
(久)雲　たにたつといふ
霧　ほのゆけるといふ
(久)露　しけ(久)たまといふ
霜　さはひこ(久)すといふ
浅　いさゝなみといふ
(日)古　かりほし(久)といふ
煙　ほのゆけるといふ　（75ウ）
地　あらかね(日)のといふ
内裏　も(久)ゝしきのといふ
又こゝのへといふ
(日)中宮　あきのみやといふ

こしきの＝こき(久)　の＝ナシ(久)
の＝ナシ(久)　(久)別ト旅ノ順逆　の＝ナシ(久)
ひ＝白(久)
ま＝ナシ(久)　く＝の(久)
(久)浮物ト菓ノ順逆
(久)雲ト風ノ順逆
霰＝霞(久)　ら＝と(久)　も＝ナシ(久)　(久)露ト雨ノ順
逆　たま＝たまの(久)
く＝て(久)　こ＝と(久)
ら＝え(久)
(日)コノ一条ナシ　しと＝しのと(久)
ひと＝ひのと(久)
(久)天ノ前行ニ「他書云」トアリ　の＝ナシ(日)
もゝ…へといふ＝こゝのへと云もゝしきと云(久)
(日)コノ一条ノ前ニ「朝庭　わかくさのといふ」トアリ

皇帝 すへらきといふ　　男 せなといふ
女 わきもこといふ 我せこといふ　　㊐朝庭 わかくさのといふ
簾 たまたれ(久)といふ　　夏 かけそひくといふ
暁 (日)(久)たまたれといふ　　風 しのゝをふゝきといふ
君 さま(久)たけのといふ　　下人 山かつ(日)といふ
海 わたつみといふ　　海底 わたのはらといふ　（76オ）
山河 たまみつ(久)といふ　　庭水 にはたつみといふ
船 うたかたとい(久)ふ　　賤男 しつのをたまきといふ
鶴 あしたつの(日)(久)といふ　　書 たまつさの(日)(久)といふ
女神 ちはやふるといふ　　筆 みつくきの(日)(久)といふ
空 ひさかたの(日)といふ　　兵衛 かしはきといふ
近衛 みかさの山といふ　　壁生草 いつまて(久)といふ
郭公 してのたをさといふ　　鶯 もゝちとりといふ
鹿 すかるといふ 〔久〕　　猿 ましこ(久)といふ
鬼 こ(日)ゝめといふ　　蛙 かはつといふ ㊐〔久〕　（76ウ）
これらかく(久)かきあつめたれと、よみ
にくきは(久)よます、さもありぬへきは

㊐中宮ノ前条ニアリテ此処ニナシ
れと＝れのと(久)
たまたれといふ＝しのゝめといふ(日)(久)
ま＝き(久)　つと＝つのと(日)

つと＝つのと(久)
いふ＝いふあまのかゐと云(久)
の＝ナシ(日)(久)　の＝ナシ(日)(久)
の＝ナシ(日)(久)
の＝ナシ(日)
てと＝て草と(久)

〔久〕鹿ノ次ニ「蘭 ふちはかまと云」ノ一項アリ　こ＝ナシ(久)
こ＝し(日)　㊐蛙ノ条ノ下ニ「古かりほしといふ」ノ条アリ　〔久〕蛙ノ次ニ「雉 きゝすと云」ノ条アリ
かく＝二字ナシ(久)
は＝ものは(久)

みなよ(久)めり。
(久)春のあめをは春さめといふ、夏の
あめをはときの雨といふ(久)へきなり。されと
十月の(久)あめをは(日)時(久)雨(久)かきてしくれ
とは申そかし。さみたれは、五月のあめと
かきたれは、五月にもちゐて四月六月
にはもちゐす。六月にはいふたちといひて、
にはかにふるあめをゆふたちと(日)とか
けるは、ゆふくれにふるへきなめり。
まことにもさそふるめる。秋のあめは
へちにいふ事なし。たゝしあきの
しくれに、人の申うた、

206 我やとのわさたもいまたかりあけぬに
　またきふりぬるはつしくれ哉

(久)このうたの心を思に、またきといふは猶
あきのうたとはきこえす。時雨かなと
いふは、十月のそらの、にはかにくもりて、

(77オ)

めり＝みためり又(久)
春のあめ＝春雨(久)
へきなり。されと＝七字ナシ(久)
の＝ナシ(久)　時雨＝時雨《ときのあめ》と(日)しくれといふあきも
よめともうちまかせたりことにはあらぬにや(久)　かき
て…九行…人の申うた＝ナシ(久)

と＝ナシ(日)

このうた…とそおほゆる。このうた古今＝是そ秋の時雨
に人の申す哥のおもてに秋ともみえすされはわさ田とい
ふはとく出くる田をいへは猶秋の哥そといへと猶うかれ
たり古今(久)

ひとむらさめふりて、ほともなくは
る丶なり。そのおりのけしきにて（77ウ）
ふりけるにや。されは時は秋なれと、
そらのけしきのしくれのするおり
のけしきなりけれは、よめりける哥
とそおほゆる。このうた古今にすゑ
は(日)(久)かりにて(久)いれり。いかなる事にか。みそ
れと(久)いへるは、雪ましりてふ(久)れるあめ
をい(久)は丶、冬も(日)しは春のはしめな
と(日)によむへきにや。ひちかさ雨といふは、
にはかにふるあめをいふ(久)へきなめり。
にはかにかさもとりあへ(久)ぬほとにて、
そてをかつくなり。(久)されはひちかさあ
めといふなり。（78オ）

207 いもか丶とゆきすきかてにひちかさの
あめもふらな(日)んあまかくれせ(日)ん

こしあめといふは、いたく(久)ふりて、ぬ

かりにて＝かはりて(日)(久)　いれり＝あり(久)
いへる＝いふ(久)　れ＝ナシ(久)
は丶＝へは(久)　しは＝しくは(日)
に＝ナシ(日)
へきなめり。にはかに＝九字ナシ(久)
ぬほとにて＝すにはかにふれは(久)
されはひちかさあめといふなり＝ナシ(久)
ん＝む(日)　ん＝む(日)
くふりて＝う降也(久)

れとほりて、はかまのこしなとのぬる(久)をいふへきにや。

208　ひさかたのはにふのこやにこし雨ふり
(久)とこさへぬれぬみ(久)にそへわき(久)も

はにふのこやといふは、あやし(久)のいゑのいたしきなと(久)もなくて、わつかにねところはかりに、いたのまねかたをひろひしきたるを申とかや。(久)かせの名はあまたありけなり。おほかたの名は、(久)ゝしにある物ゝい名にしるせり。(久)そのほかにこちといへ(久)る風あり。(久)ひんかしかせなり。あゆのかせといへ(久)る風あり。それ(久)又ひんかしのかせなり。あなしとい(久)へるかせあり。いぬゐのかせとかや。しなとの風とい(久)ひて、(日)(久)なかとはらひに(久)あるかせ(久)は、すなはちこれなり。ひかたとい(久)へるかせあり。(久)たつみのかせ

（78ウ）

をいふへきにや＝ほとなるをいふ(久)

とこ＝こし(久)　に＝ナシ(久)　も＝もこ(久)

の＝き(久)

も＝ナシ(久)

かせ＝又風(久)

ゝ(は)しにある物ゝい名にしるせり＝しまなひくといへり(久)

そのほかに＝五字ナシ(久)　る風あり＝り(久)

ひんかしかせなり＝東の風をいふ(久)　る風あ＝三字ナシ(久)

又＝ナシ(久)

いへる＝いふ(久)

いひて＝申て(久)　なかと＝中臣(日)なかとみ(久)

ある＝よむ(久)　は、すなはち＝五字ナシ(久)

いへる＝いふ(久)　(久)書入ニテ「ヒルハフカテヨルフク風ナリイ」トアリ

なり。(久)ひるはふかてよるふくかせ也。
こゝろあひのかせといふかせあり。（79オ）
催馬らに(久)みえたり。(久)女のすゝみあへら
むなとによせよむへきなり。し
のゝを(久)ふゝきとい(久)へるかせあり。これ
もさいはらにうたへるなり。(久)宮まお
ろしとい(久)へるかせあり。山の峰よ
り、ふもとさまに(久)ふきを(久)ろす風
なり。こからしとい(久)へるかせあり。
冬のはしめにこの葉をふきちら
すかせなり。これらか(久)ほかにかせ
の名おほかれと、事にうたにもよま
さるをはしるし申さす。（79ウ）

209 (久)にほとりのかつしかわせをにえ(日)すとも
そ(日)(久)ふかなしきをとにたてめやは

210 我やとのわさたかりあけてにえすとも
きみかつかひをかへしはやらし

ひるはふかてよるふくかせ也＝ナシ(久)

(久)書入ニテ「オムナノスヽミアヘラムニナトニヨソヘテヨムヘシイ本」トアリ　女のすゝみあへらむなとによせよむへきなり＝ナシ(久)

を＝お(久)　いへる＝いふ(久)

宮まおろし＝山おろしのかせ(久)

いへる＝いふ(久)

に＝へ(久)　を＝お(久)

いへる＝いふ(久)

かほかにかせの名おほかれと、事にうたにもよまさるを＝哥ともみなあれともさせることなけれ(久)

(久)(日)「にほとりの」ト「我やとの」ノ歌ノ順逆　え＝へ

ふ＝の(日)(久)

に(日)ゑすともと(久)いへるは、春田つ(久)くらむとす
る時に、よろ(久)つものよき人のさはりな
きを、いくたりともかすをさためて、
いゑによひあつめて、たふるにした
かひて、(久)きやうをうして年木と(久)いへる物
をきら(久)せて、いゑのそのにたつるなり。
その木は、ほそ(日)(久)たかなるきのえたも
(80オ)
なきをきりて、(久)さきにち(久)ひさきか
めに水をいれて、おとろと(久)いへる物を
くして、さきにゆひつけ(久)てたて丶、そ
のとし(日)のあきつくりたる田(久)を、はし
めてかりて、春きり(久)しに(日)えの人々を
よひあつめて門をさしか(久)ためて、
(久)さはりのいてこぬさきに、おものにして
(久)くひの丶しるなり。そのほとにきた
る(日)(久)ひとにはあひ事をたにせさる
なり。たとへは、としひ(久)さしくゐ中

ゑ＝へ(日)　いへる＝いふ(久)　く＝ナシ(久)
つも＝つにも(久)

きやうをうして＝物をくはせて(久)　いへる＝いふ(久)
せて、いゑのそのにたつるなり＝する也(久)
た＝な(日)(久)
さきに＝末に(久)　ひ＝い(久)
いへる＝いふ(久)
てたて＝ていへのしりへにたて(久)
の＝ナシ(日)を、はしめてかりて、春きり＝のかるへ
きほとになりぬる時にかの年木切(久)
しにえの＝たりし(久)　え＝へ(日)
かため＝三字ナシ(久)
さはりのいてこぬさきに＝ナシ(久)
くひの丶しるなり＝いそきくふ也(久)
ひとには＝人々は(日)人にはいかにも(久)
ひさしく＝ころ(久)

なとにありつ(久)るおやの(久)、めつらしくの
ほりて、これあけよといひて、たゝきた
て(日)るをもいれぬなり。さ(久)らんおりな
りとも、きみかつかひを(久)は返さて、
心さしあるさまお(日)よめるなり。は
しめのうたのにほとりのと(久)いへる
おなし事にや。かつしかわせを
と(久)いへることは、いねにてあるを、おものに
せん(日)とて、こめになすか名なり。わ
せとい(久)へるは、とくいてきたるいねを
いふなり。　（80ウ）

211 はしたかのゝもりのかゝみえてし哉
思おもはすよそなからみむ(久)
むかし天智天皇と申(久)みかとの(久)、野に
いてゝたかゝりせさせ給けるに、御
たか風(久)になかれてうせにけり。むかしは(久)
野を(久)まもるものありけるに(久)、めし　（81オ）

りつ＝二字ナシ(久)　の、めつらしくの…いれぬなり＝なときていらんといふにもいらへをたにもせす(久)

て＝ナシ(日)　さらんおりなりとも＝さるひなりとも(久)

をは返さて…はしめのうたの＝とたにもきかは必いれむと心さしあるよしをよむ也後の哥の(久)

お＝を(日)

といへる＝といふいつもしははしめてといふことはなり。にゐなまにといふ(久)

いへることは＝いふはことは、(久)

ん＝む(日)

いへる＝いふ(久)

む＝ん(久)

申＝申ける(久)　の＝ナシ(久)

風になかれて＝そりて(久)　は＝は野もりとて(久)

を＝ナシ(久)　に＝それを(久)

て御たか(久)うせにたり、たしかにも
と(久)めよとおほせられければ、(久)かし
こまりて、御たかはかのおかのまつの
ほつへに、みなみにむきてしか侍と
申ければ、(日)おきとらせ給にけり。そも〳〵
(日)(久)なんちにむかひてかうへを(久)ちにつけて、
(81ウ)
ほかをみる事なし。いかにしてこ
すゐに(久)ゐたるたか(久)のあり所をし
(久)るとゝはせ給ければ、野も(久)りおきな、
たみは(日)(久)公王におもてをましふる事
なし。ゝはのうへにたまれる水を
かゝみとして、かしらの雪をもさと
り、おもてのしはをもかそふるも
のなれは、そのかゝみをまもりて、
御たかのこゐを(久)しれりと申ければ、
そのゝち(久)野ゝ中にたまれ(久)りける
(82オ)
水を、のもりのかゝみとはいふなりとそ

うせ＝そりうせ(久)
めよ＝めてまいらせよ(久)　かしこまりて＝たみは君におもてをむくることなしうつふしにゐてつちをまほりて(久)
おきとらせ＝おとろかせ(日)
なんちに＝なんじ地に(日)汝地に(久)　ちにつけて、ほかを＝八字ナシ(久)
ゐたる＝居れる(久)　のあり所を＝をは(久)
ると＝るそや(久)　りお＝りのお(久)
公王＝公主(日)(久)
しれ＝えた(久)
ゝ(の)＝ナシ(久)　りけ＝二字ナシ(久)

いひつたへたるを(久)、野もりのかゝみは(久)、徐君かかゝみなり。そのかゝみは人の心のうちをてらせる(久)かゝみにて、いみしきか(久)ゝみなれは、よの人(久)こそりてほしかりけり。これに(久)さらに我もちとけしと思て、つかのしたにうつみてけりとそ、又(久)ひと申ける(久)。いつれかまことならん(日)。

212 わすれ草我したひもにつ(久)けたれと
おにのこし(日)(久)くさことにし(久)ありけり

213 わすれ草かきもしみゝにうゑ(久)たれと
を(久)にのこし(日)(久)くさなを(日)ゝ(日)いにけり

おにのこし(日)(久)草とい(久)へるは、むかし(久)、ひとのを(久)や、こをふたりもた(久)りけり。を(久)やうせにけるのち、恋かなしふ事としをふれとも(久)(日)わするゝことなし。むかしはうせたる人

（82ウ）

を＝に(久)　は＝とは(久)
せる＝す(久)
かゝみ＝もの(久)　の人＝二字ナシ(久)
に＝ナシ(久)
又ひと＝匡房の帥(久)
ける＝されし(久)　ん＝む(日)
つ＝か(久)
こし＝しこ(日)(久)　し＝ナシ(久)
ゑ＝へ(久)
を＝お(久)　こし＝しこ(日)(久)　を＝ほ(日)　ゝ(を)
い＝おひ(日)
こし＝しこ(日)(久)　いへる＝いふ(久)　し＝しの(久)
を＝お(久)　も＝もち(久)
を＝お(久)
も＝ナシ(久)　わするゝ＝忘らるゝ(日)

をは、つかにお(日)さめければ、恋し
きたひにあにおとゝうちくしつゝ、　（83オ）
かのつかのもと(久)にゆきむかひて、な
みたをなかして、我身にあるう
れへをもなけきをも、いきたる
おやなとにむかひていはんや
うに、いひつゝ返けり。あにのおとこ(久)、
としつきつもりて、おほやけに
つかへ、わたくしを返みるにも(久)
たえ(久)かたき事ともありて、思
けるやう、たゝにては思なくさ
むへきやうもなし、萱草といふ　（83ウ）
草こそ、ひとの思ひをはわすらか
すなれとて、萱草をそのつかの
ほとりにうゑ(久)つ。そのゝちおとゝ(久)、つねに
きて、れいのみはかへや(久)まいると(久)さ
そひけれとも(久)、さはりかちになりて、

お＝を(日)
のもと＝三字ナシ(久)
おとこ＝おとゝやう〳〵(久)
も＝ナシ(久)
え＝へ(久)
ゑ＝へ(久)　おとゝ＝三字ナシ(久)
や＝ナシ(久)　と＝とて(久)
も＝ナシ(久)

くせすのみなりにけり。このおとゝの
をとこ、いとうし(久)と思て、こ(久)のひと
をこひ申にこそかゝりて、日をく
らしよをあかしつれは(久)、我はわす
れ申さしとて、しをんとい(久)へる
草こそこゝろにおほゆる事は
(84オ)
わすら(久)れさ(久)なれとて、しをんお(日)(久)つ
かのほとりにう(日)へてみけれは、いよ〳〵
わするゝ(久)事なくて、日をへてし
あるきけるをみて、つかのうちにこ
ゑありて、我はそこのおやのかはね
をまもるおになり。ねかはくは
おそるゝ事なかれ。きみをまも
らん(日)(久)と思といひけれは、おそりな
からきゝお(日)りけれは、きみはお(久)
やにけうある事とし月をゝ
くれともかはる事なし。あに
(84ウ)

うし＝心うし(久)　こ＝ひ(久)
は＝ナシ(久)
いへる＝いふ(久)
ら＝ナシ(久)　さな＝さすな(久)　お＝を(日)(久)
うへて＝植ゑて(日)
ゝ(る)＝ナシ(久)
ん＝む(日)(久)
お＝を(日)　おやに＝かやうに(久)

のぬしは、おなしく恋かなしみ(久)て
みえしかと、思わすれ草をうゑ(久)て
そのしるしをえたり。そこは(久)し
をんをうゑ(久)て、又そのしるしお(日)(久)
えたり。心さしねんころにして、あ
はれふ所すくなからす。我おにのか
たちをえたれとも、ものをあはれふ
こゝろあり。又日のうちの事をさと
る(久)事あり。みえん(日)ところあらは、ゆ
めをもちてしめ(久)さむといひて、こゑ
やみ、又(久)その、ち日のうちにあるへき
ことを、ゆめにみる事おこ(久)たり
なし。これをきけは、しおんをは、う
れしき事あらむひとは、うへ(日)て
(久)つねにみるへきなり。なけく事
あらむ(久)ひとは、うふ(日)へからぬ(久)草なり。
されは(久)万葉集にも、萱草をは志許

（85オ）

み＝ひ（久）
ゑ＝へ（久）
は＝ナシ（久）
ゑ＝へ（久）　お＝を（日）（久）

る事あり＝り（久）　ん＝む（日）
しめさむ＝しるしつけむ（久）
又その、ち日のうちにある＝ぬその、ちまたの日ある（久）
おこたり＝日としてやむこと（久）

へ＝ゑ（日）
つねにみるへきなり＝み（久）
む＝ん（久）　ふ＝う（日）　ぬ＝さる（久）
万葉集にも、萱草をは＝九字ナシ（久）

の(久)草とは(久)かけるなりとそ(久)人申
ける。たゝ(日)たしかにみえたると
ころなし。ふるきひとの物かたり（85ウ）
なれは、ひか事にもやあらむ。

214 あさもよひきのせきもりかたつかゆみ
ゆるすときなくまつゑめる君(久)

215 たつかゆみてにとりもちてあさかりに
きみはたちきぬ(久)たなくらのゝに

216 あさもよひきの河ゆすりゆく水の
いつさやむさやくる(日)(久)さやむさや

むかしおことありけり。女を思て
ふかくこめてあいしける(久)ほとに、ゆ
めにこの女、我はゝるかなるところに(久)（86オ）
ゆきなんとす。たゝしかたみをは
とゝめむ(久)とす。我かゝ(久)はりに(久)あはれにす
へきなりといひけるほとに、ゆめ
さめ(久)おとろきてみるに、女はなく

の＝ナシ(久)　はかける＝は心さしのもとのくさとはかく(久)　とそ…四行…あらむ＝ナシ(久)
たゝ＝たゞし(日)

君＝かな(久)「君イ」ト傍書

きぬ＝ぬき(久)

くる＝いつ(日)いる(久)

ける＝侍ける(久)

に＝へ(久)

む＝ん(久)　ゝ(か)＝ナシ(久)　に＝には(久)

め＝めぬ(久)

てまくらに(久)ゆみたてり。あさ(久)
ましと思て(久)、さりとてはいかゝ(久)せん(日)
とて(久)、そのゆみをちかくかたはらに
たてゝ、あけくれにとり(久)のこひ
なとして、身をはなつ事なし。
月日ふるほとに、又しろきとり　（86ウ）
になりてとひいてゝ、はるかにみなみ
のかたに、くもにつきてゆ(久)くをたつね
ゆきてみれは、紀伊国にいたりてひ
とに又なりにけり。さてこのうたは
その(久)おりによみたし(日)(久)けるとそ。あさ
もよひとは、つとめてものくふおり(久)
をいふなり。いつさやむさやとは、かり
する野なりとそ(日)、おくゆかしく(日)けに
ともき(日)(久)こえねとも、ふるき物にかきたれは、
のそくへきな(久)らねは(久)、かきつくはかりなり。
ほとゝきすを(久)うくひすのことい(久)へる　（87オ）

に＝かみに（久）　あさ＝いとあさ（久）
て＝ナシ（久）　ゝ（か）＝ゝ（か）は（久）　ん＝む（日）
て＝おもひて（久）
にとり＝なく〳〵てに（久）
ゆ＝い（久）
そのおりに＝五字ナシ（久）　し＝り（日）（久）
おり＝二字ナシ（久）
そ＝て（日）　く＝ナシ（日）
も＝ナシ（日）（久）
きな＝きにあ（久）　ねは＝すとて（久）
を＝は（久）　いへる＝いふ（久）

事は、万葉集(久)によめり。(久)短哥(久)にて
は(久)しるし申たり。おほつかなき
事にて(久)あるを、時助とまうし、
右の舞人の、故師大納言(久)に申
しは(日)てしなりける。まゐ(日)(久)むと
のいゐ(久)のたかはらに、うくひすのす
をくひて、こをうみたりけるか(久)、や
う〳〵ゐてた(久)ちになるほと(久)に、ひとつ
の(日)この事のほか(日)におほきになりて、
(久)すよりほかの竹のえたにゐて、
さすかに母のうくひすのむし
をくゝめけれは、おほくちをあ
きてくひけるをみて、時助(久)にかたり
けれは、まかりてみ(日)(久)けるおりに、ほと、
きすとふたこゐ(久)なきて、まかりにけり
と(久)そ申ゝ(久)かは、文しよはそら事せ
ぬものなれは、さもあら(日)んとそ侍し。

（87ウ）

に＝にところ〳〵(久)　短＝ナシ(久)　にて＝二字ナシ(久)
しるし申たり＝端にかけり(久)
ある＝ありし(久)
に申しはてしなりける＝のもとにまうてきてかたりしをこそまことなりけりとはかの大納言きゝ、あさみてふみはそらことせぬ物也けりと候しか時助か弟子なりける(久)
て＝べ(日)　むと＝人(日)(久)
のたか＝のそのふに有ける(久)
か＝ナシ(久)
ちになる＝つ(久)　に＝になりて(久)
の＝ナシ(日)　に＝ナシ(日)
すより＝すにもいらぬほとになりにけれはつねに(久)
にかたりけれは、まかり＝にかゝることこそはへれと申けれはまかり(久)
け＝ナシ(日)　るおりに＝れは(久)
なき＝はかりなき(久)
そ＝ナシ(久)　ゝ(し)かは…二行…さもあらんとそ侍し＝ナシ(久)
ん＝む(日)

のこりのこともはうくひす(久)にて、その
わたりになきありきけるとそ。

217 露(日)(久)のいのち草のはにこそか丶れるを
　月のねすみの(日)(久)あわたしき哉

(88オ)

218 草のねに露のいのちのか丶(久)るまを
　月のねすみ(日)のさは(久)くなる哉

これはよのはかなきたとひに(久)て、経(久)
文にある事とそうけ給はる。たと
へは、ひとありてはるかなる(久)荒野を
ゆくに、とら(久)といふけた物にはかに
きたりて、そのひとを(久)くらは(日)んと
する(日)(久)に、(久)丶けてはしるほとに、(久)野丶
なかにふかき井のやうなる(久)あ
なにはしりいりて、(久)あなのなから(日)(久)はかり

(88ウ)

ある草をひかへてみれは、(久)あなのそ
こにわにと(久)いへる物丶、(久)おほきなる
くちをあきて、(久)おちいらはくは(日)んと

にて、そのわたりになきありきけるとそ＝と鳴つ丶を
の〳〵まかりにけるとかや(久)

(日)(久)露のいのち歌ノ前ニ「花山院御製」一行五字アリ

あわたしき＝あわたゞしき(日)あはた丶しき(久)

るまを＝れるを(久)

の＝に(日)　くなる哉＝かしきかな(久)

て＝ナシ(久)　経＝法(久)

荒野＝野辺(久)

といふけた物＝六字ナシ(久)

くらはん＝くはむ(久)　ん＝む(日)

るに＝二字ナシ(日)(久)　丶(に)け＝人にけ(久)　野丶
なかにふかき＝野中のふるき(久)

あな＝所(久)

あなの＝三字ナシ(久)　はかり＝ばかりに(日)(久)

あな＝ゐ(久)

いへる＝いふ(久)　おほきなる＝ナシ(久)

おちいらは＝落たらは(久)　ん＝む(日)

思て、（日）（久）まつ。めのおほき（久）なる事
かなまりのことし。はのしろくなか
き事、つるきのことし。おちいりつる
かみをみれは、（久）をひつるとら、又くち
をあきて、（久）はひのほらは、くらはむと
思てにらみてたてり。ま（日）のこしろ
くはのなかき事、そこにあるわにのことし。
（89オ）
そのたのみてひかへたる草のね
を、しろきねすみ（久）とくろきねす
（久）みとふたつして、かはる〱つみきる。
（久）つゐにきれ（久）ては、（久）をちいりてそこ
（久）にまちお（日）るわに、く（久）らはれ（久）な
（久）むとす。（久）をちいら（久）ぬさきにかきあか
らん（日）と（久）すれは、う（久）へにたてるとら
はまむとしてたてり。これすなはち
この世中のたと（久）ひなり。そこ（久）にあ
るわには、我つ（久）ひのすみかの地
（89ウ）

まつ＝まちゐたり（日）（久）　なる＝にしろき（久）
を＝お（久）
はひのほらは…わにのことし＝のそく（久）
の＝な（日）
と＝ナシ（久）
と＝ナシ（久）
つゐに＝三字ナシ（久）　て＝な（久）　を＝お（久）
にまちおる＝なる（久）　お＝を（日）　ら＝ナシ（久）　な＝ナシ（久）
む＝ん（久）　を＝お（久）　ぬ＝さらん（久）
ん＝む（日）　すれ＝思へ（久）　にたてるとらはまむとしてたてり＝のとらまちくはんとおもへり（久）
ひ＝へ（久）　にあるわに＝に口をあきておちいらはくわんとするわに（久）
ひ＝ゐ（久）

獄なり。うへにおひ(久)いれつるとらは、このよにてつくり(久)あつむる業障煩悩なり。たて(日)(久)かはりつゝ草のねをつみきる(久)ねすみは、月日のすきゆくなり。しろきねすみは日なり。くろきねすみは月なり。月日のゆくさまなむ(久)、かのねすみの草のねをつみきるか(久)やうに、ほともなきといへる(久)たとひ(久)なり。これらをみても(久)心あらむ(久)ひとは、よのはかなきことを(久)は思しる(久)へきなり。（90オ）

219 わたつみのとよはたくもにいりひさし
　こよひのつきよすみあかくこそ

220 ゆふされはくものはたてに物そ思ふ
　あまつそらなる人こふる(久)身は

とよはた雲といふも(久)くものはたてに(久)といふも(久)おなし事なり。日のいらむ

ひ＝ナシ(久)
りあつむ＝四字ナシ(久)
て＝ち(日)(久)
るね＝るふたつのね(久)

む＝ん(久)
か＝ナシ(久)
いへる＝いふ(久)　ひ＝へ(久)
も＝ナシ(久)　む＝ん(久)
を＝ナシ(久)　しるへきなり＝知ぬへし(久)

こふる身は＝をこふとて(久)
も＝は(久)　に＝ナシ(久)
も＝ナシ(久)

とするとき(久)に、西の山きはにあか
くさま〳〵なる雲のみゆるかは
たのあしのかせにふかれて
さはくにゝたるなり。はた
といふは、つねにみゆるほとけの御　(90ウ)
まへにかくるはたにはあらす。まこ
とのきしきにたて、(久)たゝかひの
にはなとにたつるはたなり。そのはた
にゝたる雲のたえまより、いりひ
のさしていりぬれは、三日はかりはあめ
ふらすして、そらもこゝろよく(久)なる
なり。されはこよひのつきは、(久)すみあか
か(日)らん(久)すらむとよめるなり。つき
のうたは、その(日)雲のさため(日)もなく、
さはきかはりゆくかやうにな(日)んおほゆる　(91オ)
と(久)よむなり。その雲のそらにある
ものなれは、うはのそらなるひと

に＝ナシ(久)
たゝ＝又たゝ(久)
なる＝照(久)
すみあかからん＝すみぬらん(久)
らんす＝三字ナシ(日)　すらむとよめる＝とよむ(久)
雲の＝二字ナシ(日)　も＝ナシ(日)
ん＝む(日)
よむ＝よめる(久)

をこふるに、よそふるなり。これを
又くもとい(久)へるむしの、てはや
つあれは、そのくものいゑ(日)(久)はのきに
みゆるもの、、てをくみたるやうに
みゆれは、それによそへてよむ(久)なり。
これも事のほかのひかことにはなき
にや。しけゆきかしにたるくも
の、、けさまにふしたるに、かせの　(91ウ)
ふきけれは、いきたるやうに(久)はたらき
けるをみてよめる哥、

221 さゝかにのくものはたてのさはく哉
　かせこそくものいのちなりけれ

これをみれは、く(久)ものてをもくもてと
いはむ(久)にとかなし。

222 恋せしとなれるみかはのやつはしの
　くもてに物を思ころ哉

223 もろともにゆかぬみかはのやつはしを(久)

いへる＝いふ(久)
いゑは＝家は(日)『家』ノ傍ニ「ス」トアリ　すは(久)
なり＝なりともいふなり(久)
に＝にての(久)
くも＝むし(久)
む＝ん(久)
を＝は(久)

(92オ)

恋しとのみや思わたらむ(久)

これらをもあれに思よそへて、
くもてといふも、くもてのもて(久)のやつあれは
申なめり。されとこれ(久)は、しを
たつぬれは、河など(日)にわたせ(久)るはし
にはあらす(久)。あ(日)しを(日)きのを(日)ひたるう(日)きの
道のあしけれは、たゝいたをさた
めたる事もなく、所々にう(久)ちわ
たしたるな(久)り。それかあまた所
うちわたしたれは、

(92ウ)

やつはしと(久)いひそ(日)めたるなり。物
のかすは、あ(久)しもやつなけれとも(久)、
いひよきにつきて、八はしとは(久)よみける
にや。くもてとい(日)ふは、はしのしたによ
はくてよろほひた(日)(久)うれもそす
るとて、はしらをたよりにて、木を
すちかへてうちたるをいふなり。それは

む＝ん(久)
もて＝もの手(久)
これはゝし＝このやつはし(久)
なと＝なんど(日)　せるはし＝したる(久)
す＝て(久)　あ＝は(日)　を＝お(日)　を＝お(日)　う
きの＝三字ナシ(日)
うち＝二字ナシ(久)
なり。それかあまた所うちわたしたれは＝なれは(久)
と＝とは(久)　そめ＝はじめ(日)
あし＝かならすし(久)　も＝ナシ(久)
よみける＝いふ(久)
いふ＝いへる(日)
う＝ふ(日)(久)

はしにのみうつにはあらす。たななとの
(久)あしのよはくて、(久)たゝれぬへきにもう
つめれは、くもてといふ(久)ものは、さため
もなし。かのやつはしには、雲てうつ
（93オ）
(久)へしともきこえねと、はしと(久)いへるに
ひさかれて、よめる(久)にや。ふるき
うたは、さやう(久)にこそはよむめれ。(久)又
いたをさためもなく、(日)をきち
らしたるさまの、くもてにゝた
れはよそへてよめるにや。

224 にしきゝはちつかになりぬいまこそは
ひとにしられぬねやのうちみめ

225 あらてくむ(久)やとにたてたるにし木ゝは
とらすはとらす(久)我やくるしき

にし木ゝと(久)はみちの(久)くにゝ、おとこ女
（93ウ）
をよはゝむと思(久)とき、(久)せうそくをやらて、
たき木をこりて、日事に一(久)そく

あしの＝三字ナシ(久)　たゝれぬ＝たふへぬ(久)
もの＝二字ナシ(久)
へしとも＝へきはしとも(久)　いへる＝いふ(久)
にや＝なめり(久)
にこそ＝にのみこそ(久)　又＝この比ならはそのはしにくもてなしとやいはん又(久)
を＝お(日)

や＝か(久)
我や＝たれか(久)
とは＝と申ことは(久)　くにゝ＝くにのおくとまうすくにゝ(久)
とき＝時に(久)　せうそくを＝ふみをは(久)
そく＝つか(久)

その女のいゑ(久)のかと(久)のほとにたつ
な(日)るを、あはむと思おとこのたつる
木(久)をは、ほとなくとりいれつれは、そ
の丶ちは木をはたて丶、ひとへにいひ
よりて(久)したしくなりぬ。あはしと思
お(久)とこのたつる木(久)をは、いかにもとり
いれねは、千そくをかきりにして
三年たつるなり。それ(久)なを(日)とり
いれねは、思たえてのきぬ。この木を
にしき木といへる事はこまほこ
のさをのやうに、またらにいろとりて
たつれはいふなり(久)。とく(日)(久)しりたりと
おほしきひとは(久)申せと、まことには
さもせぬにや(久)(日)。にしき木といふ(久)に
つきてい(久)へることにや。あらてく
むとい(久)へる五文字は、山かつのいや
しきか(久)とに(久)は(日)、いゑ(久)のめくりにか(日)と(久)お(日)

（94オ）

ゑ＝へ(久)　のほとにたつなるを＝にたてけるをみて
な＝ナシ(日)
木＝ナシ(久)
て＝ナシ(久)
お＝を(久)　木を＝二字ナシ(久)
それ＝それに(久)　を＝ほ(日)
り＝りとそ(久)　とく＝ととく(日)二字ナシ(久)
は＝ナシ(久)
にや＝とかや(久)　にしき木といふにつきていへること
にや＝ナシ(日)　いふに＝いふ事に(久)
いへることにや＝云にや(久)
いへる＝いふ(久)
かと＝やと(久)　に＝ナシ(久)　は＝ナシ(日)　ゑ＝へ
(久)　か＝を(日)　とお＝きを(久)　お＝ほ(日)

して、みつくり(久)にしたるわらのく
みをもちて、そのかきをし
めたるをい(久)へるなり。
226 にしき木はたてなからこそくちにけれ
けふのほそぬのむねあはし(久)とや
（94ウ）
227 みちのくのけふのほそぬのほとせはみ
むねあひかたき恋もする哉
このけふのほそぬのとい(久)へるは、これも
みちのく(久)にゝ、鳥のけしておりけ
るぬのなり。お(久)ほからぬものして
おりけるぬのなれは、はたはりも(久)せはく、
ひろもみしかけれは、うへにきる
事はなくて、こそてなとのやうに
したにき(久)るなり。されはせなかはかりを(久)
（95オ）
かくして、むねまてはかゝらぬよ
しをよむなり。
228 いはしろのはま松かえをひきむすひ

りにし＝みてし(久)
いへる＝いふ(久)
しとや＝すして(久)
いへるは＝いふ事は(久)
くにゝ＝くにのおくに(久)
おほからぬものしておりけるぬのなれは＝ナシ(久)
も＝て(久)
きる＝きたる(久)　を＝ナシ(久)

まさしくあらは又返こむ
これは孝徳天皇と申けるみか
との(日)、くらひをさりたまはむ(久)と
しける(久)ときに(日)(久)、ありまの王し(日)(久)に、
くらひをゆつり給へきを、えた(久)
もつましきけしきを御覧(久)
して、ゆつり給はさりけれは、うらみ
申て(久)山野(久)にゆきまとひ給て、いはし
ろといへる(久)所にいたりて、まつのえた
をむすひてよみ給へる(久)哥也。
229 いゑ(久)にあれはけにもるいゐを草まくら
たひにしあれはしゐ(久)の葉にもる
これもそのほとによみ給へる(久)とそ
かける。
むすひまつの心は、たむけ(久)といへる(久)
おなし事(日)なり。まつのは(久)をむすひて、
これかとけさらむ(久)さきに、返こん(日)とち

（95ウ）

の＝ナシ（日）　む＝ん（久）
しける＝したまひける（久）　に＝ナシ（日）（久）　王し＝皇子（日）（久）
えたもつ＝えたりもつ（久）「た」ノ傍ニ「本ノマヽ」トアリ
御覧して＝みて（久）

申て＝申たまひて（久）　山野＝野山（久）
いへる＝いふ（久）
へる＝二字ナシ（久）
ゑ＝へ（久）
しゐ＝草（久）
よみ給へる＝よめる（久）

け＝く（久）　いへる＝いふ（久）
事＝ナシ（日）　のは＝二字ナシ（久）
む＝ん（久）　ん＝む（日）

かひてむすふなり。さてまさしく
あらはと(日)は(久)よむなり。
230 しらなみのはままつ(久)かえのたむけ草
いくよ(久)まてにかとしのへぬら(日)ん
まつをむすひて、ときにしたかひて、
花をもゝみちをもいのりてたむくる
なり。たむけ草と(久)いふは、これらを(久)申
なり。ありまのわうし、かくのことくま
とひありき給(久)やうをきゝて、よの人
あはれかり(久)申けり。
大宝元年に文武天皇と申みかと、
(久)きの国に(久)かうし給て、あそはせ給
ける御ともに、人丸(久)か侍りて、かの皇
しのむすひ給(久)へるまつをみて
よめる哥、
231 のちみ(久)むと(久)きみかむすへるいはしろの
こまつかうれを又みけんかも

(96オ)
は=ナシ(日)　よむ=よめる(久)
かえ=の葉(久)
まてにか=またてに(久)　ん=む(日)
いふ=二字ナシ(久)　申=云(久)
やう=よし(久)
申=ナシ(久)
(96ウ)
きの国=紀伊国(久)　かうし給て=おはしまして(久)
か侍りて=さふらひて(久)
へる=たりける(久)
む=ん(久)　きみか=人の(久)

おなしたひ、よし丸かよめる哥(久)、
232 いはしろのきしのこまつをむすひたる
ひとは返て又みけん(日)かも
このころの人は、いはしろといふ所のある
とはしらて、うせたる人の(久)つかなり。
むすひまつとい(久)へるは、しるしに　（97オ）
うゑたる木なり(久)。されはいはひの所にて
は、よむましきよしをい(久)へる、ひか事にや。
(久)これせ(日)い院の御とき(久)、永承四年十一
月九日の(久)哥合によめる哥、

左　能因法師
233 かすか山いはねのまつはきみかため
ちとせのみかはよろつ世やへん(日)
右　すゑ(久)なか(久)の弁(久)
234 いはしろのをのゑのかせにとしふれと
まつのみとりはかはらさりけり
これを大二条とのと申、関白殿　（97ウ）

哥＝ナシ(久)
ん＝む(日)
のつ＝のあるつ(久)
いへる＝いふ(久)
り＝れ(久)
いへる＝云は(久)
これせい＝後冷泉(久)　せい＝を一(日)　とき＝時に(久)
の＝ナシ(久)
ん＝む(日)
ゑ＝け(久)　か＝り(久)　(久)書入ニテ「資仲歟」トアリ

の、そのさにさふらはせ給て、いまた
判者のさため申され(久)ぬさきに、
春日とよまれたらむ(久)うたは、いかゝまけ
む、さたにもをよふましと、まうさせ
給けれ(久)は、さる事と(久)て、またさたす
ることもなくてかちにけり。藤氏の
長者にて、まうさせ給けれは、めて
たき事にてやみにけり。右のうた
は、いはしろの松よまれたれと、その
座にはさたするひともなくてやみに
けり。のちにひとのかたふき(久)けれは、
(98オ)
ようもしらぬ事(久)いふなりとそ、
作者申されけると(久)、そのひとのこの
あきさねのさい相申されし。
いはしろのまつは、うせたる人のつ
かの木にはあらすとも、ありまの
わうしのよからぬ事によりて、ま

れ＝ナシ(久)
む＝ん(久)
けれは＝たりけれは(久)　と＝に(久)
ふき＝り(久)
事いふ＝事をいふ(久)
と＝ナシ(久)

とひあるき給(久)けることのおこりを
おもへは、哥合にはよまてもありぬへし
とそうけ給はりし。

235 いなむしろかはそひやなき水ゆけは
なひきおきふしそのねはうせす

(98ウ)

いなむしろとい(久)へる事は、いねのほ
のいてとゝのほりて、田になみよりた
るなむ(久)、ゝしろをしきならへたるに、
にたるといふなり。又河のつらにお
ひたる柳のえたの水にひたりて、
なかるゝか又いなむしろにゝたる也。
そのやなきの木(久)のもとはゝたらかて、
えたの水になかれてなみよるなん、
我かくあやしくなりて、まとひあ
るくにゝたると、むかしのみかとのすゑ
なりけるひとの、あやしき童になりて、

(99オ)

つりする物に(久)なりて、そのやなきの本にゐて、つりすと

給ける＝たまへりける（久）
いへる事＝四字ナシ（久）
む＝ん（久）
木の＝二字ナシ（久）
になりて＝にてそ（久）

(久)てくちすさひにうたひ(日)おりける
とそいひつたへたる。
236 (久)あふみなるちくまのまつりとくせな(日)ん
　つれなき人のなへのかすみ(日)ん
これはあふみのくに(久)、つくまの明神と
(久)申神の御ちかひにて(日)、女のおと
こしたるかすにしたかひて、
つちしてつくりたるなへを(久)、そ
の神のまつりの日たてまつるなり。(久)おとこ
あまたしたるひとは、みくる
しかりてすこしをたてまつり
なと(久)すれは、もの(日)(久)、あしく(久)てあ
しけれは、つゐにかすのこと
くたてまつりて、いのりなと
してそ(久)事なをりける。
237 いかにせん(日)うさかのもりにみはすとも
　きみかしもとのかすならぬ身を

（99ウ）

くちすさひにうたひおりける＝この哥をひとりことにうたひける(久)　お＝居(日)
(久)あふみなるノ前ニ「おほつかなちくまのかみのためならはいつくかなへのかつはいるへき」ノ一首アリ　ん＝む(日)
ん＝む(日)
に＝に、(久)
申神＝申ておはします神(久)　にて＝二字ナシ(日)
なへを＝なへと申すもの(久)
おとこ＝君の男(久)「君」ノ傍ニ「本ノマヽ」トアリ
すれは＝しつれは(久)　、(の)＝ナシ(日)　あしく＝あやしく(久)　てあし＝てやまひなとしてあし(久)
そ＝ナシ(久)
ん＝む(日)

これはゑ中(日)(久)のくにゝ、うさかの明
神と申神のまつりの日、なかき(日)
のしもとして、女のおとこしたるか
すにしたかひて、うつなり。女のそ
のおりになりて、ねきにしりを(久)まかせて　(100オ)
ふせり。ねきしもとをもちて、
をとこの(久)かすをとふ。かすのこと
くに(久)、はしめのなへのことし。おほかる
女は(久)、ゝちかましさにかくして(久)、すこ
しをいへは、たちまちにはなち
あへて(日)(久)、まさゝ(久)まにはちかましき事
のあるなり。たゝし、ふるきうたの
みえねは、としよりかうたを、しはし
かきてさふらふ也。

238 あつまちの道のはて(久)なるひたちをひの　(100ウ)
　　か事(久)はかりもあはんとそ思

これはひたちのくにゝ、かしまの

ゑ中の＝越の中の(日)越中(久)
なかき＝榊(日)
しりを＝三字ナシ(久)
をとこの＝四字ナシ(久)
に＝ナシ(久)
女は＝二字ナシ(久)　かくして＝四字ナシ(久)
あへて＝あえて(日)あへなとして(久)　さゝ＝さかさ(久)
はて＝おく(久)
か事＝そこと(久)

明神(久)のまつりの日、女のけさう
ひとの(久)あまたある時にそのおとこ
の名とも、ぬのゝをひにかきあつ
めて神(久)の御まへにおくなり。それか
おほかるなかに、すへきお(日)とこの名か
きたるを(日)ひのを(日)のつからうらか
へるなり。それを(久)とりて、ね(久)きかと(久)らせ
たるを、女みて、さもと(久)思お(日)とこの
名(久)あるを(日)ひなれ(久)は、やかて御(久)まへにて、
う(久)へのかけを(日)ひのやうにう(日)ちかつく也。
それをきゝて、お(日)とこかこちかゝりて
したしくなりぬ。

239 たゝにあひてみて(久)はの(日)(久)こそたまきはる
　いのちにむかふ我恋やまぬ(日)(久)

240 かくしつゝあらくを(久)よみにたまきはる
　みしかきいのちをなかくほ(久)りする

これは、たましゐ(日)(久)きはまりぬとい(久)

（101オ）

神の＝神と申すかみの(久)
あまたある時にそのおとこの＝ナシ(久)
神＝その人のかすにしたかひて神(久)
お＝を(日)
を＝お(日)　を＝お(日)
をと＝をねきかと(久)　ねきか＝三字ナシ(久)　とらせ
たる＝えさする(久)
も＝り(久)　お＝を(日)
名ある＝三字ナシ(久)　を＝お(日)　れ＝る(久)　御ま
へ＝そのおまへ(久)
うへのかけをひ…なりぬ＝する也おひさしつるのちはお
もひかんしてせしとおもへと男心かゝりてしたかくなり
ぬたとへはうらなふ事のやうにするにや(久)　を＝お
(日)　う＝ぞ(日)
お＝を(日)
て＝せ(久)　のこそ＝のみこそ(日)(久)
ぬ＝め(日)(久)
を＝せ(久)
ほ＝な(久)
しゐ＝しひ(日)二字ナシ(久)　いへる事なり＝いふ也
(久)

へる事なり。ひとのとしのを(久)い
せ(久)まりて、いまは(久)いくはくもあら
しとい(久)へる事なり。（101ウ）
241　たまきはるうちのおほのにこまなめ(久)て
　あさふますらむ(久)その草の(日)(久)けふ
242　ますかゝみみつといはめやたまきはる
　いはかきふちのかくれたるつま(久)
このたまきはるは、ゝしめのには(久)か
はる(日)(久)。たま(久)といへる事は、よろつのもの
をほめむ(久)と思おりに(久)、なにゝも
たまとい(久)へる事はをそへてよむ
なり。されは、これもたまきはるとは(久)
いへるなり。つ(日)きのうたもいはかきふち（102オ）
をほめむ(久)とて、たまきはるとは(久)
いひを(日)けるなり。これをあしわ(久)き
てもしらぬ人はいのちを、よむなめ
りと思へと、さもつゝかぬ哥もあり

の＝ナシ(久)
せ＝きは(久)　は＝ナシ(久)
いへる＝いふ(久)
め＝へ(久)
む＝ん(久)　のけふ＝ふけ野(日)ふけの(久)
つま＝まつ(久)「つま欤」ト傍書
は＝ナシ(久)
る＝りたり(日)(久)　たま＝たまき(久)　いへる＝いふ(久)
む＝ん(久)　に＝には(久)
いへる＝いふ(久)
はいへる＝は春をほめんとてたまの春といへる(久)
つ＝さ(日)
む＝ん(久)　は＝ナシ(久)
を＝お(日)　わき＝はひ(久)

とて、おほつかなき(久)うたにいひな
してたつぬる(久)なり。

243 みよしのゝたのむのかりもひたふるに
きみかゝたにそよるとなくなる

返し

244 我かたによるとなくなるみよしのゝ
たのむのかりをいつかわすれ(久)む

（102ウ）

これは、いせ物かたりのうたなり。(久)むかし(日)おとこ
むさしのくに(久)ゝまとひいきけり。
そのくにゝ(久)はへりける女をよはひ
けり。(日)(久)父ことひとにと思けるを、母
な(久)む藤原なりける。さてあて
なるひとにと(日)(久)はおも(久)(日)ひたりけり。
すむところ、むさしのくにゝ、いるまのこほり、みよし
のゝさとなり(久)けり。

245 雲ゐにもこゑきゝかたき物ならは
たのむのかりもちかくな(久)きな(日)ん

（103オ）

うたにいひなして＝ことにいひて（久）
なり＝とそみたまふる（久）
む＝ん（久）
むかしおとこ＝六字ナシ（久）　お＝を（日）
にゝまとひいき＝にゝ男まとひいに（久）
㊇左側行間ニ書入ニテ「あてなる人にとおもひけるちゝはたゝ人にて母なん」トアリ
父こと＝父はこと（日）（久）
む＝ん（久）
は＝ナシ（日）（久）　ひたり＝ふなり（久）　た＝を（日）
けり＝二字ナシ（久）
なき＝成（久）　ん＝む（日）

返し

246 ことつてのなからましかはめつらしき
たのむのかりにしられさらまし

このたのむのかりとい(久)へる事は、よの
ひとおほつかなか(日)る事なり。この
ころ(久)あるひと、かやうのことしりか
ほにいへる人あり。如何か申す
とたつねしかは、ひんかしくにゝ鹿(久)
かりするに(久)、たのもしのかり
とて、かたみによりあひてかりを
して、そのひ(久)とりたるしゝを、ある(久)
（103ウ）
かきりむねとをこなひたるひ
とにとらするなり。さてのち(久)の日、
かたみこと(久)にて、たかひにするを(久)
たのむのかりとはいふなりとそ(久)
申める。されと、そ(久)の心このう
たともに、かなはす。あ(久)のいせ物か

いへる＝いふ(久)

かる＝き(日)

あるひと…たつねしかは＝さやうのこと知たりとおほしき人の申は(久)

鹿＝ナシ(久)

に＝人の(久)

ひとりたる＝五字ナシ(久)　ある＝とりたる(久)

のちの日＝又の日は(久)

こと＝二字ナシ(久)　をたのむのかりとはいふ＝ナシ(久)

とそ申める＝それをたのもしかりとはいふとそ申すめる(久)

そ＝こ(久)

あ＝か(久)

たりのうたは、母は(久)このあてひとにと(久)
思、父はことひとにむことらむ(久)とし
けるをきゝて、むすめのすゝみて
(久)をこせたりける哥なり。なくなる(久)
(日)な(久)とよめるかりかねとこそきこえたれ。　(104オ)
し、かりと(久)はきこえすものを。返(日)しにも
我かたゝ(久)によるとなくを、いつか
わすれむとよろこひたれは、本哥
(久)のおなし心なり。つきのうたは、大蔵
史生豊景と(久)かけるは一条摂政の
御集也。その集の中に、おほい(久)
の御門のへむにすみけるひとに
かよひけり。さやうにかよふところ
おほかる中に、この女のいゑのま
へをゝとつれもせて(日)(久)すきにけれは、
(日)女いかゝいひたりけむ(久)、かくよめるなり(日)。　(104ウ)
これも猶かりかねをよめるとこ

は＝ナシ(久)　にと＝にあはせんと(久)
む＝ん(久)
を＝お(久)　なる＝二字ナシ(久)
な＝ナシ(日)　めるかり＝みたるはかり(久)
とはきこえすものを＝はなくへきことにはあらす(久)
返しにも我かたくによるとなくを＝ナシ(日)
ゝ(た)＝ナシ(久)
の＝に(久)
とかけるは一条摂政の御集也。その集の中に＝といひけるもの、(久)
い＝ひ(久)
て＝ず(日)　すきにけれは＝かへりたれは(久)
女＝世(日)　む＝ん(久)　るな＝二字ナシ(日)

そきこえ(久)たれ。し丶かりとは(久)きこえ
ぬ物を。

247 さかこえてあへのたまも《のか》(日)(久)にゐるたつの
ともしき丶みはあすさ(日)(久)丶へもかも

万葉集にかくよめり。(日)これ雁の
哥ならねとも、心(久)をえあはするに、
な(日)を雁かねとそ(久)きこえたる。し
しかりとこ丶ろ(日)(久)ゆへきうたみえす。た
(久)のかりのあまた(久)みるに、みな雲ゐには
なかせて、まちかくなきたるよし
をよめ(日)り。たのむと(久)いへるは、な(日)を
田おもてといへる事なめり。たの
むと(久)いひて、雲ゐになく(久)なと(久)よめる
うたのあらはそ、ひか事なるへ(日)き。

248 わするなよたふさにつけしむしの色の
あせなはひとにいかにこたへ(久)む

返し

(105オ)

たれ＝けれ(久)　きこえぬ物を＝おほえす(久)
たまも《のか》＝たのも(日)たのむ(久)
丶(さ)＝ナシ(日)(久)
これ＝二字ナシ(日)
を＝ナシ(久)
を＝ほ(日)　きこえたる＝きこゆるにたる(久)「たる」ノ
傍ニ「本ノマ丶」トアリ
ゆ＝う(日)(久)
のかりの＝のむのかりのうた(久)　みるに＝あると(久)
り＝る(日)　いへる＝いふ(久)　を＝ほ(日)
いひて＝よみて(久)　な＝ナシ(久)　よめるうたのあら
はそ＝よみたらはそ(久)
き＝し(日)
む＝ん(久)

249 あせぬとも我ぬりかへむ(久)もろこしの
ゐもりもまもるかきりこそあれ

250 ぬくゝつのかさなる事のかさなれは
ゐもりのしるしいまはあらしを(日)(久)

(105ウ)

ゐもりといふむしは、ふるき井なとにとかけにゝて、をなかきむしの、てあしつきたるな(日)り。これはもろこしの事(久)なめり。こゝにはむしはあ(久)れとつくる事なし。とを(日)き所なとに(久)まかる時(久)、かひなにつけつれは、あらひのこひすれと(久)おつることなし。たゝお(日)とこのあたりによるお(日)りに(久)を(日)(久)つるなり。ぬくゝつのかさなる事の(久)とよめるに、

(106オ)

めのみそかこと(久)するを(久)りに、を(日)(久)のつからはきたるくつの(久)かさなり

む＝ん(久)

を＝な(日)(久)

なり＝なめり(日)　の事＝にする事(久)

あれと＝あれともするやうをしらねは(久)

を＝ほ(日)

に＝へ(久)　時、かひな＝時にかいな(久)

と＝とも(久)

お＝を(日)

お＝を(日)　に＝ナシ(久)　を＝お(日)(久)

のと＝のかさなれはと(久)

こと＝おとこ(久)　を＝お(久)　を＝お(日)　をのつから＝五字ナシ(久)

のかさなりて＝のぬくおりにをのつからかさなりて(久)

て、ぬきを(日)(久)こかるゝなり。さてかくは(久)
よめるなり。

251 わきもこかひたひのかみやしゝくらん(日)
　あやしくそてにすみのつく哉(久)

ひとをこふる女のひたひのかみのしゝくといふことのあるなり。ひとのかみはぬれぬ(久)るを、なてつにぬ(久)るゝ、ひ(久)たひのかみを、恋するくろふにこそかゝりたれ。なみたほとによろつをわすれて、うつふしふ(久)したれは、ひたひの(久)かみのし(久)ゝけん事はりなり。くつのかさならん(日)ことそ、かならすしもやは(久)と思へと、さるをりは(久)かさなる(久)なれは、ふみにそら事(日)(久)ためしなり。

252 いとせめて恋しき時はむはたまの

をこ＝お(日)を(久)　は＝ナシ(久)

ん＝む(日)

哉＝らむ(久)

ぬる＝たる(久)

(106ウ)

ぬるゝ＝ぬれぬる(久)　ひたひの＝ひたい(久)

ふし＝二字ナシ(久)　の＝ナシ(久)

しゝけん＝しゝくらん(久)

ん＝む(日)

は＝ナシ(久)　は＝には(久)　るな＝二字ナシ(久)

事ためし＝事なきためし(日)事なきため(久)

よるのころもを返してそき(久)る
恋するひとは、よるきた(久)る衣を
返してきれは、そのひとのゆ(久)めに　（107オ）
かならすみゆるなり。万葉集には、
そてはかりをうちかへすとそよめる。
253 いもかゝといている河のせをはやみ
　こまそつまつくいへこふらしも
ひとに恋らるゝひとは(久)、のりたる
むまのつまつくといへる事の
あるなり。
254 まゆねかきはなひゝもときまつらんや
　いつしかみん(久)(日)と思わきもこ
255 まれにこむ(久)人をみんとそ(久)ひたりての
　弓とるかたのまゆねかきつ(日)(久)る　（107ウ）
恋(久)しきひとをみむとするおりには、
まゆのかゆきなり。それにとりて、左
のまゆはいますこしと(久)くかなふ

き＝み(久)
た＝ナシ(久)
ゆめに＝三字ナシ(久)
は＝ナシ(久)
ん＝む(日)(久)
む＝ん(久)　そ＝や(久)
つる＝つゝ(日)たる(久)
恋しきひとをみむとするおりには＝眉ねかくといふこと
はめつらしき人をみんとては(久)
とく＝二字ナシ(久)

(久)なり。はなひる事(久)は、ひとにう(日)ゑ
いはる、時ひるとそいへる。哥には
めつらしき人みむとてするときに、
はな(日)はひらる、とそかける。

256 いまこむといひしはかりをいのちにて
まつにけぬへしさく(久)さめのとし

返し

257 かすならぬみのみ物うく(日)(久)おほ、えて
またる、までもなりにける哉

これは後撰のうたなり。人のむ
このひさしくみえさりけれは、し
うとめなりける女の、むこのかり
(久)やりけるうたなり。さくさめ(久)の
と(久)いへる事、(久)しれるひと(久)なし。
行成大納言のかき(久)たる後撰
には、(久)丁のとしと(久)いへる文字をとし
とか、れたりけるにあはせて、

(108オ)

なり＝とかや(久)　は、ひとに…とそかける＝もひもとくかおなし心也(久)文末ニ割書シテ「或本云はなひる事は人にうへいはる時ひるといへるうたにはめつらしき人みんとするときはなひるとそかける云々」トアリ　ゑ＝へ(日)

は＝ナシ(日)

さめのとし＝さりのはし(久)「り」ノ傍ニ「めイ」、「は」ノ傍ニ「とイ」トアリ

おほ、え＝思ほえ(日)おもほえ(久)

やり＝つかはし(久)　の＝のとし(久)

いへる＝いふ(久)　しれる＝知たる(久)　なし＝すくなし(久)

たる＝たりける(久)

丁＝て(久)　いへる＝いふ(久)

まさふさの（久）中納言の中ヽは、
さくさめとはしうとめの（久）い名也
（久）とそ申し。されはあの（日）うたのはての　（108ウ）
としといへる事は、としにはあらて、
（久）刀自にてありけるなめりとそ
きこゆる。

258 かそいろはあはれといかに思らん（日）
　　みとせになりぬあしたゝすして

この哥はあさつなのきやうのうた也。
いさなみのみことはひることい（久）へる
（久）ものをうみ給へるなり。かたちは
ひとにゝたれとも、ふくさのきぬなとの
やうにて、あしもたゝす、を（日）（久）きも　（109オ）
あからさりけれは、さをなとにう
ちかけてを（日）きたりけれは、あし
ともいはて、とし月をゝくりけり。
三年まてそありける。あさ㊐つ

の＝ナシ（久）
のい名＝といふ事（久）
とそ申し＝四字ナシ（久）　あ＝か（日）
刀自にて＝刀自なり其しうとめか刀自にて（久）
ん＝む（日）
いへる＝いふ（久）
もの＝子（久）
を＝お（日）（久）
を＝お（日）
㊐「日本紀…」ノ注、朝綱ノ右ニアリ

な、く(久)けのかしこまりにて、みとせ
日本紀竟宴哥也(日)非身上事(久)
ありけれは、我身なん(日)かれ(日)(久)ひる
このやうに(久)、いふかひも(久)なくて
みとせになりぬれ(久)と、かれによそ(久)
へてよめるなり。かそいろとは父
母を(久)いふなり。いさなみのこと(日)(久)
とは、神の(久)御名なり。

259 しなかとりゐなのをゆけはありま山
ゆふきりたちぬともはなくして

260 しなかとりゐな山とよみゆく水の
なに(久)のみよせしかくれつまはも

ゐなのは(久)つのくにヽある所なり。
ゐなのといはむ(久)とて、しなかとりと
は(久)つヽくる事を、ひとのたつぬる
ことにて、たしかなる事も(久)きこえ
す。むかし雄略天皇、そ(日)の野にて

（109ウ）

くけ＝おほやけ(久)
也＝で(日)　(久)日本紀以下ノ注記ナシ
ん＝む(日)　れ＝の(日)(久)
に、いふ＝にていふ(久)　も＝ナシ(久)
れ＝る(久)　そへ＝せ(久)
をいふなり＝といふこと也(久)　こと＝尊(日)みこ(久)
の御名なり＝名也(久)
に＝み(久)
は＝とは(久)
む＝ん(久)
は＝ナシ(久)
も＝ナシ(久)
そ＝ナシ(日)

かりし給けるに、しろきかのし丶の（110オ）
かきりありて、ゐのし丶は(久)なかり
けれは、いひそめたるなり。し
なかとりとい(久)へるは、しろきかのし丶
のかきりとられたれは、いゐ(久)な
のとはゐのし丶のなかりけれは、いふ
なりとそ申つたへたる。ゐるに
かりきぬのしりのなか(久)けれは、つちに
かりきぬのしりをつけしとて、と(久)
れはし(久)かなりとは申す(久)人もあり。
それはみくるし。いつれの野山に（110ウ）
かはゐ(久)むに、かりきぬのしりのつ(久)か
さらん(日)。

261 山とりのをろのはつをにか丶みかけ
　となふへ(久)みこそなに(久)よそりけめ

このうたのか丶みの事、たしかにみえ
たることなし。むかしとなりのくにより、

は＝の(久)

いへる＝いふ(久)

ゐ＝ひ(久)

かけ＝かりけ(久)

と＝こ(久)

しかなりとは＝しなかとりと(久)　す人もあり＝すとそ人申めり(久)

ゐむ＝人のゐるに(久)　つかさらん＝土にさはらんはあらんととする(久)

ん＝む(日)

へみ＝るに(久)　に＝き(久)

山鳥をたてまつりて、なくこゑたえ(日)
にして、きく物うれへをわするといへり。
みかとこれをえ(久)てよろこひ給に(久)、またく
なく事なし。女御のあまたおはしける(久)に、（111オ）
このとり(久)なかせたらむ(久)女御を、き
さきにはたてん(日)と、せんしをくた
されたりけれは、思はかりを(日)(久)はしける
女御の、ともをはなれてひとりあれは、
なかぬなめりとて、あきらかなる
か丶みをこのつらにたてた(日)りけれは、
か丶みをみてよろこへ(久)るけしき
にて、なくことをえたり。を(久)丶ひろけて、
か丶みのおもてにあて丶よろこひ
なくこゑまことに(久)にしけし。これ（111ウ）
をなかせ給つ(久)る女御、后にたちて、
かたはらの女御、ねたみそねみ給へる(久)
事かきりなしといへり。これか心をとりて

え＝へ(日)
え＝み(久)　ひ給に＝ひてかひたまふに(久)
しける＝する(久)
とり＝山とり(久)　む＝ん(久)
ん＝む(日)
を＝お(日)(久)
た＝ナシ(日)
へる＝ひたる(久)
を＝お(久)
まことに＝四字ナシ(久)
給つ＝た(久)
給へる事かきりなしといへり＝けりと文にありといへり(久)

よめるとそ。
262 あしひきの山とりのをのしたりをの
なかく〵しよをひとりかも(久)ぬる
このうたは山鳥の(久)をゝしもな(久)とな
かきためしにはよめるにかと思て
たつぬれは、山鳥といふとりの、
め、(日)おとこ(久)はあれ(久)と、よるになれは、
山(日)のをゝへたてゝ、ひと(久)つ所にはふ
さぬ物なれはよのなかくたえかたく
(112オ)
思ら(日)んと、(久)おしはかり(日)て、ことはさらむ(久)
ものをこそは、たつねてよするか(日)
(久)うへに、かれかを(久)は、鳥のほとよりはな
かけれはよめるなり。かくよるに
なれは、わかるゝいもせなれは、ひとの
いゑには、(久)をゝたにとりいれぬ也。
263 ほとゝきすなきつるなつの山へには
くつていたさぬひとやわふらむ(久)

ぬる＝ねん(久)
を＝お(久)　と＝そ(久)
お＝を(日)　は＝ナシ(久)　と＝とも(久)
の＝ナシ(日)　つ＝ナシ(久)
ん＝む(日)　お＝を(久)　て＝し(日)　む＝ん(久)
か＝ナシ(日)
う＝ゆ(久)　は＝も(久)
をゝたに＝おたにも(久)
む＝ん(久)

これは寛平の御時后宮の哥合の
哥なり。郭公い《(日)(久)》へる鳥は、まことには
もすとい《(久)》へる鳥なり。そのもすを
ほと〻きすとは《(久)》いふへきなり。むかし（112ウ）
くつぬひにてありける時、くつの
れうをとらせ《(日)》たりければ、いま四
五月はかりに《(久)》たてまつらむ《(久)》と、や《(久)》く
そくしてうせにけり。その〻ち、いか
にもみえさりければ、はかるなりけり
とこ〻ろを《(久)》えて、くつをこそえさ《(久)》らめ
とら《(日)》せしくつてをた《(久)》に返しとらむ《(久)》と
思て、とらせん《(日)》とちきりし四五月にきて、
ほと〻きすこそ〳〵《(久)》とよひありくなり。
もす丸《(久)》そのほと《(久)》は、よにはあれとも、秋
つかたするやうに、きのすゑにゐて、こ（113オ）
ゐたか《(久)》にもなかて、お《(久)》ともせてか《(久)》き
ねをつたひ《(久)》て、時《(久)》々こと〳〵しく《(久)》と、つふや

いへる＝といへる（日）といふ（久）
いへる＝いふ（久）
はいふへき＝云（久）
た＝ざ（日）
にた＝にならはた（久）　む＝ん（久）　やくそくして＝いひて（久）
を＝ナシ（久）　えさらめ＝えさせさらめ（久）
ら＝う（日）　たに＝たにも（久）　む＝ん（久）
ん＝む（日）
〳〵＝は（久）
丸＝まろは（久）　ほとは＝比も（久）
か＝ナシ（久）　お＝を（久）　て＝す（久）
ひて＝ひありきて（久）　時々こと＝とき〳〵のひやかにこと（久）　くと＝うとはかりを（久）

(日)きなくなり。この事ひかことならは、
むかしの哥合に(久)よみていらむやは。
264 いは、しのよるのちきりもたえぬへし
　あくるわひしきかつらきの神
この哥は、かつらきの(久)山、よしの(久)山《やま》(日)(久)と
のはさまのはるかなるほとを
めくれは、事のわつらひのあれは、(日)(久)延
能行者と(久)いへる修行者(久)の、この
山の峰より、かの(久)よしの山の峰に、
はしをわたしたらは、(久)事のわつら(久)ひな
く、ひとはかよひな(日)(久)んとて、その所に
(日)(久)をはする一言ぬしと申神に(久)祈
申けるやう(久)は、神の神通は仏に
(久)おとる事なし。凡夫の(久)えせぬことを
するを(久)神力とせり。ねかはくはこ
の(久)かつらきの山のいたゝきより、か
の(久)よしの山(久)のいたゝきまて、いは

（113ウ）

きな＝二字ナシ(日)
よみていらむやは＝あらんやはとそいひつたへたる(久)
山＝山と(久)　の＝の、(久)　山《やま》と＝山(日)山と(久)
延能＝役の(日)役(久)
いへる＝いひける(久)　の＝ナシ(久)
よしの＝三字ナシ(久)
事の＝二字ナシ(久)　ひな＝ひもな(久)
ん＝む(日)(久)
を＝お(日)(久)　祈＝ナシ(久)
は＝ナシ(久)
お＝を(久)　え＝えう(久)
神力＝神のちから(久)
かつらきの＝五字ナシ(久)
よしの＝むかひの(久)　の＝ナシ(久)

をもてはしをわたし給へ。このねかひを(久)かたしけなくもうけ給はゝ、(久)たふるにしたかひて、法施をたてまつら(日)(久)む申けれは、そらにこゑありて、我この事を(久)うけつ。あひかまへてわたすへし。たゝし、我かたちみにくゝ(久)して、みる人(久)おちおそりを(久)なす。よる〳〵わたさ(久)むとのたまへり。ねかはくはすみやかにわたし給へとて、心経をよみていのり申(久)しに、そのよのうちにすこしわた(久)してひ(久)るわたさす。(日)(久)延能それをみておほきにいかりて、しからは、こほうこの神をしはり給へと申。こほうたちまちにかつらをもちて神をしはり(久)つ。その神はおほきなるいはほにてみえ

(114オ)

(114ウ)

かたしけなくも＝七字ナシ(久)
たふるにしたかひて＝九字ナシ(久)
む申＝むと申(日)んと申(久)
うけつ。あひかまへて＝たへんにしたかひて(久)

して＝二字ナシ(久)
おち＝二字ナシ(久)　なす＝なさんか(久)
む＝ん(久)

しに＝す(久)

して＝しそめて(久)　るわ＝るはわ(久)
延能＝役の行者(日)延能それをみておほきにいかりて、
しからは＝ねかはくは猶ひる渡したまへとまうすにひる
わたすこと猶あたはしとのたまへは役行者はらたちてし
からは(久)

つ＝てさりぬ(久)

給へ(久)は、かつらの(久)まつはれて、かけふ
くろなとにものをいれたるやうに、
ひ(久)まはさまもなくまつはれてい
まにおはすなり。
265　さはへなすあらふる神もを(日)しなへて
けふはなこしのはらへと(久)いふ也
この哥は拾遺抄(久)のうたなり。
(115オ)
さはへ(久)といふは、あ(久)しき神のさ(久)はへの
ことくにおほ(久)くあつまり(久)、ひとの
ためにたゝりをなす。これをはらへ
なこめ(日)(久)て、よはよかるへきといひて、
みなつきのつこもりの日ははらへ
なこむるなり。それ(久)をこの事
のおこり、日本記にみえたり。あ
まてる御神のすへ(日)(久)みにを、あし
はらのなかつくにのきみとと(日)(久)せむ(久)
と(久)する時に、そのくにゝさはゑ(日)(久)な

へは=なれは(久)　の=ナシ(久)
ひ=い(久)
を=お(日)
といふ也=なりけり(久)
抄=ナシ(久)
へと=へなすと(久)　あしき=あやしき(久)　さ=ナシ
おほく=三字ナシ(久)　り=りて(久)
めて=めてなむ(日)めてなん(久)
それを=三字ナシ(久)
すへみに=すゑ御子(日)まこ(久)
と=ナシ(日)(久)　む=ん(久)
と=ナシ(久)　ゑ=へ(日)(久)

すあしき神たちあり。又草(久)
木みなものいふ。たかむすひの　（115ウ）
みことやをよろつの神たちを
つとへ(久)て、とひ(久)給はく、たれかゝの
なかつくにの、あしきものをはらへ(久)に
つかはすへき。みないはく、あまほ
ひのみことは、これ神のいさお(日)(久)なりと
さためて、つかはしてたひらけとゝ
のへりといへり。

(久)266 ふる雪のみのしろころもうちきつゝ
　はるきにけりとおとろかれぬる
267 山さとの草はの(久)露もしけからん(日)
　みのしろころもぬはすともきよ　（116オ）
これはとしゆきかむ月のつい
たちの(久)日、后のみやにまいりた
りけるに、ゆきのふりければ、お
ほうちきをたまはりてよめる

草木＝草も木も(久)
へて＝へ給て(久)　とひ給はく＝五字ナシ(久)
へ＝ひ(久)
お＝を(日)をし(久)
(久)改丁、右上ニ「下」トアリ
の＝に(久)　ん＝む(日)
の日＝に(久)

うたなり。みのしろ衣も(日)(久)とい(久)へるは、雪のふ(久)るに、かい(日)〱しくうちきたるなむ(久)、みのしろ(久)とおほゆるとよめるなり。春きにけりとい(久)へるは、はるのはしめなれは、ことさらにとて、おほうちきを給はりたるか、めつらしさに、春きにけりとは(日)よめるにや(久)。つきのうたは、はしめのうたをためしにし(久)て、たひの道(久)は露しけからむ。みのしろに(久)きよ、また(久)はれねはぬはすと(久)はよめるなり。

（116ウ）

268 せなかためみのしろ衣うつ時そ
　そらゆくかりのねもまかひける

これもを(久)なし心なり。

269 つくはねのにゐ(日)くわ(日)まゆのきぬはあれと
　き(久)みかみけし(久)ゝあやにきほし(日)(久)も

270 あ(日)(久)したにもてたまもゆらにお(久)るはたを

も＝ナシ(日)(久)　いへる＝三字ナシ(久)
ふるに、かい＝ふりけるにうへにかひ(久)　い＝ひ(日)
む＝ん(久)　ろと＝ろ衣と(久)
いへる＝いふ(久)
は＝ナシ(日)
にや＝なり(久)
し＝ナシ(久)　道は露しけ＝ちにはつゆけ(久)
ろに＝ろ衣に(久)　またはれねは＝とて(久)
とは＝ともと(久)
を＝お(久)
ゐ＝ひ(日)　わ＝は(日)
きみか＝衣の(久)　ゝ(し)＝に(久)　きほしも＝きまほしも(日)きまほし(久)
あしたにも＝あらたまも(日)あらたまの(久)　お＝を(久)

きみかみけしにぬ(久)ひきけんかも
これは(日)(久)ふたつは万葉集(日)(久)うたなり。
つくはねといへるは、木のをひたる
ところと(久)いへるなり。にゐ(日)くはまゆと
(久)いふは、くはの木のわかきなるを、
はしめてこきくはせた(久)るかひ(久)
このまゆして、おりたるぬ(久)のとい
へるなり。みけしといへるは、思
かけたるひとの、みにちかくふ
(久)したるきぬならねはよしなし。
きみかみにふれたるきぬ
なむ(久)あやにそ(久)きまほしき(久)と
(久)いふなり。つきのうたもおなし心也。
271 くれはとりあな(日)(久)に恋しくありしかは
ふたむら山も(久)こえすき(久)にけり
返し
272 からころもたつを丶しみし心こそ

（117オ）

ぬひきけん＝ぬひてきむ（久）
は＝ナシ（日）（久）　集＝集の（日）（久）
と＝を（久）　ゐ＝ひ（日）
いふ＝いへる（久）
たる＝二字ナシ（久）　ひ＝い（久）
ぬの＝きぬ（久）

し＝れ（久）

（117ウ）

む＝ん（久）　そ＝くに（久）　き＝ナシ（久）
いふ＝いへる（久）
な＝や（日）（久）
も＝は（久）　きにけり＝なりにき（久）

ふたむら山のせきとなりけめ
この哥は(久)後撰の哥なり。おほや
(久)けつかひにて、あつまのかたへまかり
ける(久)を、あらため(久)らるゝ事ありて(久)、
宮こへまうてきたりけるを、女ききて　(118オ)
よろこひなから、(久)とひおこせて侍り
けれは、道にてひとの心さし(久)おくり
てはへりける、くれはとりのあや
を、ふたむらつゝみて、(久)おこすとて
よめるうたなり。(久)あやの名をく
れはとり(久)といふは、そのあやの名(日)(久)お
い(久)はむとて、ふたむら山と(久)はよめる
なり。

273 かをさしてむまといひけるひともあれは
かもをも(日)(久)おしと思なるへし　(118ウ)

返し

274 なしといへは(久)をしむかもとや思ら(日)ん

後撰の哥なり＝六字ナシ(久)
けつ＝けのつ(久)
を＝に(久)　らるゝ＝たる(久)　て、宮＝てめしかへさ
れてみや(久)
とひおこせ＝人をこせ(久)
おくり＝をこせ(久)
お＝を(久)
あやの名を＝五字ナシ(久)
いふ＝いへる(久)　お＝を(日)(久)
む＝ん(久)　は＝ナシ(久)
お＝を(日)(久)
を＝お(久)　ん＝む(日)

しかやむまとそいふへかりける
これ(久)は拾遺抄(久)の哥也。はしにかくしたい
の所に、をろ(久)〳〵申たり(日)。このうたは(久)、
むかし秦の世に二世ときこゆるみかと
おはしけり。そのみかとの、ちゝの王にも
にす、おろかになむ(久)をはしける(久)。時の
大臣(久)、みかとのをろかにおはするけし
きをみて、くにをむ(久)はゝん(日)心あり(久)
けり(日)。さは思なから、ひとのこゝろを(久)し
らすして(久)、おほつかなさに、たれかゝた
にかよりたるとこゝろみん(久)とて、
しゝ(久)をていわうのお(日)まへにゐて
まいりて、かゝるむまに(久)なん侍と(久)
そうしけり(久)。みかとあやしみて、
これはしかなり、またく馬にあらす。
趙高に(日)(久)まうさく、まさしく馬なり。あ
またのひとにとはせ(久)給へし。ひ(久)

（119オ）

これは＝此歌のことはゝ(久)　抄の哥也。はしに＝の(久)
をろ＝ほの(久)　たり＝たりし(日)　は、むかし＝の心は(久)
なむ＝二字ナシ(久)　る＝り(久)
臣＝臣に趙高と云臣ありその大臣(久)
む＝う(久)　ん＝む(日)　りけり＝る也(久)
り＝る(日)　を＝も(久)
して＝二字ナシ(久)
ん＝む(久)
しゝ＝かのしゝ(久)　お＝ナシ(日)
に＝ナシ(久)　侍と＝候けると(久)
しけり＝し申けり(久)
に＝ナシ(日)(久)
せ＝しめ(久)　ひと〳〵＝三字ナシ(久)

とく〵みな申さく、(久)しかにあらす、むまなりと申す。(久)人の我(日)かたによるなり(久)。わうゐをはうはひたてまつりけるとそいへる。

275　あきかせにはつかりかねそきこゆなる
たかたまつさをかけてきつら(日)ん

(119ウ)

このうたは、漢武帝と申けるみかとの御時に、こさいといへる所に、蘇武といへるひとをつかはしたりけるか、え返らて年来ありけるを、衛律といひける人の又ゆきて、蘇武はありやと〻ひければ、あるをかくして、その人は(久)としひさしくなりぬ(日)(久)いひければ、そら事をかくしていふそとこ(久)〻ろをえて、蘇武は(久)しなさる(久)

(120オ)

なり。この秋雁のあしにふみをか(日)(久)けてたてまつれり。そのふみを(久)御

しかにあらす＝まさしく(久)
人の＝人々は(久)　か＝ナシ(日)
り＝りけりとて(久)
ん＝む(日)
はとし＝はうせてとし(久)
ぬいひ＝ぬといひ(日)(久)
こ〻ろをえ＝心え(久)　は＝ナシ(久)　る＝ナシ(久)
け＝き(日)(久)　を＝をみかと(久)

覧して、蘇武いまにありとはしろしめしたりと、はかり事をなしていひけれは、しかさるにてはやくなしと思(久)て、まことにはありといひてあはせ(久)けるといへり。(日)これによそへて、か(日)の(日)(久)雁うたはよ(日)めるなり。

276 あまの河うき丶にのれる我なれや
　ありしにもあらす世はなりにけり

これはむかしうねめなりける(久)ひと(久)をたくひなくおほしけり。れいならぬ事ありて、さとにいてたりけるほとに、わすれさせ給にけり。心ちよろしくなりて、いつしか(久)とまいりたりけ(久)るに、むかしにもにすみえけれは、うらめしと思てまかりいて丶たてまつりける哥(久)なり。本文なり。漢武

（120ウ）

て＝ナシ(久)

けるといへり＝たりけるとて(久)

こ＝そ(日)　の＝う(日)　雁うた＝雁の歌(日)(久)

める＝む(日)

ひと＝物(久)

をた＝をみかとた(久)

と＝ナシ(久)

るに＝り(久)

なり＝あり(久)

帝の時にちやうけんと(久)いへるひとを
めして、あまの河のみなか(久)みた　（121オ）
つねてまいれとてつかはしけれは、
う木きにのりて河のみなか(久)み
たつねゆきけれは、みもしらぬ所に
いきてみれは、つねにみるひとには
あらぬさましたるもの(久)ゝ、はた
(久)をあまたたてゝぬのをゝりけり。
又しらぬおきなありて、うし
をひかへてたてり。これはあまの
河といふ所也。この人々は、たな
はた、ひこほしといへるひと〱なり。
さては我はいかなるひと(久)(日)ゝそと　（121ウ）
とひけれは、(久)みつからは張騫といへ
るひとなり。宣旨ありて、河のみ
なかみたつねてきたるなりと
こたふれは、これこそ(久)河のみなかみよ(久)

いへる＝いふ（久）
みた＝みをた（久）
みた＝みにた（久）
ゝ（の）＝ナシ（久）
を＝ナシ（久）
ゝ（と）＝ナシ（久）　そと＝二字ナシ（日）
みつからは＝五字ナシ（久）
そ河＝そは河（久）　よ＝ナシ（久）

といひて、いまは返ねといひけれは、返
にけり。さてまいりたりけれ（久）は、
たつねえたりやと、はせ給けれは、
（久）たつねたりつれは、たなはたたひ
こほしなと、うしをひか（久）へ、たなはたたは
はたをゝりて、これなん河のみな本と（122オ）
申つれは、それより返まいり（久）たると
（久）そうしける。所のさまのありし
にもあらす、かはりたりけれは、
そのよしをきゝてかくよめる
なり。このうたをみかと御覧して、
あはれとやおほ（久）しけむ、もとのや
うにかた時もたちさらすおほし
めしけり。そのゝちいくはくもへ
すして、うせ給にけり。つかのう
ちにおさめたてまつりける（久）時に、（122ウ）
このうねめいきなからこもりに

は、た＝はいかにそ河上はた（久）
たつねたりつれは＝たつねてはへり天河のほとりにまかりたりつれは（久）
へ＝へて（久）
た＝け（久）
うし＝申（久）
しけむ＝しめしけん（久）
時＝おり（久）

けり。その御(久)みさゝきをいけこめのみさゝきとて、薬師寺のにしに、いくはくものかてあり。まこと(日)(久)や、張騫返まいらさるさきに、天文の(久)物(日)のまいりて、七月七日に、けふあまの河のほとりに、しらぬほしいてきたりとそうしけれは、あやしひ(久)おほしけるに、この事をきこしめしてこそ、まことにたつねいきたりける(日)と、おほしめしけれ(日)。（123オ）

277　ちのなみたおちてそたきつしら河は
　　きみか世までの名にこそありけれ

ちのなみたとい(久)へる事は、おこりある事なり。もろこしに、卞和とい(久)ひけるたまつくりのありけるか、たまをつくりて、みかとにたてまつりたり(日)けるを、みかとことた

御みさゝきを＝つかは(久)
とや＝とにや(日)(久)
の物＝とも(久)　の＝ナシ(日)
ひ＝み(久)
る＝れ(日)　れ＝り(日)
いへる＝いふ(久)
いひける＝いへる(久)
たり＝二字ナシ(日)

まつくりをめして、みせさせ
給け（久）るに、これはひかりもなく（日）（久）て、
ふようの（久）たまなりと申けれは、い
かてか丶るふようの物を（久）は、たて
まつりけるそとて、左のてをきらせ
給けり。さて又（久）世かはり（久）にけり。又あ
たらしくた丶せ給ていわうに、（久）こ
りすまに玉を（久）つくりてたてまつり
（久）たりけるを、はしめのやうに、玉つ
くりをめしてとはせ給けれは、これ
又ふようの玉なりと申けれは、又右
のてをきられにけり。なきかなし（久）ふ
事かきりなし。なみたつきてち
のなみたをなかして、よるひる
なきけり。又世中かはりて、又（124オ）
あたらし（久）くみかと（久）いておはしまし
た（久）りけるに、なをこりすまに

（123ウ）

るに、これは＝れは（久）　て＝ナシ（日）（久）
たま＝物（久）
は＝ナシ（久）
世＝代よ（久）　にけり。又＝て（久）
こりすまに＝又（久）
つくりて＝四字ナシ（久）
たり＝二字ナシ（久）
ふ＝む（久）
く＝き（久）　いて＝二字ナシ（久）
りけ＝二字ナシ（久）

(久)さき〳〵わろしとて、返したま
はりたりける玉を、たてまつり
(久)たりければ、みかと玉つくりをめして、
やうあらん(日)とてみか丶せ給(久)たりけ
れは、えもいはすひかりをはなちて、
てらさぬ所なかりけり。さて三(日)(久)代
(久)までは、(久)くれなゐのなみたをなか
してなきけるか、三代とい(久)へるたひ、
(久)しやうをか(日)へて、よろこひける。(124ウ)
帝王のお(久)ろかにを(久)はしますな(久)るた
めしに申な(久)る事なり。みかとの
(日)おまへな(久)とにては、くやうりやうし
てはよむましき事と(久)、うけ給はり
しかと、承暦のた(久)ひの哥合にも、
恋のうたに候(久)しはいかなる事にか。
(㊐㊈以下五行分余白)(125オ)

さき〳〵わろしとて、返したまはりたりける玉を＝玉を
つくりて(久)
たり＝二字ナシ(久)
ん＝む(日)　給たり＝させ給(久)
三＝二(日)(久)
までは＝といへるたひまて(久)　くれなゐの＝ちの(久)
いへる＝いふ(久)
しやうをかへて＝蒙恵そ(久)　かへて＝蒙りて(日)
お＝を(久)　を＝お(久)　なる＝二字ナシ(久)
なる＝二字ナシ(久)
お＝ナシ(日)　なとにては＝にて(久)
と＝とそ(久)
たひの＝三字ナシ(久)
候しは＝候めりしは(久)
一二五オ余白、一二五ウ白ノトコロ㊐「(三行分空白)」
トアリ、㊈余白、白トモ一切ナシ。

（白）　（125ウ）

278 はつはるのはつねのけふのたまはゝき
てにとるからにゆらくたまのを

279 たまはゝきかりかこ(日)(久)まゝろむろの木と
なつめかもとゝかきはかむため

玉はゝきといへるは、著と申す木し(久)
て、子日の(久)こまつをひきくしてはゝ
きにつくりて、ゐ中の(久)ひとのいゑ(久)に、
む月のはつねの日、かひこかう(日)(久)やを
はく(久)とそ申なる。そのやを子
むまのとしにむ(日)まれたる女の、こ
かひするに(久)、ものよきをかひめと　（126オ）
つけて、それしてはかせ(久)そめさせて、
いはひ事はにいへる哥なりとそい
ひつたへたる。されとつきのうたに、
むろのきと、なつめかもとゝ、かき
はかむためとよめるは、たゝには(久)ゝく木、は

かこ＝こか（日）（久）

して＝に（久）

の＝ナシ（久）

のひと＝うと（久）　ゑ＝へ（久）

う＝ふ（日）（久）

はく＝はこや（久）

む＝う（日）

に＝ナシ（久）

かせ＝き（久）

はゝく木＝はて（久）「本ノマヽ」ト傍書

はきなとをもいふにやあらむ(久)。よ
ろつの物にたまといふ(久)事はを(久)そへ
てよめは、木(久)は、きなりとも、かれを
ほめむ(久)と思はん(久)ひ(日)は、なとか玉といへる
事はをえ(久)(日)さらむ。たゝしこの(久)た
まはゝきの哥は、むかし京こくの
みやす所と申ける(久)ひとは、時ひら　(126ウ)
の大臣の御むすめなり。延喜の
みかとに、女御にたてまつらむ(久)とせら
れけるに、ひころよく〳〵いとなみて、
すてにその夜になりて、い(久)たし
くるまなとよせて、女はうみな(久)
のるほとになりて、にはかに寛平
の法皇御かうありて、御くるまよせけ
れはかの大臣思かけぬさまして、さは
かれけれは、いたし(久)たてにきたるなり
とおほせられて、お(久)していらせ給にけり。　(127オ)

む＝ん(久)
たまといふ＝又いふ(久)　を＝をは(久)
木＝ナシ(久)
む＝ん(久)　と思はん＝四字ナシ(久)　んひ＝むに(日)
をえ＝そへ(久)　え＝そへ(日)　このたま＝四字ナシ(久)
ける＝二字ナシ(久)
む＝ん(久)
い＝ナシ(久)
みな＝なと(久)
いたし＝三字ナシ(久)
お＝を(久)

お(久)とゝすへきやうもおほえ給はさりけれ
は、たゝあふきてを(日)(久)はしけるに(久)、内
より蔵人御つかひに(久)まいりて、夜いたくふけぬいかな
る事そ、とたつね申(久)させ給けれは、
よ(久)ろこひなからこのよしを(久)申さ
れけれは、しはし御返事(日)もなく
て、とはかりありて、しきりにおとゝ、
しはふき申されけれ(久)は、これは老
法師たまはりぬとおほせられけれは、
いとす(久)へなくあさましき事にて、
く(久)るまにのりたりけ(久)る女はうたち、（127ウ）
みなおりにけり。いかによのひといひ(久)さ
たしけんと(日)(久)、を(日)しはからるれ。蔵
人返まいりて、このよしをそうし
けれは、ものもおほせられさりけり。そ(久)
のみやす所の、むかしは三井寺のかたはらに、
しかてらとて事のほかにけむし給

お＝を(久)
を＝お(日)(久)　に＝程に(久)
に＝にて(久)
申＝ナシ(久)
よろこひ＝おとゝよろこひ(久)　を申＝をおつ〳〵申
(久)
事＝し(日)
れ＝る(久)
す＝あ(久)
くるま＝たしくるま(久)　りけ＝二字ナシ(久)
いひ＝二字ナシ(久)
んと＝むと(日)むとこそ(久)　を＝お(日)
その＝二字ナシ(久)

(久)けるところありけるに、まいり給けるに、かのてらちか
くなりて、所のさま(久)(日)のおかしくおほえ
給けれは、御くるまのものみをひろら
かにあけて、水海のかたなとみまわ
させ給けるに、いとちか(久)き丶しのうへ
に、あさましけなる草のいほりの　（128オ）
ありけるか、(久)まとのうちより、事のほ
かにをいおとろへたるをいほうし
の、しろきまゆのしたより、めを
みあはせ(久)させ給(久)たりけれは、いとむ
つかしきものにもみえぬる哉と
おほして、ひきいらせ給にけり。さて返
給てのち、又の日老法師の、こし
ふたつにか丶まりたるか、つ(久)ゑにす
かりてまいりて、中門の(久)へんにた丶
すみて、昨日しかにて(日)(久)けさうし
侍りし老法師こそまいりたれと、

ける＝ふ(久)
のおかしく＝このましく(久)　お＝を(日)
き＝く(久)
まとのうちより＝七字ナシ(久)
させ＝二字ナシ(久)　たり＝へり(久)
ゑ＝え(久)
へん＝ほと(久)
けさう＝見参(日)(久)

申させ給へと申《（久）》けれは、しはしはき《（久）》ゝ（128ウ）
いるゝひともなかりけれと、ひねもすに
ゐくらして、あまりいひけれは、
き《（久）》ゝあまりて、かゝる事《（久）》申物なん侍と申けれは、し
かさることあらむ《（久）》とおほせられて、み
なみおもてのひか《（久）》くしのまに、めし
よせて、いかなる事そとゝはせ給け
れは、しはしはかりためらひて、しかにこ
の七十年は《（久）》かり侍て、ひとへに《（久）》後世ほ
たいの事を《（久）》いとなみ侍つるに、は
からさるほか《（久）》にけんさむをしてのち、
いかにもこ《（久）》と事なく、いまひとたひ
けんさんせ《（久）（日）》んの心《（久）》侍て、ね《（久）》んすせんの（129オ）
こゝろもなく時にもむかはれさりつ
れは、としころのお《（久）》こなひのいたつらに
な《（日）》りなむ《（久）》事を《（久）》かなしひ思《（日）》て、
もしたすけもやせさせおはし

申＝いひ(久)　は＝ナシ(久)

きゝあまりて＝六字ナシ(久)　事申物なん＝ことなん申
ものゝ(久)

む＝ん(久)

かくし＝さし(久)

はかり＝三字ナシ(久)　に＝ナシ(久)

を＝ナシ(久)

か＝と(久)

こと事なく＝たのおもひなく(久)
せん＝をせん(久)　ん＝む(日)　心侍＝心のはへり(久)
ねんすせんのこゝろもなく時にも＝念仏もせられすほと
けにも(久)

お＝を(久)

なりなむ＝ならんずる(日)　む＝ん(久)　をかなしひ思
て＝のかなしさに(久)　思＝給(日)

ますとて、つ(久)ゑにすかりてなく〳〵
まいりて侍なりと申ければ、いと
やすき事なりとの給て、みすを
すこしまきあけてみえさせ給
ければ、おもてのしはかすもしらす、
まゆのしろさ(日)雪(久)よりもけにて、
まみなともみなお(日)(久)ひかはりて
ひと丶もおほえす(久)、まことに(久)おそろし（129ウ）
けなるさまして、(久)まほりいりてと
はかりありて、その御てをしはし給
はら(日)(久)んと申ければ、申すにしたか
ひて、御てをさしいて(久)させ給たりける(久)
を、わかひたひにあて丶、よろつも
おほえすなきて、かのてにとるからに
といへる哥をよ(久)み申て、すこしゐ
のくやうに(日)(久)して、この世に(日)むまれ
(久)侍りてのち、九十年にをよひ侍ぬるに、

ゑ＝え(久)
さ＝き事(日)　よりもけにて、まみなともみな＝なとよりもまさりて(久)
ひ＝い(日)　かはりて＝か丶まりて(久)
す＝ぬ(久)　お＝を(久)
まほりいりて＝まもりいれて(久)
ん＝む(日)(久)
て＝た(久)　るを＝れは(久)
み申＝みかけ申(久)
し＝ナシ(日)(久)　む＝う(日)
侍り＝候(久)

またかはかりのよろこひはへらす。
このえん(久)をもて、もし思のことく(久)　（130オ）
みたの浄土にもむ(日)まれなは、かなら
す道ひきたてまつらん(日)。又(久)浄土にも(久)
むまれさせ給たらは(久)、かならす(久)み
ちひかせ(久)たまへと申て、なきけ
れは御返し、

280　よしさらはまことの道にしるへして
　我をいさなへゆらくたまのを

とそおほせられける。これをきゝ
てよろこひなから、なく〳〵(久)返に
けりとそ(久)、能因法師(日)、故(久)師大納言に
かたり申(日)けるに、この哥は万葉　（130ウ）
集廿(久)巻にあれは、事のほかのそら事
にてそ、ひとへにものかたりの(久)ひかこと、
思へきに、このうたある(久)万葉集に(日)もある(久)
本あり、なき本あり。このうた(久)のみに

えん＝つとめ(久)　ことく＝まゝに(久)
む＝う(日)
ん＝む(日)　又＝ナシ(久)　も＝ナシ(久)
たらは＝はゝ(久)　かならす＝四字ナシ(久)
かせ＝き(久)

なく〳〵＝三字ナシ(久)
そ＝ナシ(久)　師、故師＝師の(日)　故＝ナシ(久)
申＝ナシ(日)
集廿＝集第二十(久)
の＝にいへはことの外(久)
このうたある＝六字ナシ(久)　ある＝二字ナシ(日)　に
もある本＝廿の巻にある本(久)
このうた＝この本はこの哥(久)

あらす、いまうた（久）五十（久）よしゆなけれは（久）、
おほ（久）つかなし。（日）よくたつぬへし。そ
の哥にゆらく玉のをとよめる、ゆらく
は、しはらくとい（久）へる事は也。玉のを
とは、いのちとい（久）へることなり。されはこ
の御てをとりたるによりて、しはし
のいのちなんのひぬるとよめ（久）る也。させる　（131オ）
事なけれとも、かやうのことゝも、し
ろしめしたらん（日）に、あしかるましき事な
れは、しるし申す（久）也。

281　かそいろはあはれとみらん（日）つはめすら
　ふたりは（久）人にちきらぬ物を

むかしお（日）とこありけり。むすめにお（日）と
こあはせたりけるか（久）、うせにけれは、
又こと人にむことらん（日）としける
を、むすめき（久）ゝては、にいひける
や（久）う、おとこにくしてあるへきすく（日）

た五＝たの五（久）　よしゆ＝首（久）　は、おほ＝はきはめておほ（久）
なし＝なき也（久）　よくたつ＝よく〳〵尋（日）

いへる＝いふ（久）
といへること＝をいへること葉（久）

める＝む（久）

ん＝む（日）
す＝せる（久）

ん＝む（日）
は＝の（久）
お＝を（日）　お＝を（日）
か＝に男（久）
ん＝む（日）
めき＝めのき（久）
やう＝二字ナシ（久）　すくせ＝末を（日）

せあらましかは、ありつるをとこゝ《(日)(久)》そ　（131ウ）
あらましか。さるすくせ《(久)》のなけれは
こそしぬらめ。たとひし《(久)》たりと
も、みのくせ《(日)(久)》なら《(久)》は、又もこそしぬれ。
さる事おほしかくなといひけれは、
母きゝて、おほきにおとろきて、ちゝ
にかたりけれは、ちゝこれをきゝて、我しなん《(日)》事ちか
きにあり。さらむ《(久)》のちは《(日)(久)》、いかにしてよ
には《(日)》あらむとて、さる事は思よる
そといひて、猶あはせん《(日)》としけれは、
むすめの《(久)》を《(久)》やに申けるは《(久)》、さら
はこのいゑにすくひて、こうみたる
つはくらめの《(久)(日)》おとこつはくらめを　（132オ）
とりてころして、めつはくらめにし
るしをしてはなち給へ。さらん《(日)(久)》に、
又のとし、お《(日)》とこつはくらめく《(久)》して
きたらむおりに、それをみておほし

ゝ（こ）＝ナシ（日）（久）
すくせ＝ほう（久）
したり＝しゝたり（久）
くせ＝宿せ（日）（久）　ら＝れ（久）

ん＝む（日）
む＝ん（久）　は＝には（日）（久）
は＝ナシ（日）
ん＝む（日）
の＝ナシ（久）　を＝お（久）　は＝やうは（久）

のおとこつはくらめをとりて＝を（久）　お＝を（日）

ん＝む（日）（久）
お＝を（日）　めく＝めをく（久）

たつへき(久)そといひけれは、けにさもと
(久)思て、いゑにこうみたるつはくらめを
とりて、(日)(久)おつはくらめをはころして、
めつはくらめには、くひにあかき
いとをつけてはなち(日)つ。つはくらめ返
て(久)又のとしの春(日)おとこもくせて、ひ
とりくひのいとは(久)かりつきて(久)まうて
きたれは、それをみてな(日)(久)んおやとも、
(132ウ)
(久)又おとこあはせ(日)んのこゝろもなくてやみ
にけり。むかしの女のこゝろは、いまやうの(日)(久)
女に(久)は(久)にさりけるにや。つはくら
め(日)おとこふたりせすと(日)いへる(久)事、
文集の文なりと(久)そ。
282 (久)つはめくる時になりぬとかりかねは
ふるさと恋てくもかくれなく
これらもさやうの心なり。万葉集
の哥なり。おほかたつはくらめは、ふ

そ＝ナシ(久)
思て＝いひて(久)
お＝を(日)おとこ(久)
つ＝ナシ(日)
又のとしの春おとこもくせて＝ナシ(久)　お＝を(日)
はかり＝三字ナシ(久)　まうてきたれは＝又きたりけれは(久)
なん＝なむ(日)二字ナシ(久)
又＝ナシ(久)　ん＝む(日)
の女＝の女の心(日)二字ナシ(久)
(久)「に」ノ傍ニ「木ノマ、」トアリ　に＝ナシ(久)
お＝を(日)　いへる＝いふ(日)　事、文集＝書(久)
とそ＝二字ナシ(久)
つはめくる…十二行…て候める＝ナシ(久)

たりとはたかひに、めお(日)とこをまう
けぬものにてあると、ふみに申
たるとかや。ひとり〳〵うせぬれは、（133オ）
やもめにてはつるとそ。をしといふ
鳥の、さやうにあるとそうけ給はる。
つはくらめも、つちのえつちのとの日は、
すへてまうてこぬとそ、詩なとにも作
て候める。

283 からすてふを(日)(久)ゝおそとりの心もて
うつし人とはなになのるらむ(久)

このうたは(久)、いせ(久)のくにのくんし
なりけるもの、家(久)に、からすのす
をくひてこをうみてあたゝめけ
るほとに、おとこからすひとにうち
ころされにける(日)(久)、めからすこをあたゝめ（133ウ）
て、まちゐたりけるに、や(久)ゝひさしく
みえさりけれは、あたゝめけるかひ(久)こ

お＝を（日）
をゝお＝おほを（日）おほち（久）「ち」ノ傍ニ「本ノマヽ」トアリ
む＝ん（久）
は＝ナシ（久）　いせの＝伊勢（久）
家＝処（久）
る＝り（日）（久）
やゝ＝まことに（久）
かひ＝二字ナシ（久）

をすて、、たゝの《(久)》お《(日)》とこからすを《(久)》まうけ《(日)》て、いまめか《(久)》しくうちくしてありきけれは、かのかひこかへらてくさりにけり。それをみて、家あるし《(日)》のくむし、たう心をゝ《(久)(日)》こして法師になりにけり。それか心をよめるなり。おゝを《(日)(久)》そとりといへる《(久)》は、からすのひ《(久)》とつの名なり。

284 あさくらやきのまろとのに我をれは
名のりをしつゝゆくはたかこそ

(134オ)

このうたは、むかし天智天皇太子にてを《(日)(久)》はしましける時、ちくせん《(久)》のくにゝ《(久)》あさくらといへる《(久)》所に、しのひてすみ給けり。そのやを事さらに、よろつの物をまろにつくりておはしけるより、きのまろとのとはいひそめたりけるなり。世に

たゝの＝こと(久)　お＝を(日)　を＝ナシ(久)　うけ＝ねき(日)
めか＝めつら(久)
家あるし＝家のあるじ(日)
を＝ナシ(久)　ゝ(を)＝お(日)
おゝを＝おほを(日)おほよ(久)　いへる＝三字ナシ(久)
ひとつの＝四字ナシ(久)
を＝お(日)(久)　ちくせんの＝筑後(久)
ゝ(に)＝ナシ(久)　いへる＝いふ(久)

つ(久)ゝみ給へ(久)る事ありて、宮こにはえ(日)
おはせて、さるはるかなる所にを(日)(久)はし
けるなり。さて(久)つゝみ給へ(久)るかゆ
へに、いりくる(久)ひとに、かならすとはぬさ
きに名のりをして、いて(久)いれ(日)と、きしやう（134ウ）
を(久)おほせられたりけれは、かならすいてい
るひとのなのりをしけ(日)るとそ申(久)
つたへたる。このうたを本たいに
して、きのまろとのに名のりをして
よむなり。大さい院と申けるさい
院の御時(久)に、蔵人のふのり、女はうに物
申さむとて、しのひてよるまいりた
りけるに、さふらひともみつけてあや
しかりて、いかなるひとそと、ゝひたつ
ねけれは、かくれそめてえたれともいは
さりけれは、みかとをさしてとゝめたり（135オ）
けるに(久)、かたらひ(久)ける女はう、院にかゝ

つゝみ＝つゝませ(久)　へる＝二字ナシ(久)　え＝ナシ(日)
を＝お(日)(久)
て＝る(久)　給へる＝給事ある(久)
くる＝ける(久)
いていれと＝いりたと(久)　いれと＝つれと(日)
おほ＝二字ナシ(久)
け＝た(日)　申＝いひ(久)

御時に＝とき(久)

るに＝れは(久)　かたらひける＝かたらふ(久)

る事(久)(日)なん侍と申けれは、(久)あれは
哥よむ物とこそきけ、と(久)くゆるし
やれとおほせられけれは、ゆるされてまかりいつとてよめる哥、
285　かみかきはきのまろとのにあらねとも
なのりをせねは人とかめけり
とよめるを、(日)(久)さい院きこしめして、
あはれからせ給て、このきのまろ殿と(久)いへる
事は、(久)我こそきゝし事な(久)れと
て、(久)おほせられけることを女はううけ
給はりて、こののふのりにかたりけれは、こ　(135ウ)
の事よみなから、くはしくもしら
さりつる事なりとて、このことのわひ
しかりつれは、この事をよくう
け給はらんとて、ありけることなり
けりとて、よろこひけるとそ、もり
ふさかたりし。そのゝふのりかせん
そにて、よくきゝつたへたるとそ。

なん＝こそ(久)　ん＝む(日)　あれは＝三字ナシ(久)
くゆるし＝てゆるとてゆるし(久)
を＝ナシ(日)　さい院＝大斎院(久)
いへる＝いふ(久)
我こそ＝しか〳〵(久)　れとて＝りと(久)
おほせられける…よくきゝつたへたるとそ＝おほせられてとくゆるしやれとさふらひをめして仰られけれは出にけり女はうにあひたりけるにこの事いまそと仰られつるとかたりけるをきゝてこの事よみなからとしころおほつかなかりつることをきゝあきらめつるとよろこひけるとそこの斎院はむらかみの御むすめなれはさためてしろしめしたらんとそのふのりも申けるそのゝふもりは傍もり(「もり」ノ傍ニ「本ノマヽ」トアリ)ふさかせむそなれはきゝつたへてまうしゝ(久)

286 そのはらやふせやにおふるはゝきゝの
　ありと(久)はみれとあはぬきみかな
このうたの心、たしかにかきたる物な
し。しなのゝくにゝ(久)、そのはらふせ
やとい(久)へるところ(久)あるに、そこ(久)にもり
あるをよそに(久)てみれは、にはゝくは、ゝ
きにゝたる木のこすゑのみゆるか、
ちかくよりてみれは、うせてみな
ときは木にてなむ(久)みゆるといひ
つたへたるを、このころみたる
ひとにとへは、さる(久)木も(久)みえすと(久)
そ申。むかしこそは(久)さやうにあり(久)
けめ。　(136オ)

287 みちのくのしのふもちすりたれゆへに
　みたれそめにし我ならなくに
これは(久)、かはらの大(久)しんのうたなりし(日)。
しのふもちすりとい(久)へるは、みちのくにゝ　(136ウ)

はみれと＝てゆけは(久)
ゝ(に)、その＝たかの(久)
いへる＝いふ(久)　ろある＝ろはある(久)　そこにもり
あるを＝その所にあるもりを(久)
て＝ナシ(久)
む＝ん(久)
さる＝はゝき木とみえたる木もみえすさる(久)　も＝の(久)　すとそ＝はこそちかくよりてもかくれめとそ(久)
は＝ナシ(久)　あり＝もみえ候(久)
は＝らは(久)「ら」ノ傍ニ「本ノマヽ」トアリ　大しんのうたなりし＝大臣也(久)「大臣」ノ傍ニ「同欤」トアリ　し＝ナシ(日)
いへる＝つゝくへきにはあらす(久)

しのふのこほりといふ所に、みたれたるすりを、もちすりといへる（日）（久）なり。それをこのみすりけるとそいひつたへたる。所の（久）名と、やかてそのすりの名とをつゝけてよめるなり。遍照寺のみすのへりにそ（日）、すられてありし（久）を、四五すんはかりきりとりて、故師（久）大納言さん（日）（久）さうのみすのへりにせられ（久）てありしかは、世の人みなけうせし。

288　せりつみしむかしのひとも我ことや
　　こゝろに物はかなはさりけん（日）

これは文しよにけんきんと申本文（久）なりとそ。うたかへともおほつかなし。たゝものかたりに、ひとの（久）申すは、こゝのへのうちに、あさ（久）きよめするもの、、にはゝ（久）きたてるをりに、ゝはかに

（137オ）

いへる＝いふ（日）（久）

所の＝それを所の（久）

そ＝その（日）

ありしを＝候しは（久）

師＝そちの（久）　言さん＝言の山（日）　さんさう＝のせいわ院（久）

せられてありしかは＝まねはれて候しかは（久）

ん＝む（日）

本文なりとそ。うたかへともおほつかなし＝こと候へとかなひ候はす（久）

ひとの＝三字ナシ（久）

あさきよめするものゝ＝ナシ（久）

ゝ（は）きたてるをりに、ゝはかに＝はくものなと申すはとのもりつかさなとにやにはをはきあるきけるにきさいの御方にて（久）

かせのみすを（久）ふきあけたりけるに、
（久）きさきの物めしけるにせり（久）とみゆる物をめしけるを（久）み
（久）て、ひとしれすもの思に（久）なりて、
いかていまひとたひみたてまつ
らむ（久）とおもひけれと、すへきやうも　（137ウ）
なかりけれは、めしゝせりをゝもひ
いてゝ、せりをつみて、みすの風に
ふきあけられたりしみすの
あたりにおきけり。としを（久）ふれとも
させるしるしもなかりけれは、
つゐ（日）にやまひになりて、うせなん（日）と
しけるほとに、めにもあ（久）きらめて、
しなん（日）（久）かいふさ（日）せに、このやまひは
さるへきにてつ（久）きたるやまひに
あらす、しか〳〵ありし事によ
りて、物おもひになりてうせぬる也。　（138オ）
われをいとを（日）（久）しともおもはゝ、せり

をふき＝を俄にふき（久）
きさきの物めしけるに＝ナシ（久）　とみゆる物＝五字ナシ（久）　を＝に（久）
て、ひと＝てもの思になりて人（久）　になりて＝あるきて（久）
む＝ん（久）
を＝ナシ（久）
ゐ＝ひ（日）　ん＝む（日）
あきらめて＝しらせて（久）
ん＝む（日）（久）　さ＝き（日）
つき＝うけ（久）
を＝ほ（日）お（久）

をつみて、くとくにつくれと、いきの
したにいひてうせはてにけり。
その丶ちいひおきしことくに
せりを(久)つみて、ほとけにまいらせ(久)、
そうにくはせなとそしける。
それかむすめの、そのみやのによくわんになりてはへりけるか、
この物かたりをしけるをき
こしめして、あはれからせ給て、
(久)われこそせりをはくひて、さる
(138ウ)
ものにはみえたり(久)しやうに(日)おほ
ゆれとの給て、そのによくわんを
つねにめして(久)、あはれにせさせ給
ける。そのきさき(久)、さかのきさきとそ
申ける。さもやおほしけん(日)、つねに
(日)みそか事をこのみて、つねに(久)陣
(久)なにのとにいて給ける(久)。いちとはくた

を＝ナシ(久)　せ＝せや(久)「や」ノ傍ニ「本ノマヽ」トアリ
われこそせりをはくひて＝ナシ(久)
たり＝二字ナシ(久)　に＝には(日)
して＝しよせて(久)
き＝きは(久)
ん＝む(日)
みそか＝みける(日)　つねに＝三字ナシ(久)
なに＝二字ナシ(久)　ける。いちとは＝けるとかやつねに(久)

物とおほしく(日)(久)、なかひつにいりて
そいて給ける。もちたてまつりける
けす(久)、さや(日)心えたりけん(日)、こゝろを
あはせて、さかさまにたてたてまつり　（139オ）
たりければ、かお(久)にちたまりて、たえ(久)
かたくおほして、ほか(久)あるき、それより
そこりて(久)とゝまりにけると、物(久)かた
りに人の(久)しけるとかや。

289　ことしけししはしはたてれよひのまに
　　を(日)けらむ露はいてゝはらはむ

このうたそ、ゝのきさきの御(久)うたとて、
はしにもしるし申たる事はには、
うゑ(久)わたらせ給たりけるを(久)りに
とそ(日)あれと、この物かたりを
うけ給はりてのちに(久)は、さやうのみ　（139ウ）
そか人に、おほせられけるうた(久)
にやとそおほゆる。

く＝くて(日)(久)
けす＝ふ(久)　さや＝ともや(日)　ん＝む(日)
お＝ほ(久)　え＝へ(久)
ほか＝なかひつ(久)
こりて＝三字ナシ(久)　物＝人々もの(久)
人の＝二字ナシ(久)
を＝お(日)
御＝ナシ(久)
ゑ＝へ(久)　を＝お(久)
とそ＝こそ(日)
に＝ナシ(久)
うた＝二字ナシ(久)

290 みつのえのうらしまのこかはこなれや
　はかなくあけてくやしかるらん(日)
これは水の江のうらしまのこと
い(久)へるひとの(久)ありけるなり。みつのえのうら
しまとは、ところのなゝり。おほき
なるかめをつりいてゝ、おきた
りけるに、うらしまのこかねたりけるに、をんなになりてをり
けるをみて、めにしてありけるに、
女いさ給へわかすむところへと　（140オ）
さそひけれは、つりしけるふねに
のりて、えもしらぬ所にいき
てすみけれは、まことにたのしく
おもふ事もなかりけり。しかは
あれと、ふるきみやこのこひし
かりけれは、わかありし所へ返し
やり給へ、あからさまにゆきて又(久)
かへりまいらむ(久)と、あなかちにいひ

ん＝む（日）
いへる＝いふ（久）　の＝ナシ（久）
又＝ナシ（久）
む＝ん（久）

けれは、しかさおほさは、はや(久)かへり
給へとて、返しけるときに、
ちゐさきはこをゆひふう(久)して　(140ウ)
とらすとて、このはこをかたみに
み給へ、あなかしこ、あけ給なとかへす〳〵
いひかたらひてとらせつ。そのはこを
とりて、ふねにのりてかへりぬ。本の所に返つきけ
るまゝに、いつしかと(久)ゆかしかりけ
れは、みそかにとおもひて、なにのいり
たるそとおもひて、を(日)(久)つ〳〵ほそめに
あけてみれは、けふりいてゝそらに
のほりぬ。そのゝち、をいかゝまりて、
物もおほえすなりぬ。はやこの(久)人の(久)
よはひをこめたり(久)けるなり。　(141オ)
あけゝ(久)ることをくやしと(久)おもへ(久)と、
かひなし。それか(久)心をえてよめるなり。
291 わか心なくさめかねつさらしなや

はや＝二字ナシ(久)
ふう＝ふむ(久)
と＝ナシ(久)
を＝お(日)(久)
はやこの＝はやくこの(久)　の＝を(久)
たりけるなり＝たるなりけり(久)
ゝ(け)＝た(久)　と＝く(久)　へと、かひ＝ひてかへせとかひ(久)
か＝に(久)

お(日)(久)はすて山にてる月をみて

このうたは、しなの丶くに丶さら
しなのこほりに、お(日)(久)はすて山とい(久)へる
山のある也。むかし、人のめいをこに
して、としころやしなひけるか、
は丶のお(日)(久)は、としをいてむつかしかり
けれは(久)、八月十五やの月(日)く(久)まなく
あか丶りけるに、この(久)は丶お(日)は、すかし
（141ウ）
のほせて、にけて返にけり。た丶
ひとりや(久)まのいた丶きにゐて、よも
すから月をみて、なかめける哥
なり。さすかにおほつかなかりけれは、
み(久)そかにたち返てき丶けれは、
この哥をそうちなかめてな
きをりける。その丶ち、この山を、お(日)(久)は
すて山といふなり。そのさきはかふり
山とそ申ける。かふりのこ(久)しの

お＝を(日)(久)
お＝を(日)(久)　いへる＝いふ(久)
お＝を(日)(久)
は＝はこのは丶のをはをすかしのほせて(久)　月＝日
(日)　まな＝まもな(久)
このは丶おは、すかしのほせて＝ナシ(久)　お＝を(日)
りやま＝りなを山(久)
みそかにたち返てき丶けれは＝ナシ(久)
お＝を(日)(久)
こしのやうに＝巾子に(久)

やうに、たるとかや。
292 かひかねをさやにもみしかけゝれなく
よこほりく《(日)(久)》やるさやのなか山
このうた《(日)》に、けゝれ《(久)》なくとよめるは
心なくとい《(久)》へることはなり。かのかひの
くにのふそくなり。よこほ《(久)》りく《(日)》やる
（142オ）
とは、事のほかにたかくなかき
やまなれは、し《(日)(久)》くんには、かりて
かひのしらねを、ふたけてみせ
ねはよめるなり。くや《(久)》るといへる
ことは《(久)》、するかのくにのふせりといへる
事はなり。このさやのなか山は、と《(久)》お
たうみのくにと、するかのくにとの
なかにある山也。
（142ウ）
293 ねらひするしつをのこ《(久)》しましなえ《(日)(久)》たる
やさしきこひもわれはするかな
ねらひとい《(久)》へるは、し《(久)》かをとる事也。

くや＝くや（日）「くや」ノ傍ニ「ふせイ」トアリ　ふせ（久）
に＝ナシ（日）　よめる＝いふ（久）
いへる＝いふむかしの（久）
ほりくやる＝をりふせる（久）　くや＝くや（日）「くや」ノ傍ニ「ふせイ」トアリ
しくんに＝よごほりに（日）よこをり（久）
や＝る（久）
は＝はゝ（久）
とおたうみのくに＝とをたをみ（久）
こしま＝こやに（久）　え＝へ（日）（久）
いへる＝いふ（久）　しか＝しゝは（久）

ましはといへるこのはを（久）ゝりあつ
めて、人をかさりて、人のやうにも（久）
みえぬほとにかさりなして、やまに
たて（久）れは、しかの人ともみえねは、
うちとけてよりくる也。さて、ちか
つくをりにいるなり。しなへたると
いへるは、さすと（久）いへる事也。こしに　（143オ）
やをさしたれは、やさしき（久）とはそへ
（久）よむなり。

294 月よめはいまた冬なりしかすかに
かすみたなひくはるたちぬとは（久）
月よめはとい（久）へるは（日）、月なみをかそふ
れはとい（久）へる也。しかすかにと（久）い（久）へるは、さす
かにとい（久）へる事はなり。としのうちに
はるの（久）たちけるとしよめるなり。

295 ゆきをゝ（日）きてむめをなこひそ
あしひきの山かたつきていゐゐせるきみ

ゝ（を）＝ナシ（久）
も＝ナシ（久）
れは＝たれは（久）
いへる事也＝いふこと葉也（久）
き＝ナシ（久）
よむ＝よめる（久）
は＝か（久）
いへる＝いふ（久）　は＝ナシ（日）
いへる＝いふ（久）　に＝ナシ（久）　いへる＝いふ（久）
いへる＝いふ（久）
の＝ナシ（久）
ゝ（を）＝お（日）

やまかたつきてとい(日)へるは、山のふもとに
といへるなり。（143ウ）

296 わかやとのそともにたてるならのはの
しけみにすゝむなつはきにけり
そともといへるは、しりひ(日)(久)といへる事(久)なり。

297 いさゝめにときまつまにそひはへぬる
こゝろはせをは人にみえつゝ

298 いさゝめにおもひし物をたこのうらに
さけるふちなみひとよ(久)へにけり
いさゝめに(日)(久)といへるは、たゝしはしと
いへる事は也。

299 なつかりのたまえのあしをふみしたき
むれゐるとりのたつそらそなき（144オ）
たまのえとは、ゐちせんのくにゝある所
なり。あしは秋かるものなるを、とく
かるほとにな(久)りぬるあしを(久)、夏
かりて(久)(日)おきて、つみお(久)きたるか(久)うへ

いへる＝よめる（日）

ひ＝べ（日）へ（久）　事なり＝こと葉也（久）

よ＝へ（久）

に＝ナシ（日）（久）

りぬ＝二字ナシ（久）　を＝のあるを（久）
て＝ナシ（久）　お＝ナシ（日）　お＝を（久）　か＝ナシ（久）

に、とりのむれゐる也。たまえとは、たにの江といふなり。みつあるえにはあらす。なつかりとは、はしめのいつもし、かりかねの、なつまてあるをいふそともいひ、しゝかりをよむそともいへるひともあり。みなひか事とこそ（144ウ）きこゆれ。かりかねならは、するにむれゐるとりといはんにも、あしくきこえぬ。又しゝかりのにはかにいてこんも心えす。これらかさたにこそこゝろえぬ人、心ゆる人はみゆめれ。

300 神風やいせのはまおきをりふせて
　たひねやすらむあらきはまへに

神風といへるは、ふく風にはあらす。まむえうしふに、かみかせとかきたれは、もんしにはかられて、ふく風によめる人、あまたきこゆ。もろ〳〵の（145オ）

たに＝たゞ（日）玉（久）
つあ＝つのあ（久）
は＝いへる（久）　し＝しも（久）
ゝ（し）＝ナシ（日）　ゝかりをよむそともいへる＝ナシ（久）
も＝ナシ（久）　みな＝主もやまの（久）「主」ノ傍ニ「本ノマヽ」トアリ　と＝に（日）（久）
きこゆれ＝四字ナシ（久）
と＝とは（久）　ん＝む（日）（久）
えぬ＝ゆ（久）　こん＝きたらん（久）　んも＝むにも（日）
ぬ＝たる（久）　ゆ＝う（日）えぬ（久）　め＝ナシ（久）
お＝を（日）　を＝お（久）
む＝ん（久）　（久）神風やノ歌ノ次ニ「君が代はつきしとそ思ふ神風やみもすそ河のすまんかきりは」ノ一首アリ
神風といへるは＝神風伊勢とは（日）
せ＝せや（久）
ん＝ナシ（久）　によめる＝とよみたる（久）

ひか事にや。神のおほむめくみと
いへることなり。さらはいせとかきるへ
きことかは。たの(久)かみにもよまむ(久)に
とかあるへからすといひしかは、かゝる
事はふるくよみつるまゝにて、おそ
ろしさにえよまぬ也。このころの人
も、おちなくよむものあらは、よまれ
てこそは(久)あらめとそ申さると(久)
うけ給はりし(日)。いせの(久)はまおきと
よめるはおきにはあらす、あしを
かのくにゝはいひ(久)ならはせる(久)なり。
（145ウ）
みもすそかはとは、かの大神く(日)(久)の
御まへになかれたるかはなり。いかてこの
かはを(久)、いまゝてよみのこしておき(久)たり
けん(日)と(久)こそさねつなはまうしたり(日)(久)。
301 みちのくのあさかのぬまのはなかつみ
かつみる人のこひしきやなそ

たの＝こと（久）　む＝ん（久）
は＝ナシ（久）　と＝とそ（久）
はりし＝ひし（日）　いせの＝三字ナシ（久）
はいひ＝ははま荻といひ（久）　せる＝したる（久）
大神く＝大神宮（日）（久）
を＝ゝ（は）（久）　お＝を（久）
ん＝む（日）　と＝ナシ（久）　たり＝しか（日）（久）

かつみと(久)いへるは、こもをいふなり。かやうの
物もところのなも、所にしたかひて
かはれは、(久)いせのくに、あしをははまお
きといへるかことくに、みちのくにゝは、
こもをかつみと(久)いへるなめり。五月 (146オ)
五日にも、人のい(久)ゑにあやめ(久)をふかて、
かつみふきとて、こもを(久)そふくなる。
かのくにゝはむかし、(久)しやうふのなかり
けるとそうけ給はりしに、このころ
はあさかのぬまに、あやめをひかするは、
ひか事とも申つへし。

302 はなか(日)(久)たみめならふ人のあまたあれは
　わすられぬら(日)んかすならぬみは

(久)これはかく申すましけれと、はしめの
うたにまきるれは、かきて侍そ。
このはなか(日)たみは、花なとつみいるゝ (146ウ)
こなめ(久)り。

いへる＝いふ(久)
いせのくに、あしをははまおきといへるかことくに＝ナシ(久)
いへる＝いふ(久)
ゑ＝へ(久)　を＝をは(久)
そ＝ナシ(久)
しやうふ＝さうふ(久)
た＝つ(日)(久)
ん＝む(日)
これはかく…このはなかたみは＝これらは(久)
た＝つ(日)
り＝りこれらかく申ましけれともはしめのうたにまきるれはかきて候也(久)

303 ちりぬへきはなみるほとはすかのねの
なかきはる日もみしかゝりけり
304 すかのねのなか〳〵してふ(久)秋のよは
月みぬ人のいふにそありける
これはやますけのねを申す也(久)。これか
ねは、物ゝほとよりはなかきなめり(日)。
305 わかゝとにいなおほせとりのなくなえに
けさふく風にかりはきにけり
いなおほせとりとは、よくしれる人(久)
なし。にはたゝきといへる(久)とりなめりと(久)
いへる人あり。を(日)しはかりことなめり。
このにはたゝきといへる(久)とりは、とつ
きをしえ(日)(久)とりとそ(久)申なる(久)。か(日)(久)れ
につきてこゝろある(日)うた、
306 あふことをいなおほせとりのをしへすは
人をこひち(日)にまとはさらまし
このうたをかのとりのなに、思あは

（147オ）

してふ＝といふ(久)

也＝なめり(久)
なめり＝ねなり(日)

人＝人も(久)
いへる＝申(久)といへる人あり。をしはかりことなめ
り＝すゝめと申人もあれともすゝめはつねにある鳥なれ
はいまはしめてなくなへなと申へきにもあらす(久)
を＝お(日)

いへる＝いふ(久)
え＝へ(日)(久)　そ＝ナシ(久)　る＝り(久)　か＝そ
(日)(久)
ある＝得る(日)

ちに＝しと(日)

するなめり。(久)すゝめと申す人あれと、
すゝめはつねにあるとりなれは、
いまはしめてなくなへになと、おと
ろくへき事にもあらす。

307 (久)はるなれはもすのくさくきみせすとも　(147ウ)
　われはみやらむきみかあたり(日)を

もすのくさくきは、かすみとそ申。みえ
たる事もなし、(日)をしはかり事にや。

308 いくはくのたをつくれ(日)(久)はほとゝきす
　してのたをさをあさな〳〵よふ

してのたをさとは、ほとゝきすを申す(日)なめり。

309 すかるなく秋のはきはらあさたちて
　たひゆく人をいつとかまた(日)ん

すかるとはしかを申なめり。

310 はなちとりつは(日)(久)せのなきをとふからに　(148オ)
　いかてくもゐを思ひ(久)かくら(日)(久)ん

これはかひなとしたるとりの、つはさ(久)の

すゝめと申…四行…にもあらす＝ナシ(久)
はるなれは…四行…をしはかり事にや＝ナシ(久)
を＝は(日)
を＝お(日)
は＝はか(日)(久)
なめり＝なり(日)
ん＝む(日)
せ＝さ(日)(久)
かく＝かゝ(久)　ん＝む(日)(久)
の＝も(久)

なきを、はなち(久)てよめるなり。

311 わすれな(日)んときしのへとそはまちとり
ゆく(日)(久)えもしらぬあとをと丶むる

これはちとりのうた也。まきるれは(久)かけるなり。

312 も丶ちとりさへつるはるはものことに
あらたまれともわれそふりゆく

313 わか丶との(日)えのみもりはむも丶ちとり
(久)ちとりはくれときみはきまさ(久)す

はしめのうたに、さへつるはるはとよめるは、うくひす也。つきのうたの(日)えのみもりはむといへるは、もろ〳〵のとりといへるなり。すいなうにうくひすを、も丶ちとりとかけるにつきて、(久)これをもうくひすとこ丶ろえ(久)は、あしかりな(日)ん。

314 たかみそきゆふつけとり(日)そからころも
たつたの山に(久)をりはへてなく

（148ウ）

てよめるなり＝かひなとしたるをよむ也(久)
ん＝む(日)
え＝へ(日)ゑ(久)
かけるなり＝よきて候也(久)「よ」ノ傍ニ「か欤」トアリ
え＝ゑ(日)
ちとりはくれと＝春はくれとも(久)　す＝ぬ(久)
え＝ゑ(日)
これをも＝四字ナシ(久)
は＝ては(久)　ん＝む(日)
そ＝か(日)
を＝お(久)

ゆふつけとりとは(久)、にはとりのなゝり(久)。には
とりにゆふをつけて、山にはなつまつりの(久)
あるなり。

（149オ）

315 なつくれはやとにふすふるかやりひの
いつまてわか身したもえをせん(日)

316 あしひきのやまたもるこかおくかひの
したこかれのみわかこひをらむ(久)

(久)かやりひの心、いまた事きれす。ひとつ
には、かといへるむしは、けふりにえ(日)たえぬ
物にてあれは、このむしを人のあたりに
よせしとて、かとにひをふすへていと
ふなり。いまひとつのせちには、もろ〳〵の
むしは、よるくらきを(日)わかてひのある

（149ウ）

所へとふ也。されは人のあたりへよせしとて、
やとのあたりをのけて(日)、ひをたけは、ひの
あたりにつとひいきてこの人のあたりに
はこさるなり。(日)このふたつのせちとも

と＝ナシ（久）　のなゝり＝をいふ（久）
のあるなり＝あるとかや（久）
ん＝む（日）
む＝ん（久）
(久)コノ二首ノ解説ニハ次ノ如クアリ校合ヲ省キ全文ヲアグ。
かやり火とは夏になれはかたゐなかにはかと申むしの多
かれはやとをとをくのけてひをたく也よるのくらけれは
ひのけにつけてそこにのみつとふなりよもすからたけは
とみにもえぬものをあつめて下に火をつけたれはきらゝ
かにもえす又消もやらねはしたこかるなとはよそへてよ
めるなめりおくかひもおなしことにやすくも火さやうの
ことなめり
え＝へ（日）
わかて＝のがれて（日）
い＝つ（日）
このふたつの…二行…こときれす＝ナシ（日）

に、事はりありていまたこときれす。
このふたつのせちにつきてこれを
あむするに、けふりに（日）たえすしてのかは、
やとのうち、人のあたりにそたくへき。
やとの（日）ほかに（日）たくは、なを（日）、ひのあたりへ
やるそかなふへきときくに、かやり
ひは夏する物なれは、やとのうちはあつ
さにたえ（日）て、のけてたくなりといへは、（150オ）
これも事はりあり。されとなを（日）
ほかへやるそ、まさりてきこゆる。
317　かすか野のとふひのゝもりいてゝみよ
　いまいくかありてわかなつみてん（日）
これはむかし、かすか野にひの
とひけれは、おそれ（久）をなして、の
もりをすゑ（久）てまもらせける
とそ申す。そのゝもりに、わかなはつ
むほとになりにたりやと、ゝひたる

に＝の（日）
ほか＝程（日）　たく＝たゞ（日）　を＝ほ（日）
え＝へ（日）
を＝ほ（日）
ん＝む（日）
れ＝り（久）
ゑ＝へ（久）

うたなめり。この事（日）（久）にことならは、
とふひのゝもりといは（日）んことは、かすか（150ウ）
野にのみよむへきなめり。ほかのゝ
によみたらは、ひか事にてそあるへき。

318 みまくほしわかまち恋し秋はきは
えたもしみゝにはなさきにけり

しみゝと（久）いへることは、しけしと（久）いへる
（久）事なめり。おほ（久）うはき草のえたに
そよめるに、な（日）（久）ふとかけは、えたも
た（久）わゝと申（久）事にもよする
にやとみ給（日）へるに、万葉集（久）に、

319 い（久）ゑ人は（久）みちもしみゝにかよ（久）へとも
わかまつきみかつかひ（久）こぬかも（151オ）

（久）とよめり。なをしけしと（久）いへる事
なめり。

320 かのみゆるいけへにたてるそかきく（久）の
しかみさえたのいろのてこらさ

に＝ま（日）（久）
ん＝む（日）

いへる＝申（久）　いへる＝申（久）
事＝こと葉（久）　う＝く（久）
ふ＝に（日）　とかけは＝と申すもしをこのみかくは（久）
わゝと＝わゝにと（久）　事にもよするにやとみ給へるに＝ことはよめるにやあらんとみたまふるに（久）
へ＝ふ（日）　に＝ナシ（久）
ゑ＝へ（久）　みち＝えた（久）　へとも＝ふらん（久）
こ＝ら（久）
とよめり＝かうもよめるは（久）　いへる事＝よめる（久）
の＝さの（久）

そかきくとい(久)へるは、承和のみかと(久)、ひともときくをこのみ(久)て、けうせさせ給けり。たかくお(久)ほきにひろこりたる(久)きくを(久)、まいらせたらむ(久)人を、しやうせん(日)とせんしを(久)くたさせ給たりけれは、世中(日)(久)の(日)人、われも〱といとみて、一本きくをつくりてまいらせけるとそ、人(久)申(日)(久)し。さて、ひともときくの(久)名を、承(日)和きくとい(久)へる也。しかみさえ(久)たと(久)いへるは、を(日)(久)のれといへるなり。みさえとは、しもしたといへるなり。そかきくは(久)、(久)きなるきくを(久)申なり(久)と、い(久)へる人もあるにや。さ(久)てはみさえたといはむことは、いかゝときこゆ。

321 あか(日)(久)ゝの、おか(日)(久)のくかたちきよけれは
にこれるたみもかはねすゝしき(久)

（151ウ）

いへる＝いふ(久)　と＝との(久)

みて、けうせさせ給けり＝ませたまひて(久)

おほ＝をゝ(久)

る＝らん(久)　を＝ナシ(久)

む＝ん(久)　ん＝む(日)　を＝ナシ(久)

中＝ナシ(日)のなか(久)

人＝人の(日)

人＝ナシ(久)　し＝す(日)しゝ(久)

の名＝二字ナシ(久)　承和きく＝承和の菊(日)

いへる＝いふ(久)　えたと＝えたのと(久)

いへる＝いふ(久)　を＝お(日)　をのれといへるなり。みさえとは、しもしたといへるなり＝しつえといふやうに、れはみまさかのくにのことはとそうけ給はる(久)

は＝とは(久)

きなる＝三字ナシ(久)　を＝ナシ(久)　なり＝二字ナシ(久)　いへる＝いふ(久)

さてはみさえたといはむことは、いかゝときこゆ＝なを一もときくにてこそかなふやうにはおほゆれひともと菊はきのやうにたかき物なれはしかみさえたもなとかなからんむらきくのしかみさえたは心えすそれしたえたはあれとうへのえたにうつもれてみえし又土につきてうへにあらんえたにはをとりなん物をそかきくをなをきゝてそといひはらはきなるひともときくとそいふへきをさはいはさめり(久)

あかゝの、＝あかしの、(日)あまくしの(久)　お＝を(日)(久)

き＝も(久)

（152オ）くかたちとは、むかしぬすみ(久)(久)したる人をとふとて、ほときとい(久)へる物に、ゆをたきらかして、ほ(久)ときのそこをさくらせ(久)ける。それに、あやまち(日)たる(日)(久)人のては、たゝれけるに、あやまたぬひとはて(久)のあかみたにも(久)せて(久)そありける。はしめの五もしは所の名也。神(久)にいのり申てそ(久)しけるを、世のすゐになりて、しとけなき事とも(久)のありけれは、とゝまりにける(久)とそ。

322 からころもしたてるひめのせ(久)なこひそ
あめにきこゆるつるならぬねを（152ウ）

したてるひめは、あめわかみこのめなり。その(日)おとこうせたるとき、かなしふこゐそらにきこゆるなり。又つるのさはになくこゐなむ(久)、天(久)にきこゆといふ事のあるなり。

み＝ひ(久)　したる人＝四字ナシ(久)
いへる＝いふ(久)
ほときの＝手さしいれさせて(久)
ける＝けるより(久)　たる＝なき(日)
人のては、たゝれけるに、あやまたぬ＝ナシ(日)　のては＝はて(久)
ての＝二字ナシ(久)　も＝ナシ(久)　てそ＝ぬとそ(久)
神＝御神(久)
そしけるを＝しとそ(久)
の＝ナシ(久)
とそ＝とかや(久)
せな＝した(久)
お＝を(日)
む＝ん(久)　天＝そら(久)

323 いくしたてみわすへ(日)(久)まつるかむ(久)ぬしの
　うすのたまかけみれはともしも
これはゐ中にたを(久)つくるとき(久)する
事なり。たの神まつるときに、御
へいを五十はさみて、田のくろといふ
所にたて丶、さけなともそのれうと(日)　(153オ)
て、きよくつくりまうけてまつる也。
そのさけの名を、みわ(久)とは申なり(久)。
うすのたまかけとは、まめを(久)つらぬ
きてうすのやうにして、かさりにするとそ(久)。
324 わかやとをいつならしてかならのはの
　ならしかほ(久)にはを(久)りにおこする
返し
325 かしはきのはもりの神もましけるを
　しらてそお(久)りしたゝりなさるな
これは俊子か家にありけるかしは(久)を、
をりにつかはしたりけれは、俊　(153ウ)

へ＝ゑ(日)(久)　む＝ん(久)
を＝ナシ(久)　とき＝おり(久)
と＝に(日)
みわ＝みわけ(久)　なり＝なめり(久)
を＝ナシ(久)
とそ＝とそうけたまはる(久)
ほ＝を(久)　を＝お(久)
お＝を(久)
は＝はき(久)

子かよみてひは大臣にたてまつりけるうた也。はもりの神とは、きのはをまもる神のきにはおはする也。

326　おきなさひひとなとかめそかりころも
けふは(日)(久)かきりそとたつもなくなる

これはせり河の行幸に、ゆきひらの中納言の、御たかゝひにて、(久)かりきぬのたもとに、つるのかたをぬひ物にして、このうたをやかて(久)文字にぬひつけたりけるとそ(久)。おきなさひといへる(日)(久)おきなされと(久)いふことは(日)也。

（154オ）

327　さくら花ちりかひまかへおいらくの
こむといふなる道まと(久)ふかに

おいぬといへる事を、文字をたらさむと(久)(日)いへる事はなり。

328　思ひきやひなのわかれにおとろへて

かきりそと＝かりとぞ(日)(久)
かりきぬの＝五字ナシ(久)
文字にぬひつけ＝もしきにぬひてつけ(久)
そ＝そかきたる(久)　いへる＝いふは(日)(久)
と＝と、(久)　は＝ナシ(日)
と＝か(久)
むと＝んとて(久)　と＝とて(日)

あまのなわ《(日)(久)》たく《(久)》あさりせん《(日)》とは
これは、をの、たかむらか、お《(久)》きのくに、
なかされける《(久)》ときに《(日)(久)》よめるうた也。
ひなといへ《(日)(久)》は、ゐ中といへる《(日)(久)》なり。あまの
なわ《(日)(久)》たくとは、あまのすむわたり《(久)》によりて、（154ウ）
物もとめくはむ《(久)》とは、おもはさりきとよ
めるなり。

329 たまくしけふたとせあはぬきみか身を
あけなからやはあら《(久)》むとおもひし
これは《(久)》お野好古うての《(日)(久)》宣旨をかう
ふりて《(久)》、にしのくに、まかりて、おもひの
事くうちて《(久)》たてまつりたりける
に、その、ち賞かうふるへしと、思ひけ
れと、其事《(久)》きこえてふたとせに
なりて、おほかたにてす《(久)》へきとしに
てありけれは、四位をしてくちをしう《(久)》（155オ）
賞に四位をして、ことし従上をせ《(久)》

わ＝は(日)(久)　く＝き(久)　ん＝む(日)
お＝を(久)
れける＝れてはへりける(久)　に＝ナシ(日)(久)
いへ＝いへる(日)いふ(久)　といへる＝をいへる(日)をいふ(久)
わ＝は(日)(久)　わたり＝ところ(久)
む＝ん(久)

らむ＝はん(久)
はお野＝はらうゐいしうにある哥なりをの、(久)　うての＝討手の(日)といふ人うて(久)
りて＝りむかひて(久)
ちて＝ちえて(久)

其事＝そこと(久)
にてす＝にしゐす(久)
をしう＝おしく(久)
せてと＝したらましかは(久)

てとおもふらん(日)(久)とを(日)し(久)はかりて、公忠の弁のつかはしたりける哥也。あけなから(久)は(日)とい(久)へることは、五位のうへのきぬと(久)いへるなり。あ(久)けといはむ(久)とて、たまくしけとは(久)よめる也。

330　かはやしろしのにを(日)(久)りはへほすころも
　いかにほせはかなぬかひさらん(日)

331　ゆく水のうへにい(久)はへる河やしろ
　河なみたかくあそふなるかな

この河やしろの事(久)、いかにもしれる人なし(久)。たゝをし(日)(久)はかりに人の申し(日)は、水の上に神のやしろをいはひて、夏(久)はかくら(久)する也。されはかはやしろとは、(久)河のうへにあるやしろといふなりと(久)いへるなり。次の哥(久)にてはさも心えぬ(久)へし。はしめの哥は、すゑにかくら(久)のよしもいはす。まことにやしろな(久)めりとみ(久)

（155ウ）

ん＝む(日)(久)　を＝お(日)　をしはかりて＝て(久)
らは＝らやは(久)　は＝ナシ(日)　いへることは＝いふは(久)
いへる＝いふ(久)　あ＝さてあ(久)　む＝ん(久)
よめる＝思ひよりたる(久)
を＝お(日)(久)
ん＝む(日)
いはへる＝いのれる(久)
事＝ことは(久)
し＝く(久)　を＝お(日)　をしはかりに人の申しは＝人のをしはかり申すは(久)　し＝す(日)
夏は＝二字ナシ(久)
らす＝らをす(久)
河＝みつ(久)　といへるなり＝六字ナシ(久)
哥＝ナシ(久)　ぬ＝つ(久)
らの＝らやの(久)
な＝ナシ(久)　みゆる＝おほゆる(久)

ゆる事はもきこえす。おもひもかけ
ぬこころもをほして、ひさしくひぬよし
お(日)(久)なけきたり。かくらには、いかにも
かなはす。つらゆきか集にも、なつ　（156オ）
かくら(久)とかけり。たゝを(日)して、たゝ(日)(久)
をして、哥を心(日)(久)ゆるに、河社とい(久)へは
社の(久)河(日)うへにいはひたれは、河の水も
はやく、神もいちはやくおはするに
よそへて、とうよりほすといへるなめ
り。しのにと(久)いへる事は、しけく
ひまなしとい(久)ふことにふるき哥につねに
つかへは、布をゝ(久)りてほすに(久)、ひさし
う(久)ひぬよしを、なけきたるなめ
りとそ、こゝろえら(久)るゝ。さらはつきの
うたそ(久)、ことたかひぬる。　（156ウ）
332 た(久)ひにして物恋しきに山本の
あけのそを(日)ふねお(久)きにこきゆく

お＝を（日）（久）
らと＝らのこと（久）　を＝お（日）　たゝをして＝五字ナシ（日）（久）
を心ゆ＝心う（日）のこゝろをゆ（久）　いへは＝いふは（久）
の＝を（久）　河うへ＝河の上（日）
にと＝にもと（久）
いふことにふるき哥に＝いへることは（久）
ゝ（を）＝お（久）　に＝にも（久）
う＝く（久）
らるゝ＝たる（久）
そ、こと＝そゝろ（久）
㊅「たひにして」ノ前ニ「あけのそを舟」ノ一行アリ
を＝ぽ（日）　おき＝きし（久）

あまのい(久)しふねと(久)いへるふねあり。
333 ひさかたのあまのさくめかい(久)しふねの
とめしたかつはあせにけるかも
あからお(日)(久)ふねと(久)いへるふねあり。
334 おきゆ(久)くやあからお(日)(久)ふねにつとやらん(日)
わかき人みてときあ(久)けん(日)(久)かも
いつてふねと(久)いへるふねあり。
335 さきもりのほりえこきいつるいつてふね
かちとるまなくこひは(久)しけゝむ
（157オ）
たなゝしお(日)ふね
336 い(日)りえこくたなゝしおふねこきかへり
を(日)(久)なし人を(日)もこひ(久)わたるかな
あしからお(日)ふね
377 もゝつしまあしからお(久)ふねあるきおほみ
めこそかる(久)らめ心はお(日)もへと
もろこしふね
338 あやしくもそてにみなとのさはくかな

い＝は(久)　といへるふねあり＝八字ナシ(久)
い＝は(久)
お＝を(日)(久)　といへるふねあり＝八字ナシ(久)
ゆくや＝にこく(久)　お＝を(日)(久)　ん＝む(日)
あ＝ふ(久)　ん＝む(日)(久)
といへるふねあり＝八字ナシ(久)
はしけゝむ＝やわたらん(久)
お＝を(日)
い＝ほ(日)
を＝お(日)(久)　を＝に(日)　ひわたる＝ふるころ(久)
お＝を(日)
お＝を(久)
るら＝なし(久)　おもへと＝もへど(日)

もろこしふねもよせつはかりに
まつらふね
339 まつらふねみたれほそへ(日)(久)の身をはやみ　（157ウ）
かちとるまなくおほゝ(久)ゆるかも(久)
おほふね
340 おほふねにまかちしゝ(日)ぬきこくほとを
いたくなこひそとしにあるいかにそ(久)
これら(久)させる事なけれと(久)、かき
つく(久)。たかせふね、つりふね(久)なとは、つ
ねの事なれはまうさ(久)す。
341 あまの河あさせしらなみたとりつゝ
わたりはてねはあけそしにける
此哥(久)の心は、あまの河のふかさに、あさせ
しらなみた(久)とりてかはの岸(日)にたてる　（158オ）
ほとにあけぬれは、いまはいかゝはせん(日)とて(日)、
あはてかへりぬるなり。さることやは
あるへき。たゝの人すら、ひとゝせを

そへ＝そ江(日)そを(久)
おほゝ＝おほえ(久)　かも＝かな(久)
ゝ(し)＝げ(日)
いかにそ＝如何に(久)
ら＝は(久)　と、か＝とふねのうたあまたあれはか(久)
く＝けたる也(久)　つりふね＝四字ナシ(久)
まうさ＝とゝめ(久)
此哥＝この哥古今のうた也この哥(久)
みた＝みをた(久)　岸＝峰(日)
ん＝む(日)　て＝ナシ(日)

よるひるこひくらし(久)て、たま〳〵
女(久)あふへきよ(久)なれは、いかにしても
かまへてわたりなん(日)(久)物を。まして
たなはたと申(久)星宿にはを(日)はせ
すや。あまのかはふかしとて、返給へき
に(久)あらす。いかにいはんや。その河には
かさゝきありて、もみちを(久)はしに(久)
わたしともいひ、わたしもり(久)ふねは
(158ウ)
やわたせともいひ、きみわたりなは
かちかくしてよともよめり(久)。かた〳〵
にわたらむ事は(久)、さまたけある(日)に(久)
し。わたしもりの人をわたすは、しる
しらぬや(久)はあるへき。七夕の心さしあ
りて、わたらむと(久)あらん(日)に、わたし
もりなとか(久)いなひ申さむ(久)。又
河もさまてやはふかゝらん(日)。かた〳〵(久)
に心えられぬ事(久)なり。又ひかことを

くらし＝三字ナシ(久)
女＝かならず(久)　よ＝に(久)
わたりなん＝わたるらむ(日)　ん＝む(久)
申星宿にはをはせすや＝申はさうすてにおはしますや(久)　を＝お(日)

に＝にも(久)
を＝ナシ(久)　に＝き(久)
もり＝二字ナシ(久)

り＝は(久)
は＝ナシ(久)　あるにし＝あらじ(日)　に＝ま(久)

やはあるへき＝はやある(久)
むと＝ん(久)　ん＝む(日)
か＝は(久)　む＝ん(久)
ん＝む(日)　〳〵に＝二字ナシ(久)
事＝哥(久)

よみたらむ哥(久)を、古今に躬恒貫
之(久)まさにいれん(日)や(久)は。たとひ彼　（159オ）
人々こそあやまちていれめ、えんき
の(久)せいしゆ、のそかせ給はさらむ
やは。(久)もしこきむのかきあやまりかと
思て、あまたの本(久)をみれは、(久)みなわ
たりはて(久)ねはとか(日)(久)けり。(日)(久)をろさかし
き人の、かきたる(久)本にやあらむ、(久)
わたりはつれはとか(久)ける本もあり。
おほつかなさに人にたつね(日)申しかは、
な(久)(日)をわたりはてねはとあるへきな(日)
り。わたりは(久)つれはとあるは(久)あしき
なめり。かやうの事は、ふるき哥の　（159ウ）
ひとつのすかたなり。こひかなしひ(日)
(久)て、たちゐまちつる事(久)はひと丶せ
なり。(久)たま〱まちつけて、あ(久)へることは
た丶ひとよなり。その(久)ほとのま(久)ことに

哥を＝に(久)
まさに＝三字ナシ(久)　ん＝む(日)　は＝ナシ(久)
せいしゆ＝帝(久)
もし＝もしも(久)
本を＝本のよきとおほしきをかりあつめて(久)　みな＝よきとおほしきには(久)
ね＝な(久)　かけり＝あり(日)(久)　を＝お(日)(久)
たる本＝ける(久)　む＝ん(久)
かけ＝あ(久)
申しかは＝しは(日)
なを＝これは(久)　を＝ほ(日)　なり＝なめり(日)
はつ＝はてつ(久)　あしきなめり＝古今のあやまりにこそあめれ(久)
ひ＝み(日)
て、たち＝ていつしかとたち(久)　事＝と(久)
り＝り日をかそふれは三百六十日なり(久)　へ＝く(久)
のほ＝のあへるほ(久)　まことに＝あなかちに(久)

すくなければ、まことには(久)あひたれと(久)、中(久)々にてあはぬか(日)やうにおほゆる也。され(久)は、ほとのすくなさ(久)にあはぬ心ちこそすれと(久)よむへけれと、哥のならひにて(久)、さもよみ、又、あひたれと(久)、ひとへ(久)にまたあはぬさまによめ(久)るなり。た(久)とへは月の山のはにいて丶、山のはにい（160オ）るとよむかことし。いつかは月山よりを(日)ちてやまにはい(日)れる。されとも、うちみるか、さみゆるを、さこそおほゆれとはいはて、ひとへに山よりいつるやうによむなり。これのみかは、花をしら雲に丶(久)せ、もみちをにしきに丶せなとするも、ひとへにそれにこそはなすめれ。ことたか(日)う(久)ものいふ(日)人の、物(久)いふはにたるもの(久)をもひとへになし、きかぬことをもき丶(久)たるやうにこそ

はあ＝は河をもわたりてあ(久)　と＝とも(久)
中々にて＝四字ナシ(久)　かや＝かのや(日)
は、ほ＝はあひたれともほ(久)　さに＝ければまた(久)
と＝なと(久)
て＝ナシ(久)　と＝とも(久)　へ＝ナシ(久)
める＝む(久)　たとへは…七行…よむなり＝ナシ(久)

をちて＝いて丶(日)　いれる＝入る(日)

丶(に)＝み(久)

たかう＝たがふ(日)　う＝く(久)　いふ＝二字ナシ(日)
物いふは＝いふことは(久)
もの＝二字ナシ(久)
き丶＝ひとへにき丶(久)

はいふめれ。それかやうに哥も(久)
あひなから、あはすとはいふなり(久)とこそ（160ウ）
(久)うけ給はりしか。

342　きのふこそさなへとりしかいつのまに
　いなはもそよと秋風のふく

この哥またおほつかなし。四五月に
う(日)へ(久)たらむたは、八九月にこそいてき
と丶の(日)(久)おりて、いなはもそよにはなみよ
る(久)へけれ。きのふさなへにて、う(日)へたら(久)む
なへの、ひとよをへ(久)て、(久)秋風になみ
(久)よらむ事、まことにあやし(久)き事
そかし。これはひとよをへたて丶、（161オ）
秋風になみよる(久)へきにはあら(久)し。
た丶月日のほと(久)もなくすくるを
いは(日)んとて、ことたか(日)くきのふとはいふ也。
きのふ(久)けふとおほゆる事のか(久)すふれは、
としつもりにけりなといふ事の(久)あるか

も＝をも(久)
とこそ＝と有しにこそ(久)
うけ給はりしか＝よあくるこ丶ちしてうれしくおほえ候
しか(久)

へ＝ゑ(日)　らむ＝る(久)
お＝ほ(日)(久)
へけれ＝らめ(久)　へ＝ゑ(日)　む＝ん(久)
て＝たて丶(久)　秋風に＝いな葉もそよには(久)
よらむ事、まことに＝よるへき事かは(久)　き事そかし
＝さに人のたつね申しかは(久)

へき＝二字ナシ(久)　し＝す(久)
も＝ナシ(久)
ん＝む(日)　きのふとはいふ也＝八字ナシ(日)
けふとおほゆる＝なとおもふ(久)　す＝そ(久)
あるか＝三字ナシ(久)

ことし。かやうに心えつれは、(久)なにことも
やすくなりぬ。

343　し(久)をみてはいりぬるいその草なれや
(日)みるひすくなくこふ(日)(久)るひはおほし

この哥はひか事(久)とも申つへし。い
その草をこひしき人にたとへて、し(久)を
（161ウ）
みちぬれはうみのそこにかく(久)れ、し
お(久)のひぬれはいてくるをみるな(日)ん
まれなるとよめるか、うみのし
(久)をのみちひる事(久)は、一日に一と、かならす
のことなり。月(久)のいているにしたかひ
(久)て、かはれとも、(日)(久)ついにみちひることは、
(日)(久)あえてたゆる事なし。この哥のこゝろは、
(久)うみのしをはみちてはひころ(久)のあり
て、たま〳〵ひては、たゝひとひありて、
又みちぬれは十日(久)も廿日(久)もひる事の、
たまさかなるやうによまれたる也。
（162オ）

なにこともやすくなりぬ＝ことはりおほくそきこゆる(久)
を＝ほ(久)
みるひ＝みらく(日)　るひはおほし＝らくのおほき(日)
らるはおほし(久)
とも＝にやと(久)
を＝ほ(久)
れ＝れて(久)
の＝ナシ(久)　ん＝む(日)
を＝ほ(久)　は＝に(久)
月の＝時こそ月の(久)
て＝ては(久)　つい＝常(日)つゐ(久)
え＝へ(日)(久)
うみのしをは＝六字ナシ(久)　の＝ナシ(久)
も＝ナシ(久)　も＝もありて(久)

これ(久)あやまりとうちきく(久)は、おほゆれと、
いその草は、しおの(久)みちひるにした
かひて、あらはれかくるゝことは、を(日)(久)な
しほとあれとも(久)、あけくれめもかれ
す、みまほしき人の、たまさかにもか
くれてみえぬか、つねにしを(日)(久)のみちて、
かくしたるか(久)やうにおほゆるなり。た
とへはいたきところの、ものにあたる
かことし。まことには(久)たまさかにあたれと、
い(久)たさにつねにあ(久)たるかやうにおほゆる
かことし。それかやうにみえぬことは、を(日)(久)なし（162ウ）
ほとあれと(久)、あかぬ思のあなかちなれは、
みゆ(久)ることはなを(日)たまさかにおほゆると
よめるは、めてたくこそきこゆ
れ。この哥いとしもなからむ(久)に(日)は
拾(久)遺抄にいらましや。
344　なのみしてやまはみかさもなかりけり

れ＝れはおほきなる(久)　く＝ゝ(久)
しおの＝しほ(久)
を＝お(日)(久)
も＝ナシ(久)

を＝ほ(日)(久)
か＝ナシ(久)

は＝ナシ(久)
いたさに＝四字ナシ(久)　あたるかやうにおほゆるかことし。それかやうに＝あたりていたきやうにみえ(久)
を＝お(日)(久)
あれと＝三字ナシ(久)
ゆ＝ナシ(久)　を＝ほ(日)
む＝ん(久)　に＝ナシ(日)
拾遺抄にいらましや＝よろつのしふにはいりなんや(久)

あさひゆふひのさす(久)をいふかも

この哥心えかたし。なから(久)むかさをは、あさひ(日)(久)いふひなり(久)と、なにをかさゝむ。(久)かゝることは、なにしおはゝ(久)なといひてこそ、日の光にもさ(日)(久)らせめ、(久)(日)なをみしかき（163オ）こゝろ(久)は、(日)をよはすそきこゆる。されとも朝日夕日の光(久)の、まことにてをさゝけて、かさをさす物ならはこそ(久)は、(久)そのかた(久)ちもみえさら(久)むかさをはなにをかさゝむともいはめ。たゝ日の光を(久)は、さす(久)といふ物なれは、そのかたちみえすとも、(久)なとか名はかりをも(久)さゝさら(久)む。これはあなかちのこと(久)にや。

345 ひとなしゝむねのちふさをほむらにて
(日)(久)かくすみそめのころもきよきみ

これはとしのふかなかされけるとき（163ウ）(久)に、なか(日)さるゝ人は、(久)重服の(久)きぬをき

をい＝にそ(久)
む＝ん(久)
いふひ＝ゆふひ(日)夕日(久)　と＝とて(久)　かゝるこ
とは＝六字ナシ(久)
な＝ナシ(久)
ら＝ゝ(さ)(日)(久)　なを＝二字ナシ(久)　を＝ほ(日)
は＝には(久)　を＝お(日)
の＝ナシ(久)
は＝ナシ(久)　そ＝こ(久)
ち＝は(久)　む＝ん(久)
は＝ナシ(久)
と＝かと(久)
なとか＝三字ナシ(久)　さゝ＝なとさゝ(久)　む＝ん
(久)
にや＝なり(久)
か＝や(日)(久)
に＝ナシ(久)　さるゝ＝され(日)　重＝ナシ(久)　きぬ
＝ころも(久)

てまかるなれは、母のそめてつかはす
とてよめる哥(久)なり。すみの(久)きぬと
(久)いへるは、いろのくろけれは、すみ(久)そめと
はいへる也。まことにすみしてそむるに
はあらし(久)。この哥の心は、おこすゝみして、
服のきぬをはそむるやうによめる
なり。たとひすみしてそむるに
ても、すゝりのすみしてこそそめゝ。
いかてかおこすゝみしてはそめむ。(久)いか
なる事にか(久)とおもへと、服のきぬは(久)く
ろけれは、すみそめといふにはあらす。
まことにも昔(久)、すみしてそめけるを、
このころの人のか(久)ねふししてはそむ
れは、この哥よみけんころを(日)(久)いまて(久)は、
すみしてそめけるに(久)や。おこすゝみ
と(久)はすゝりのすみとおほ(久)ゝ(日)めかるゝ
ことなれとも(久)、かやうのこと(日)、つねのこと

（164オ）

哥＝ナシ(久)　みの＝みその(久)
いへる＝いふ(久)　すみそめとはいへる＝いふ(久)
し＝す(久)
いかなる＝いなる(久)傍ニ「本ノマヽ」トアリ
と＝ナシ(久)　くろけれは＝五字ナシ(久)
昔＝むかしは(久)
かねふし＝ふしかね(久)
を＝ほ(日)(久)　まて＝二字ナシ(久)
にや＝にやあらん(久)
は＝ナシ(久)　おほゝめかるゝ＝のことはさもおほめかれたる(久)、(ほ)＝ナシ(日)
も＝ナシ(久)　こと＝事は(日)

なり。すゝりのすみをよむへ(久)きに、
おこすゝみを(久)よみたらむ(久)にとかなし。
やかすとも(久)草はもえなん(日)とよめる、
ひ(久)のもゆると、草木(久)のいまめくみい　(164ウ)
つるとは、こ(日)と〱にはあらすや。されとも
か(日)うもよめる(久)は、あみの人めを
つゝむなとよめること(日)(久)は、い(日)をの名
なり。人のひとをこふるこひは、こと〱
なれと(日)、もん(久)しのおなしけ(久)れは、かよ
はしてよめ(久)る、つねの事なり。又すゝ
りのすみも、やかすやはあらむ(久)。すゝり
のすみをつくるには、まつの木をも
やき(久)て、ひ(久)のけふりをとりてつくる物
なれは、たゝすゝりのすみ(久)、やくすみ
その(久)とよみたらむ(久)に、とかあるへからす　(165オ)
と(久)そ。

346　神まつるうつきにさけるうの花は

へきに＝へからんところに(久)
を＝ナシ(久)　む＝ん(久)
も＝て(久)　ん＝む(久)
ひの＝もはいの(久)　木＝かれ(久)
こと〱＝異事(日)
かう＝かく(日)　る＝ナシ(久)
こと＝二字ナシ(日)こひ(久)　いを＝こひはいを(日)
と、もんし＝ども、文字(日)　んし＝品(久)　けれは＝
ことなれは(久)
める＝む(久)
らむ＝る(久)
き＝し(久)　ひ＝そ(久)
み、や＝みをや(久)
の＝ナシ(久)　む＝ん(久)
とそ＝うけたまはりしにはけにさもとこそおほえ候しか
(久)

　しろくもきねかしらけたるかな
この哥のこゝろは、はしめに神まつ
るといひて、すゑにしろくもきねかと
いへり。しらく(久)といふことは、よねをしろく
なすこ(久)となり。きねといふは、かむ(日)(久)なき
のなゝり。さらは、かむ(日)(久)なきのよねをは(久)
しら(久)くへきにや。さやうのことはあやし
のしつのめかすること也。かくらなと
するを(久)りのかむなきを(久)は、やお(久)とめ
と(久)いひて、も(久)、からきぬなときて、いつくしう(日)(久)
めてたき物なり。さやうのことすへしと(久)も
みえす。いかなる事にかとて、人(久)にた
つねしか(久)は、そのひと人もおほめきて、
たしかにも申さす。かむ(日)(久)なきといふも(久)、
お(日)とめするを(久)りにこ(久)そ、いつくしう(久)も
みゆれ。まことにはしつのめな(久)れは、なとか
しろくもきねかともいはさらむ(久)と

（165ウ）

く＝〱（久）「く欤」と傍書
こと＝詞（久）　む＝ん（日）（久）
む＝ん（日）（久）　は＝ナシ（久）
らく＝ろむ（久）
をりの＝おり（久）　をは＝二字ナシ（久）　お＝を（久）
と＝なと（久）　も＝ナシ（久）　う＝くぞ（日）く（久）
と＝こと（久）
人に＝中比の人々に（久）
か＝に（久）
む＝ん（日）（久）　も、お＝ものやを（久）
お＝を（日）　をり＝時（久）　こそ＝もそ（久）　うも＝く（久）
なれは＝といひつへき物なれは（久）
む＝ん（久）

い《(久)》ふ人もあり。又よねしらくるうつは物、
くに、きねといふ物あり。それかよね
をはしらく《(久)》る物なれは、さよめる《(久)》にや　（166オ）
あらむ《(久)》と申し《(久)》人もあり、それ《(久)》か
よ《(日)》しをはしらくるものなれは、さ
よめるにや《(日)》、き。されとそれをよま
は、又それかくのものあるへし。
ひとつ〱なけれは、事かくる物也
と《(久)》て、ほ《(日)(久)》をゑむ《(久)》人もありき。たゝうの
花は《(久)》うつきにさけるものなれは、し
ろしといはん《(日)(久)》とて、しろくもきねか
とはい《(久)》へるなり。まことにけふのやをとめ
か、しろむるにはあらす。花かさといへ《(久)》る
物あれは、うくひすにぬはするは、まことに　（166ウ）
うくひすやはぬふらん《(日)》。たゝ春の
うくひすもあり、む《(久)》めもはるさく
物なれは、うくひ《(日)(久)》の、かさにぬふてふなと

いふ＝いへる(久)
らくる＝ろむる(久)　めるに＝むに(久)
む＝ん(久)　し＝す(久)　それかよしをは…三行…よめるにや＝ナシ(久)
よしをは＝よね(日)
や＝やあらむと申す人もあり(日)この部分衍字か、解題参照
とて＝とてきく物(久)　ほを＝ほゝ(日)(久)　む人もありき＝みき(久)
は＝の(久)
ん＝む(日)(久)
いへる＝いふ(久)
いへる＝いふ(久)
ん＝む(日)
むめもはるさく物なれは＝ナシ(久)
うくひ＝鶯(日)うくひす(久)

はよむなり。されは神まつるといふに
ひかされて、かむ(日)(久)なきにしらけ
させん(日)(久)にとかなしとそ。

347 ゆきのうちに春はきにけりうくひすの
こほれるなみたいまやとくらん(日)

この哥に、雪(久)のうちに春く(久)といへる
事、おほつかなし。又(久)うくひすの
なかむには、なみたやはあるへきと、う
たかはれしを、人の申しゝは、ゆきの
うちに春はきにけりとは(久)、としのうちに
と(久)いへるなり。雪は春(久)ふるものなれと、
むねとは冬ある物なれは、冬といはん(日)
とて雪と(久)いふ也。ふるとしに春のた
ちけるとしよめるうた也。としの
うちにはるはきにけりといはゝ、こ
そとやいはん(日)とい(久)へる哥にゝ(日)(久)れは、
あ(久)れにたかへむとて、め(久)つらしく

(167オ)

む＝ん（日）（久）
ん＝む（日）　に＝ナシ（久）

ん＝む（日）
雪のうちに＝五字ナシ（久）　くといへる＝といふ（久）
又＝ナシ（久）

とは＝とよむは（久）
と＝ナシ（久）　春ふ＝春もふ（久）
ん＝む（日）
と＝とは（久）

ん＝む（日）　いへる＝いふ（久）　ゝ（に）れは＝にたれば（日）（久）
あ＝そ（久）　めつらしく＝五字ナシ（久）

雪のうちにとはよませ給けるにや。
うくひすのなみたはなけれとも、な
くといへる（久）事は（久）にひかれ（久）てよむ（久）なり。（167ウ）
かりのなみたや野へをそむらん（日）
といふも、なみたやはあるへき。されと、
なくといふにつけ（久）てなみたとよ
（久）まむに、とかなし。しかはあれは（日）（久）と
うくひすのなくはさえつる也。な
くにはあらす。たとひなみた（久）
ありとも、いつくに（日）（久）たまりて（久）、冬は
こほりて、春東の（久）風にあたりて
とくへき（久）そと。哥にはそら事を
よむ、つねの事なれと、これはさも（168オ）
ありけにて、そらこととともなれは、
あやしともいひつへけれと、う
たからのめてたけれは、古今
にいりておそろしきなり。又この哥

いへる＝いふ（久）　は＝ナシ（久）　れて＝されて（久）
む＝める（久）
ん＝む（日）

け＝き（久）
ま＝ナシ（久）　は＝ナシ（日）（久）

たあ＝たはあ（久）
た＝と（日）（久）　て＝てか（久）
の＝ナシ（久）
そと。哥には…三行…ありけにて＝ナシ（久）

は古今にいらは、はるのはしめにいる
へ(久)き、を(日)くにあるうたかひある事
なり。なを(日)さたのこりたるうた也。

348 山たかみ人もすさめぬさくら花
いたくなわひそ我みはやさん(日)

この哥の(久)心は、われ(久)を人みすとて、花(久)のわひたるさまによめり。人なりともさやはあるへき。まして心もなからむ(久)花の(久)人みすとてわひん(日)も(久)あひなくこそき(久)こゆれ。されと、これこそは心なき物にこゝろをつけ、物いはぬ物にものをいはするは、哥のつねの(久)ならひなれ(久)は、風花のあたりをよきてふけなといひ、やよやまて山ほとゝきす事つてむ(久)、なといふは(久)、まさにきく(久)へき事かは。されと哥のならひなれは、これら(久)にて

（168ウ）

へき、をく＝へきをおく(久)　を＝お(日)
を＝ほ(日)
ん＝む(日)
の＝は(久)　われ＝花われ(久)　花の＝二字ナシ(久)
む＝ん(久)　の＝ナシ(久)
ん＝む(日)　も＝ナシ(久)　こそき＝こそはき(久)
つねの＝三字ナシ(久)　なれは、風花の＝なりといふはこれにあらすや吹風は花の(久)
む＝ん(久)　は、ま＝は風をよきよといひ時鳥をまてといはんにま(久)　くへき事かは＝かむやは(久)
ら＝ナシ(久)

(久)心を(日)ゆるになとて(久)か花も、人みすとて（169オ）
(久)うらみさらむ。

349 みる人もなき山さとの花のいろは
中々風そ(久)をしむへらなる
もろ〳〵の花(久)は、風(久)をうらみてのみこそ
あるに、これはかせの花を(久)ゝし
み(日)たる(久)は、思かけぬ事なりや。
ま(久)ことに風の(久)をしみとゝめたる(久)に
はあらす。ほかの(久)花、みなちりはてぬる
に、このやまさとの花の(久)またさかり
なるは、風のふかさりけるなり(久)と、
風はふけはところ(久)をもさためぬ（169ウ）
物なるに、これにしも(久)かせふか
さりけるは、風の(久)をしみけるな
めりと(久)いへるなめり。これひとつ(久)の
(日)すかたなり。

350 山もりはいはゝいはなん(日)たかさこの

心をゆるに＝心うることに(久)　ゆ＝う(日)　か＝かは
(久)うらみさらむ＝侘さらん(久)

を＝お(久)
は＝ナシ(久)　を＝ナシ(久)
ゝ(を)＝お(久)
たる＝とめたる(日)　は＝ナシ(久)
ことに＝さとに(久)　を＝お(久)　に＝ナシ(久)
花＝花は(久)
また＝二字ナシ(久)
と＝ナシ(久)
を＝ナシ(久)
かせ＝かせの(久)
を＝お(久)
いへるなめり＝いふなり(久)　のす＝の哥のす(久)
すかた＝妙(日)
ん＝む(日)

をのへのさくらをりてかさゝむ(久)
これは、事はのことくならは、素せい
ほうしか、花の山といふところ
にて、はなをゝりてよめる哥
なり。たかさこのをのへといふ所は
はりまのくにゝある所也。(久)花の山は　(170オ)
この山しろのくにゝある所也。まつも
やわれを、ともとみるらん(日)とも(久)いひ、を(久)のへ
のまつと、我となりけりとも(久)よむは、
かのはりまのくにのたかさこにて
よ(久)めるなり。又やましろの花(久)の山
にて、(久)たかさこのをのへとよめる
哥はなし。この哥のこゝろをもて
たつぬれは、はりまのたかさこはこ
ほりの名なり。を(久)のへといふはさとの
名なり。その所(久)のはま(久)つらに、まつのひ
ときたて(久)るをよみそめてよめ　(170ウ)

む＝ん(久)
花の山は＝花山とは(久)
ん＝む(日)　も＝ナシ(久)　を＝お(久)
も＝ナシ(久)
める＝む(久)　花の山＝くにの花山(久)
たか＝またたか(久)
を＝お(久)
所の＝二字ナシ(久)　まつ＝まのつ(久)
たてるを＝ありしを(久)

る也。こ(久)の素せいか哥は、おほかたの
山の名を、たかさことい(久)ふ事の(久)あれは
(久)をのへとい(久)へるは山にを(久)といへる所あれは、
そのを(久)の(日)う(久)へにとい(久)へる也。あれも、これも、
ともにとかなし。しかさ(久)るにては、いかな(久)
る所にて(久)も、山をよまむにはと(久)かなし
とそきこゆる。

351　ときしもあ(久)れいなはの風になみよれる
　こ(日)(久)にさへ人のうらむへしやは
　　返(久)し
352　いかてかはいなはもそよといはさらん(日)
　秋のみやこのほかにすむみは
（171オ）

（一行空白）

これはむらかみの御ときに、さい宮の
女御とまうしける人の、なか
をかとい(久)へる所にすみ給けるとき、
(久)内よりいつかまいらせ給へきなと、

こ＝そ（久）
のあれは＝あるなり（久）
を＝お（久）　いへる＝いふ（久）　をといへる所＝なとい
ふ所の（久）
を＝お（久）　う＝ナシ（日）（久）　いへる＝いふ（久）
さ＝ナシ（久）　なる＝ならむ（久）
て＝ナシ（久）　とかなしとそきこゆる＝はゝかりあるま
しとそきこえしされはにやおのへのさくらとよみて候き
（久）
もあれ＝まれ（久）
こに＝とき（日）（久）
返し＝御かへし（久）
ん＝む（日）
いへる＝いふ（久）
内より＝三字ナシ（久）

お(久)とつれまうさせ給たりける
とき、いか、おほむ返し(久)にあ(久)り
けん(日)、たちかへり申させ給た
りける御哥なり。この哥のこゝろ、
きかさらむ(久)人のさとるへきにも(久)
あらす。きさきといなこと(久)いへるむしとは（171ウ）
物ねたみせぬ物とふみに申たれ(久)
は、この御返し(久)に、ものねたみの
けしきやありけん(日)、か(久)く申させ
たまひたりけるなり。いなこま
ろといふむしは、た(日)のいねのいてくる
とき、このむしもいてくれはいなこ
まろと(久)とはいへる(久)は、このむしの(久)名と
おほしくて、いなはの風になみよる
こに(日)(久)とはよませ給へるを、御(久)心をえ(日)て、
我はきさきにもあらねは、なとか(久)（172オ）
ものねたみもせさ(久)らむとおほし

お=を(久)
し=り(久)　ありけん、たちかへり申させ給たりける御哥=申させたまひたりけん申させたまひたりける哥(久)
ん=む(日)
む=ん(久)　も=ナシ(久)
といへる=まろといふ(久)
れは=るとかや(久)
し=り(久)
ん=む(日)　かく=とかく(久)
たの=田ゐの(日)
とは=二字ナシ(久)　る=ナシ(久)　の名=二字ナシ(久)
に=ナシ(日)(久)　御心をえて=ころをえて(久)　え=み(日)
か=ナシ(久)
さらむ=ん(久)

く(久)て、秋の宮の(久)ほかなるみな(久)れはと
はよませ給へるなり。きさきのそ(日)
ませ給た(久)るけしきなりとそ(久)
世の人申け(久)る。

353　こひわひてねをのみなけはしきたえの
　　まくらのしたにあまそつりする

哥はことた(久)かくのみよめは、これも
つねになけはなみたのおほくつも
りて、うみとなりて、あまもつりしつへし
とよめると(久)心を(久)えて、事たか(日)(久)ことか(久)なとお(久)もへは神(日)ま
つらぬかれたるなみたをは、あま
のつりとい(久)へる事のありけれは、
それをよむにては、ことたか(日)事か(日)(久)は
あらさりけりとそ人申し(久)。そのゝ(久)ち、
すいなうの物の名(久)のまきをみれは、
神(日)(久)まつらぬかれたるなみたをは(久)

(172ウ)

く＝ナシ(久)　の＝この(久)　なれ＝二字ナシ(久)
そ＝う(日)
たる＝ふ(久)　そ＝ナシ(久)
ける＝けれはさて御集にはのそかれにけるとそ承りし(久)
たかく＝たて(久)
と＝ナシ(久)　を＝ナシ(久)
か＝る(日)(久)　か＝ナシ(久)　おもへは神まつらぬ＝人も申すにかみにつらぬ(久)　神ま＝髪に(日)
いへる＝いふ(久)
か＝る(日)　か＝に(日)(久)
し＝ける(久)　ゝ(の)ち＝二字ナシ(久)
名＝いみ(久)
神ま＝髪に(日)かみに(久)　は＝ナシ(久)

あまのつりといへりとかけり。
354 ゆきふりてとしのくれぬるときにこそ
　つゐ(日)にもみちぬまつもみえけれ
これはとしさむくして、まつかえを　（173オ）
しる、といふことのさふらふなり。かし
こき人も、たゝこともなきを(久)りは、
かしこきことも(久)をろかなることも(久)
みえす。まつの木かへ(日)の木なとも、よろ
つのきのあをきとき(久)には、なにとし(日)(久)みえ
ぬに(久)、冬になりて、もろ〳〵の木のはのをち
ぬるときに、まつの木も(久)、かへ(日)の木も(久)
みゆれは、このきなん(日)まことの木といへ(久)る
事のあるをよめる哥也。
355 ゆふ(日)されは道もみえねとふるさとを
　もとこしこまにまかせてそゆく　（173ウ）
これはくわんちうといへ(久)る人の、よる
道をゆくに、我はくらさに道もみえねと(久)、

ゐ＝ひ(日)

を＝お(久)
も＝ナシ(久)　も＝ナシ(久)
へ＝え(日)
ときには＝おりは(久)　し＝も(日)(久)
に＝か(久)
も＝とも(久)　へ＝え(日)　も＝とも(久)
ん＝む(日)　いへる＝いふ(久)

ゆふ＝冬(日)

いへる＝いふ(久)
と＝とも(久)

む《(久)》まにまかせてゆくとい《(久)》ふ事のあるを
よめる也。老馬智といへることは、これ
より申すとそう《(久)》け給はる。

356 をの丶えはくちなはまたもすけかへむ
うき世の中にかへらすもかな

これは仙人のむろにゐ《(日)(久)》きをうちて《(久)》、
ゐたりけるを《(久)》、きこりのきて、を
のとい《(久)》へる物をもたりけるをつかへ
て、このうつこをみけるに、そのをの丶えの（174オ）
くちて《(久)》くたけにけれは、あやしと
思て返て家をみれは、あともなく
昔にて、しれる人もなかりけるとそ《(久)》。

357 ぬれてほす山ちのきくの露のまに
いかてかわれはちよをへぬら《(久)》ん《(日)》

これも仙人のことなり。露のまとい
ふは、たゝしはしといふなり。そのほとに
ちよをふとい《(久)》ふなり。

むま＝こま（久）　いふ＝いへる（久）
うけ給はる＝五字ナシ（久）
ゐき＝囲碁（日）碁（久）　て＝ナシ（久）
を＝に（久）
いへる＝いふ（久）
てくたけ＝四字ナシ（久）
とそ＝とかや（久）
ぬらん＝にけむ（久）　ん＝む（日）
いふ＝よめる（久）

358 たちぬはぬきぬきし人もなき物を
なにやまひめのぬのさらすらん(日)
これも仙人のきぬは、ぬゐ(日)(久)めのなきと　（174ウ）
い(久)ふことの(久)あるをよめるなり。
359 心せ(日)(久)しふかうのさとにお(久)きたらは
はこやの山を(久)ゆきてみてまし
はこやの山(久)といふは、これも仙人ゐ所也。
ふかうのさとゝいふは、えもいはぬ事の
心(久)におほえ、おほしき所のぬま(日)(久)みゆる
事のある也。さらましかは、かの仙人の
すみかを(久)はみてましと(日)よめるなり。
360 わ(日)きもこかくへきよひなりさゝかにの
くものふるまひかねてしるしも
これはあふみのくにゝありけるくん(久)　（175オ）
しのむすめ(久)、事のほかにかたちの
よくて、ひかりのころもをとをりて、めて
たきよし(久)をみかときこしめ(久)しけれは、

ん＝む(日)
ゐ＝ひ(日)(久)
いふ＝いへる(久)　のある＝三字ナシ(久)
せ＝さ(日)(久)　お＝を(久)
山を＝まつをは(久)
山＝まつ(久)
心におほえ、おほしき所の＝おほくおなしき所の(久)
ぬま＝めに(日)(久)
を＝ナシ(久)　しと＝しきと(日)
わきもこか＝わかせこが(日)
くんし＝人(久)
め＝めの(久)
よしをみかと＝あり(久)　めしけれは＝めしてみかとめ
しにけれは(久)

たてまつりたり(日)けるを、かきりなく
おほしめ(久)して、世のまつりこともせさせ
給はさりけれは、を(久)やお(久)もふ所ありて、
よ(久)(日)にをそりて、め(久)しこめて、はるか
なる所にこめすへ(久)たり(久)けるを
きこしめして、たひ〳〵めしにつかはし
たりけれと、まいらせ(日)さりけれ(日)(久)、かし
こ(久)かりける人をめして、つかひにつかはすとて、（175ウ）
かならすくしてまいれ、もし(久)くして
まいらすはつみせん(日)と、おほせられけれは、
ほ(久)しいひを(久)すこしふところにもた(久)
りける。かのをんなのもとにゆきて、
すみやかにまいり給へ(久)といふせんしの
つかひなり。されと、さき〳〵のやうに
ま(久)いり給はし。まいり給はすとて、返まいり
たらは、かならすくひを(久)めされな
む(久)とす。いかにもしなん(日)ことはを(日)(久)なし

たり＝二字ナシ(日)
めし＝二字ナシ(久)
を＝お(久)　おもふ所ありて＝七字ナシ(久)
にを＝をお(久)　を＝お(日)　めし＝引(久)
へ＝ゑ(久)　りけ＝二字ナシ(久)

せ＝ナシ(日)　けれ＝ければ(日)(久)
かり＝まり(久)「ま」ノ傍ニ「か欤」トアリ
くして＝三字ナシ(久)
ん＝む(日)
ほし＝つかゐほし(久)　を＝をそ(久)　もた＝もちた(久)

り給へ＝れ(久)

まいり＝よもまいり(久)
を＝ナシ(久)
むとす＝んとて(久)　ん＝む(日)　を＝お(日)(久)

事なれは、たゝこのにはにてしなん(日)
とて、物もい(久)はて十日はかりにはにふして、（176オ）
みそかにふところにもたりける
ほしいひをくひてありけるを(久)、このこと
ふひんなり、せんしのつかひこゝにて
しなは、返てつみかうふりなん(日)。はや
このつかひにつきてまいりねと、を(久)やの
いひけれは、われは本よりまいらしとも(久)
を(久)もはす。を(久)やのとりこむれはこそ
ま(久)いらねといひて、つかひにくしてま
いりぬ。う(久)ちにとゝまりて、まつさきた
ちてまいり(久)たるよしまうさ(久)(日)んといひ
けれは、そのよし申(久)たてまつりて、（176ウ）
まちけるほとに、くもとい(久)へるむしの、
かみよりさかりてそてのうへにかゝ
りたりけるをみて、行幸なとも
やあらむ(久)すらん(日)と(久)、あやしき事の

ん＝む(日)
い＝く(久)
を、この＝をおやみて此(久)
ん＝む(日)
をやの＝三字ナシ(久)
も＝ナシ(久)
を＝お(久)　を＝お(久)
まいらねといひて＝あれとて(久)
うちにとゝまりて、まつさき＝みちにとくまいりてさきに(久)
りた＝二字ナシ(久)　さんと＝せと(久)　ん＝む(日)
申たて＝申にたて(久)
いへる＝いふ(久)
む＝ん(久)　ん＝む(日)　と＝ナシ(久)

ある(久)なりと申けるほとに、みかとおはし
ましたりけるとそ。そと(久)ほりひめと
申す哥よみはこれ(久)なり。すみよしに、
へちの神にておはしますと(日)そうけ給はる。

361　わか恋はちひきのいしのなゝはかり
　くひにかけて(久)も神のもろふし

ちひきのいしといふ(久)は、千人して(久)ひき　（177オ）
はたらかすいしをいふ也。なゝはかりと(久)いへるは、
其ひとつを、千人して(久)ひきはたらか
す(日)いし、なゝつはかりと(久)いへるなり。くひ
にかけては、(久)神もえおきあかり給
はしとおもふいしにもまさりたる
恋の(日)(久)をもさな(久)り。

362　あひ思はぬ人(日)(久)おゝもふは大てらの
　かくゐのしり(日)(久)えにぬかつくかこと

これは昔のてらには、かくゐをつくりて
す(日)へたりけるなり。その(日)かき(久)ゐに

なり＝かな（久）
ほ＝を（久）
なり＝になん有ける（久）
そ＝ナシ（日）
も＝は（久）
は＝ナシ（久）　ひきはたらかすいしを＝ひくいしと（久）
いへる＝いふ（久）
ひきはたらかす＝ひく（久）
いし＝二字ナシ（日）　いへる＝いふ（久）
神もえ＝神のもろふしといふはその石なゝつをくひにかけては神もえ（久）
を＝お（日）（久）　り＝りとよめる也（久）
おゝも＝を思（日）（久）
え＝へ（日）（久）
へ＝ゑ（日）　かきゐ＝がくゐ（日）　ゐ＝ナシ（久）

むかひて、お(久)ろかなる人のほとけの
おはするか(久)とて、ぬかをつき(久)たる
なり。それに(久)おもはぬ人を思に(久)なん(日)
にたると(久)よめるなり。
363 てら〳〵のめかく(久)ゐもうさくを(日)丶うわ(久)の
お(日)(久)かきたはりてそのこはらま(久)ん
これはいとしもなき女の、こ(久)ほしけなる
をみてかやうに申す(久)。こはすはたれか
めみたてむ(日)(久)とおほしくてよみたり
けるにやあらむ(久)。
364 やまさとのたのきのこゐもくむ(久)へきに
を(日)しねほすとてけふもくらしつ
たのきといふは、たのあせのかたはらに
あるたまり水なり。さい(久)といへるは、ちゐ
さきいをともとい(久)ふ也。を(日)しねといへるは(久)、
たのいね(久)也。されはたのきのさゐなとす
くひて、あそふへきに、いねほすほとに

（177ウ）

（178オ）

お＝を（久）
かとて＝そとおもひて（久）　たるなり＝て奉る事也（久）
に＝なん（久）　になん＝ふは（久）　ん＝む（日）
とよめるなり＝也と申す（久）
くゐ＝き（久）　を丶うわの＝おほみわの（日）　わ＝へ（久）
お＝を（日）（久）　ま＝は（久）
こほしけなるをみて＝こをほしかりて（久）
す＝ナシ（久）
むと＝心と（日）んと（久）
む＝ん（久）
む＝ん（久）
を＝お（日）

い＝ゐ（久）
といふ＝三字ナシ（久）　を＝お（日）　は＝ナシ（久）
ね也＝ねとも也（久）

けふもくれぬとよめるなり。

365 月(久)よゝみころもしてうつこゑきけは
　　いそかぬ人もねられさりけり

月よゝみとは、月きよみといへる。をなしこと
なり。

366 かひす(久)らもいもせ(久)そなへてある物を
　　うつ(久)し人にてわかひとりぬる　（178ウ）

かひのふたお(久)ほゐあるは、めかひを(久)かひ
といへる物ゝあれは、かひたに(久)いもせはあ
るに、まさしき人にて、ひとりぬる事を
なけきたる哥なり。
れんかこそ世のすへ(久)にもむかしに(久)おとらす
みゆる物なれ(久)。むかしも(久)ありけるを、
かきを(日)かさりけるにや。

　　躬恒

367 おく山にふねこくおとのきこゆるは
　　貫之　（179オ）

月よゝみ…四行…なり＝ナシ（久）

す＝そ（久）　もせそ＝さそ（久）
つし＝つゝの（久）
おほゐ＝をしゐ（久）　を＝お（久）
に＝にも（久）

へ＝ゑ（久）　にお＝にもを（久）
なれ＝にては候へ（久）　も＝は（久）
を＝お（日）

なれるこのみやうみわたるらん(日)
これはみつねと(久)、つらゆきとか(久)、くして
(久)物へまかりけるに、おくやまに、そま人の
きひくおとの、ふねこくに丶たりけれは、
(久)き丶てしけるとそ。

た丶みね

368 なは丶しのたえぬところにかつらはし

としゆきの少将

つかひのおさにみふのた丶みね
これはた丶みねか(日)、う(久)こんのつかひのをさ
にてありけるとき、としゆきのせう将
のちんにはたれかさふらふとたつね
けれは、(日)(久)番長壬生忠峯となのりけ(久)
るをき丶て、れんかにき丶なして(久)ゑい
してすきけるをき丶てつけたりけ(久)
るとそ(久)(日)申つたえ(日)(久)たる。

女はう

(179ウ)

ん＝む(日)
と＝ナシ(久)　とか、くし＝ともにくし(久)
物へ＝二字ナシ(久)
き丶て＝三字ナシ(久)
か＝ナシ(日)　うこん＝左こむ(久)
番＝ナシ(日)　番長＝つかひのをさに(久)　ける＝二字ナシ(久)
ゑいして＝ゑはして(久)
りけ＝二字ナシ(久)
そ＝ナシ(久)　申＝ナシ(日)　え＝へ(日)(久)

369 ほともなく又(日)(久)きかえてけりからころも
きむたゝの弁
あやう(久)きものはよにこ(久)そありけれ(久)
これはえんきのみかと(日)(久)、かくれさせ給(久)
けるときに(久)、きんたゝの弁の五位の(久)
くら人にてはへりけるか、あやのきぬ
ともをぬきすてゝ、ひ(久)らきぬにてはへり
けるをみて女はうの申たりけるとそ。
よみ人しらす

(180オ)

370 たれそこのなるとのうらにお(久)とするは
実方中(久)将
とまりもとむるあまのつりふね
つまとのたてあけすれ(久)はなりけるか(久)内に
さねかたの中将(久)おとしけれは、しらす(久)
かほにて女(久)のしけるとそ。
道(久)なり(日)のきみ

(180ウ)

371 あやしくもひさよりし(久)ものさゆるかな

又＝ぬ(日)(久)
う＝な(久)　こ＝ナシ(久)　れ＝る(久)
みかと＝みかどの(日)(久)　給ける＝たまひたりける(久)
に＝ナシ(久)　の＝ナシ(久)
ひらきぬにて＝六字ナシ(久)
お＝を(久)
中将＝二字ナシ(久)
すれ＝しけれ(久)　か＝ナシ(久)
将おと＝将の音(久)　す＝ぬ(久)
女の＝女はうの(久)
道なりのきみ＝さねかた(久)　り＝か(日)
しものさゆる＝かみのひゆる(久)

実(久)方中将
こしのわたりにゆきやふるらん
(久)これはうちわたりにてあしのひえけれは
しけるとそ。

372 み(日)(久)やこいて丶けふこ丶ぬかになりにけり
あかそめ
とうかのくに丶いたりにしかな
(久)これはおはりのくに丶くたり(久)けるとき、
道にて心ちをそこなひて、しはし
と丶まりてはへりけるほとに、こ丶ぬ
かになりに(久)けれはしけるとそ。

永(久)成法師

373 あつまうとのこゑこそきたにきこゆなれ
き(久)やうはむ法師
みちのくによりこしにやあるらん(日)
ゐたりける所(久)の、きたのかたに、こゑ
なまりたる人の、ものいひけるを

（181オ）

実方中将＝みちなかのきみ（久）
これは＝三字ナシ（久）
㊐みやこいて丶ノ句ニ「匡房」ト作者名アリ㊇同ジ所ニ「まさひら」トアリ
これは＝三字ナシ（久）　りける＝りはへりける（久）
に＝ナシ（久）
永成＝ゐやうせい（久）
きやうはむ＝けいはん（久）
ん＝む（日）
所の＝二字ナシ（久）

きゝてしけるとそ。
（久）よりつね

374 もゝそのゝもゝのはなこそさきにけれ
きん（久）より（久）のあそむ
むめつのむめはちりやしぬらん（日）（181ウ）
よりつな（久）のあそん

375 いなりやまねきをたつねてゆくとりは
のふつな
はふりによはのつゆやおつ（日）（久）らん（日）
よみ人しらす

376 春はもえ秋はこかるゝかまと山
もとすけ
かすみもきりもけふりとそみる
これはつくしのすいたのゆといふ所の（久）ゆ
やのはしらに、たれとも（久）なくてかき（182オ）
つけたりけるを、（久）のちに人のかたり
けるをきゝてつけゝ（日）るとそ。

よりつね＝なりつね（久）
ん＝む（久）　のあそむ＝四字ナシ（久）
ん＝む（日）
のあそん＝四字ナシ（久）
おつ＝おく（日）をく（久）　ん＝む（日）
の＝にて（久）
も＝は（久）
のちに人のかたりけるをきゝてつけゝるとそ＝きゝても
とすけかつけたりけるかのすいたのゆにてはかまと山の
あらはにみゆる也（久）
ゝ（け）る＝らるゝ（日）

377 山しろの山とにかよふいつみ河
(久)たかさた
これやみくにのわたりなるら(日)ん
いつみかはと申かはのやましろより
山とさまになかれたるをみてせる
なり。みくにのわたりと(久)いへる所の、山
しろに(日)(久)さふふ也。
かものなりすけ

378 しめのうちにきねのおとこそきこゆなれ
ゆきしけ
いかなる神のつくにかあるら(日)ん
かものみやしろ(久)にて、よね(久)しろむるおとの
しけるをきゝてしける(久)とそ。
(久)永胤法師

379 (日)おきのはに(久)秋のけしきの(久)みゆるかな
(久)永源法師
風になひかぬ草はなけれと

(182ウ)

たか＝たゝ(久)
ん＝む(日)
いへる＝申(久)
さふふ＝さかふる(日)候(久)
ん＝む(日)
にて＝の内に(久)　しろむるおとのしけるを＝しらけゝるを(久)
とそ＝なりとそ(久)
永胤＝ゐやういむ(久)
お＝を(日)　秋＝風(久)　みゆる＝しるき(久)
永源法師＝同しく(久)

道雅の三位
380 もろともに山めくりするしくれかな
かねつなの中将　（183オ）
ふるにかひなきみとはしらすや
ふたり(久)して百寺のこ(久)むくうちある(久)き
け(日)るに、しくれのする(久)をみてしけるとそ。
せむ(久)りんしのそう正
381 春のたにすきいりぬへきおきなかな
うち殿
かのみなくちにみつをいれはや
これはうち殿にて、た(久)なかにあやしの
おきなの(久)たてりける(久)をみて、せさせ給
へるとそ。
く(久)わんせん　（183ウ）
382 日のいるはくれなゐにこそにたりけれ
平為成
あかねさすともおもひけるかな

りして＝りくして（久）　こむく＝三字ナシ（久）　る＝り（久）
けるに＝給ふ（日）　するをみて＝しけれは（久）
む＝ん（久）
たなかに＝四字ナシ（久）
のたて＝のたなかにたて（久）　るをみて、せさせ給へるとそ＝れは僧正の申けるとそ（久）
くわん＝そうくわん（久）

(久)きやうせん

383 このとのはひをけにひこそなかりけれ

永源

わかみつかめにみつはあれとも

これは大宮のみんふきやうの(久)もとにて、(久)とくきやう(日)そにては、ふたんきやうよみけるに(日)よはんしてはへりけるに、ひをけ(久)のありけるに、ひのなかりけれは（184オ）しけるとそ。

よりよし

384 きくの花すまひくさにそにたりける

よりなり

とりたかへてや人のう(日)へけ(日)(久)ん

すまひはとるものなれ(久)は、申ける(日)にや。

(久)きむより

385 おほつかなたれ(久)かなしけ(日)んふたこつか

さかみ

きやうせん＝壬生忠見(久)

もと＝御もと(久)

とくきやうそにては、ふたんきやうよみけるによはんして＝ナシ(久)　そにては＝などてい(日)

よはんして＝よそへして(日)

のありける＝五字ナシ(久)

へ＝ゑ(日)　ん＝む(日)(久)

は＝はや(久)　にや＝とかや(日)

きむより＝きむすけ(久)

かなしけん＝とかしらん(久)　ん＝む(日)

は、そのもりやしらはしるらん(日)
(久)えんしむ(日)あさり
386 (日)(久)むまけにもは(久)むうしのくさかな
㊐　永源
ひつしの(久)をさるのかしらになるほとに
きやうせん

387 (日)むめの花かさきたるみのむし
やくいぬまろ
あめよりは風ふくなとや思らん(日)

これはきやうせんり(久)つしの(久)はうに人々
ま(久)かりてあそひけるに、(久)十さいはかり
ありけるちこの、みのむしのむめの
えたにつきたりけるをみてしたり
け(久)るを、人々(日)えつけさりけるに、やく
いぬま(久)ろといひけるかつけたりける
とそ。さてその(日)(久)わらをは、心ありけるわらは
(久)なれはとて、ほうしになしてよろ

(184ウ)

(185オ)

ん＝む(日)
えんしむ＝ゑしむ(久)　む＝ん(日)
む＝う(日)(久)　はむ＝くふ(久)
㊐「むかしほんのまゝ」トアリ
を＝お(久)
む＝う(日)
ん＝む(日)
つ＝ナシ(久)　はうに＝もとに(久)
かりて＝うてきて(久)　十さいはかりありけるちこ＝と
をはかりなるちこ(久)
るを＝れは(久)　え＝み(日)
まろといひけるか＝と申けるちうとうしのまへにゐたり
けるか(久)
わら＝童(日)わらは(久)
なれは＝三字ナシ(久)

しき物になん(日)つかひける。
しけゆき(久)
388 ものあはれなる春のあけほの
すきやうさ
むしのねのよはりし秋のくれよりも
なりみつ
389 おくなるをもやはしらとはいふ
くわんせむ(久)
(185ウ)
みわたせはうちにもとを(日)はたて丶けり
390 山の井のふたきの(久)さくらさきにけり
あかそめ
みきとかたらむ(久)みぬ人のため
百寺うつとて、ひんかし山のへんにあるきけるに、やまの井といふ所にさくらのさかりにさきてはへりけるをみて、ともなりける人のしけるとそ。
391 かはらやのいたふきにてもたて(久)るかな

ん=む(日)
ゆき=もと(久)
む=ん(久)
を=う(日)
の=れ(久)
む=ん(久)
たて=みゆ(久)

もくのすけすけとし
つちくれしてやつくりそめけん(日)
(久)くわうりやう寺にまいりける道にて
かはらやをみてし(久)けるとそ。
せうにためすけ

392 つれなくたてるしかのしまかな
くにたゝ

ゆみはりの月のいるにもおとろかて
しけまさのそ(久)つのときに(久)、はかたと
(久)いへるところにて、さけなとたへける(久)
ついてにしける(久)とそ。
もりふさ

393 きのふきて(日)けふこそかへれあ(久)すかより
つねみの(久)わう

みかのはらゆく心ちこそすれ
これはゐちせんにて、ちゝのともにて(久)あす
かの宮しろにまいりてまたの日かへる

（186オ）

（186ウ）

ん＝む（日）
くわうりやう寺にまいりける＝さかへまかりける（久）
けるとそ＝はへりける也（久）

つ＝ち（久）　に＝ナシ（久）
いへる＝いふ（久）　る＝るに（久）
とそ＝とかや（久）
きて＝より（日）　あすか＝あらす（久）
みの＝みつの（久）

て＝ナシ（久）

とて申《(久)》てはへりける。

しけゆき

394　ゆきふれはあしけにみゆるいこま山

か《(久)》うふんた

いつなつか《(久)》けにならん《(日)》とすらん《(日)》

これはためまさかかうちのかみにて、（187オ）はへりけるときゆきのふりたりけるあしたに、つれ〳〵なりけれは、か《(久)》みのさうし《(久)》をたてこめて、らうとうとも《(久)》をよひあつめて、さけなとのみけるに、みなもとのしけゆきか物へまか《(久)》るついてにまうてきたりけれは、よころひさはきてきやうよう《(久)》しける《(久)》。を《(日)》の〳〵ゑ《(久)》ひてさうしを《(久)》ゝしあけてなかめやるに、ゆきにうつもれたる山のみえけれは、あれはいつれの山そかと《(久)》ひけれは、八高名《(日)(久)》のいこまの《(久)》やまよと、（187ウ）

てはへり＝四字ナシ(久)

かうふんた＝かねすけ(久)

かけに＝けには(久)　ん＝む(日)　ん＝む(日)

かみの＝三字ナシ(久)

を＝ナシ(久)　をよひ＝三字ナシ(久)

かるついてに＝かりけるみちにて(久)

よう＝二字ナシ(久)　る＝るに(久)　を＝お(日)

ゑひて＝ゑりて(久)　をゝ＝を(久)

とひ＝尋(久)　八高名＝あれこそは高名(日)(久)　の＝ナシ(久)

ためまさかいひけるを(久)きゝて、かく
申たりけるを(久)、たひ〳〵ゑいして、
つけむとしけるに、いかにもえつけ
さりけるけしきをみて、か(久)くし
あるきけるあやしのさふらひのつ
けたりけに(久)けしきのみえて、そ(久)らしは
ふきたかやかにして、人よりもけに
ゐいてゝけ(久)しきしけれは、しけゆきみ(久)て、
かうふんた(久)こそつけゝにはへれと
いひけれは、ため(久)まさかたはらいたく
みくるしき事なりと、を(日)しこめて
(188オ)
いはせさりけれは、ひ(久)きいりてやみに
けり。なをためまさえつけてほとす
きにけれは、わひて、さはまうせ、いかに
つけたるそとゝひけれは、しはしき(久)
そくしていはさりけれは、しけゆ
きしきりにせめけれは、いひい(日)てた

を＝に(久)
を、たひ＝をきゝてたひ(久)
か＝や(久)
に＝る(久)　そら＝二字ナシ(久)
けしき＝三字ナシ(久)　みて＝二字ナシ(久)
た＝ナシ(久)
ためまさ＝四字ナシ(久)
を＝お(日)
ひきいりてやみに…いかにつけたるそとゝひけれは＝その後なをえつけさりけれは(久)
きそく＝けしき(久)
いて＝二字ナシ(日)

りけるに(久)、ためまさしたなきして
あさみけり。しけゆききゝける
まゝにたち(久)てまゐ(日)(久)けれは、え(久)たえ(日)て、
きぬゝきてかつけて(久)けり(日)。まことに
さむけなりける(久)に、き(久)(日)ふくれて　(188ウ)
のけはりていてきたりけるけしき
いみしかりけりとそ。

よりつな

395　かもかはをつるはきにてもわたるかな
のふつな

かりはかまをは(久)をしとおもひて
ふたりくるまにのりてうち殿に(久)まいり
けるに、あめのふりけるころにて
かも河のいたく水のまさりたりけ
るにお(日)とこのはかまをぬきて、さゝ
けてわたりけるをみてしけるとそ。　(189オ)

きよいへ

に＝ナシ(久)

たちて＝三字ナシ(久)　ゐ＝ひ(日)(久)　えたえて＝ためまさたへて(久)　え＝へ(日)
てけり＝ける(久)　り＝る(日)
け＝つ(久)　きふくれて…いみしかりけりとそ＝たちまちにきてゐみまけてしあるきけるとそ申つたへたる(久)
ふ＝ぬ(日)

を＝お(久)

に＝へ(久)

お＝を(日)

396　しはかきのきとこれをいふかも
ためなか
む(久)へこそはくりけのむまにおほせけれ(久)
これ(久)こそは、十月(日)のついたちころに、もみ
ちみにまかりけるに、くりけなるむま
にしは(久)きをおほせてあかくなれる
かきを、えたなからしは(久)きのうへに
さした(久)るをみて、しけるとそ。
(日)さねきよ

(189ウ)

397　いぬたてのなかにを(日)(久)いたるゑのこ草
こゝとみ(久)おきてのちに(久)つませ(日)ん
398　(久)なにゝあゆるをあゆといふら(日)ん
(日)うふねにはとりれし物(久)をおほつかな
(久)人のあゆと(久)いへる物を、(日)ゝこせたりける
をみて、(久)まへにありける人のいひける(久)とそ。
(久)かむぬしたゝより
399　ちはやふる神をはあしにまく物か

へ＝め(久)　れ＝め(久)
こそ＝二字ナシ(久)　の＝ナシ(日)
き＝ナシ(久)
き＝ナシ(久)
るを＝りけるを(久)
さねきよ＝すゑきよ(日)
い＝ひ(日)(久)
お＝を(久)　つま＝ひか(久)　ん＝む(日)
(久)「なにゝあゆるを」ノ句ノ作者トシテ「まさふさ」トアリ　ん＝む(日)
(日)「うふねには」ノ一句ニ「匡房」ノ作者名アリ　を＝ナシ(久)
人の＝ひのこ(久)　いへる＝いふ(久)　ゝ(を)＝お(日)
まへにありける＝まへなりける(久)　とそ＝とかや(久)
かむぬし＝名ぬし(久)

しきふ

これをそしものやしろとはいふ

これはしきふかかもにまいりけるに、わらうつにあしをくはれて、かみをまきたりけるをみてしけるとそ。

（190オ）

よりみつ

400 たてかるふねのすくるなりけり

さかみかは、

あさまたきからろのおとのきこゆるは

これはよりみつかたちまのかみにてはへりけるときに、しとみあけゝ（久）るほとに、まへのけたかはより、ふねのくたりけるを、いかなるふねのくたるそ（日）と、ゝは（久）せ（久）けれは、たてかりてまかるふねなりとい（久）ひけるをきゝてい（久）ひけるとそ。

（190ウ）

かねなか

401 おそろしけなるをにやなきかな

ゝ（け）る＝たる（久）

そ＝ナシ（日）　はせ＝ひ（久）　は、たて＝はしとみあけ
さしてはしりよりてとひけれはたて（久）

いひ＝申（久）　いひ＝し（久）

のりなか

みな(久)かみはあしはら(久)くさき心ちして
うちとの、御ふねに(久)のらせ給て、ふし
み(久)へおはしましけるに、をにやなきと
いふきのもと(久)にてしけるとそ。

402　(日)(久)いゑつね

ふか(日)おさにおさなきちこのたてるかな

のふつな

そのかはらけのむまにくは(久)すな
(久)うち殿、うちへおはしましけるに、(久)せん
くうをして、すこしさきたちてまか
りけるに、ふかくさのまへ(久)に、おさなき
ちこのふたつはかりありけるか、(久)道なかに
はひいてゝ、やをら(久)たちあかりてた
てりけるまへをと(久)おるとて、(久)かくいひ
たりけるを、(日)(久)いゑつねかはらけのむま
にのりたりけるをみ返て、その

(191オ)

かみ＝くち(久)　くさ＝ふか(久)
のらせ給て＝たてまつりて(久)
へ＝といふ所へ(久)
にて＝すきさせたまひけるに(久)
いゑつね＝家綱(日)いへつな(久)
お＝う(日)

す＝る(久)
うち殿＝これはうちとの(久)　せんくうをして＝こせんして(久)
に、おさなき＝にて(久)
道＝おほち(久)
たち＝はひ(久)
おる＝をり(久)　かくいひたりけるを＝申けるを(久)
いゑつね＝家綱(日)いへつな(久)

ちこのまへ(久)いきすき(久)けるとき(久)、申けるとそ(久)。
永(久)源ほうし

403 たにはむこまはくろにそありける（191ウ）
永(久)成法師

なはしろの水にはかけとみえつれと
たには(久)くろと申すところのあるに、
むまにもくろと申すむまのある(久)に、
な(久)はしろみつに(久)かけとみえつる(久)は、く
ろにそありけるとい(久)へる事は、ま
ことにたくみなり。

女はう
404 まなこゐのほりかねはかりふかければ
たかくらのあまうへ（192オ）
めみつかとこそあなつ(久)られけれ
人のやせてめのふかゝ(久)りければ、たはふ
れてし(久)けるとそ。
かねつ(久)な

へいき＝へにいまいき(久)　すき＝かゝり(久)　き＝き
に(久)　とそ＝とかや(久)
永源＝ゐやうゑん(久)

永成＝ゐやうせい(久)

は＝ナシ(久)
あるに＝あれは(久)
なはしろ＝なはしろの(久)　に＝には(久)　るは＝るに
(久)
いへる事は＝いふは(久)

な＝ナシ(久)
ゝ(か)りければ＝くみえければ(久)
しけるとそ＝せられけるにや(久)
つな＝なか(久)

405 なしといひつるたひはきみ(久)ありけるは(日)

つねひら

さかゐ(久)よりきのふもてきたる也

これはつねひらか、いつみのくにゝ(久)、さかゐ(久)
といへ(久)るところに(久)、しる所のありける
より(久)、よきたひ(久)つねにみえけるを(久)、
このころは、れいのたひやあると、ひ
けるに、このころ(久)はなし(久)なと申て、ほとも(久)
へすとりいてゝはへりければ、したり
けるとそ(久)。

(192ウ)

よりいゑ

406 あゆはたゝはたゝかに(久)ゝてまいらせよ

永(久)胤法師

しふきよしとてまたなし(久)ふきそ

これはよりいゑかもとにて、人々あそひ
けるにあゆはたゝといへ(久)るいほを(久)、さか
なにしてはへりけるに、ゐやういんと

きみ＝君は(久)君ノ傍ニ「本ノマヽ」トアリ　は＝と(日)

ゐ＝ひ(久)

ゝ(に)＝ゝ(に)しるところの(久)　ゐ＝ひ(久)

いへる＝いふ(久)　に、しる所の＝五字ナシ(久)

より＝なり(久)　たひ＝たひの(久)　を＝に(久)

ころ＝ほと(久)　なしなと＝みえすなんと(久)　も＝ナシ(久)

そ＝そたはふれてくをあしくよみなしてあるをすゑにも
またくのあしきをことにてかたり伝て候也(久)

かにゝて＝かちにて(久)

永胤＝ゐやういむ(久)

なしふきそ＝るしふきう(久)

いへる＝申(久)　ほを＝をゝ(久)

申(久)けるほうし(日)のありけるに、しふ
きと(久)いへるしやうしんの物を、さかなに
(久)してありける(日)か、まことにあしく（193オ）
おほえけれと、これ(久)はあしともいはて、
みゐたりけるに、あゆは(久)たゝいとよ
けなるを、ひと〳〵(久)はく(久)ひのゝしり
てか(久)う申たりけれは、きゝもあ(日)(久)えす
よろこひなから、(日)つけたりける(久)とそ。

中納言殿

407 かりきぬはいくのかたちしおほつかな

とししけ

わかせこにこそとふへかりけれ

わかせことは、(日)おとこ(久)をいふなり。(日)おとこはいかて
(久)かしら(日)んと、(久)人々なんし申けり。（193ウ）
これをおもふにとかあらし。(日)おとこは
女を(久)つまといひ、めは(日)おとこを(久)つま
といふへきにや。

ける＝二字ナシ(久)　の＝ナシ(日)
いへるしやうしん＝いふさふし(久)
し＝ナシ(久)　か＝ナシ(日)
は＝ナシ(久)
たゝい＝たゝのい(久)
は＝ナシ(久)　ひ＝ゐ(久)
う＝く(久)　え＝へ(日)(久)
つ＝う(日)　とそ＝とかやいかのせんしやすなかとこのさに候てかたり候しれんかは世のすゑにもむかしにをとらすそみえ候(久)

お＝を(日)　をいふ＝三字ナシ(久)　お＝を(日)
か＝かは(久)　ん＝む(日)　人々なんし申けり。これをおもふにとかあらし＝いふなん候とかや(久)
お＝を(日)
つまと＝わかせこと(久)　お＝を(日)　つまといふへきにや＝わかせこと申也(久)

408 わかせこにみせん(日)と思しむめの花
それともみえすゆきのふれゝは
この(久)哥は、あか(日)(久)人か女によする哥也。

409 わかせこかころも春さめふることに
野へのみとりそいろまさりける
これ(久)、つらゆきか哥たてまつれとおほ
せある(久)とき、よめる哥なり。お(日)とこ
きぬをはらむやは。これのみかは、まむ　(194オ)
えう集には、かよひてよめる哥
あまたみゆめり(久)。つまこそ女といふ
もん(久)しをかきたれは、お(日)とこ申す(日)(久)
にくけれ。かれ(日)(久)もお(日)とこをつまとよ
めるうたあまたあり。

410 むさしのはけふはなやきそわかくさの
つまもこもれりわれもこもれり
この哥も、いせ物かたりに、おとこをん
なをぬすみて、むさし野をゆくに

ん＝む(日)
の哥は＝れ(久)　か＝る(日)(久)
れ＝れも(久)
ある＝ありける(久)　お＝を(日)
めり＝ることしちこそしはへれ(久)
ん＝ナシ(久)　お＝を(日)　申す＝と申し(日)と申(久)
かれ＝それ(日)(久)　お＝を(日)

この野(久)はぬす人こもり(久)たりとて、
野をやかむとしけるとき(久)よめ
りとかけり。　(194ウ)

411 けさはしもおもは(日)ん人はとひてまし
つまなきねやのうへはいかにと

これはしきふ、(久)やすまさに(久)わすられて
なけき侍けるとき、ゆきのあしたに
よめる哥なり。これらをみれは(日)おと
こをもなとかよまさらむと人(久)は申
(久)せと、(日)なをつまとはめな(日)めり。

412 わか(日)ゝとのちとりしはなくおきよ〳〵
わかひと(久)よつま人にしられし

これも女の哥なれは、(久)つまさためも　(195オ)
なし(久)とみえたり。

413 春のよのやみはあやなしむめの花
いろこそみえねかやはかくるゝ

あやなしと(久)いへる事はやくなしと

は＝には(久)　たりと＝三字ナシ(久)
よめり＝女の読る(久)
ん＝む(日)
やすまさ＝かやすゝけ(久)「保昌」ト傍書アリ　わす＝すて(久)
お＝を(日)
は＝ナシ(久)
せと、なをつまとはめなめり＝をんなをつまとは也(久)「は也」ノ傍ニ「本マ、も申へきにイ」トアリ　を＝ほ(日)　め＝ナシ(日)
ゝ(か)と＝宿(日)
よ＝り(久)
つま＝二字ナシ(久)
とみえたり＝五字ナシ(久)
いへる事は＝いふことはゝ(久)

い(久)へることはか(久)とそ、このうたのこゝろ
にてはきこ(久)ゆるを、ふたむら山もこへ(久)
すき(久)にけりといへる哥(久)は、あやにくに
こひしかりしかはと、よみ(久)たるなめり
とみゆ。これらをみれは、ともかう(久)もま
うすへきにや。

414 あひみぬもうきもわ(久)か身のからころも
　おもひしらすもとくるひもかな　（195ウ）

したひもとくといふ事は(久)、またさため
なし。このうたの心にては、人をうらむ
る人の、したひもはとくるときこえたり。

415 恋しとはさらにもいはししたひもの
　とけむ(久)を人はそれとしらなん(日)

この哥のこゝろは、人にこひらるゝ
人のしたひもは(久)、とくるとみ(久)えたり。

416 めつらしき人をみん(日)とや(久)しかもせぬ
　わかしたひものとけわたるらん(日)

いへる＝いふ(久)　か＝なり(久)
きこ＝み(久)　へ＝え(久)
きにけりといへる＝なりきといふ(久)　哥は＝哥のこゝろにては(久)
みたるなめり＝めり(久)
う＝く(久)

わか身の＝つらきも(久)

は＝に心(久)

む＝ん(久)　ん＝む(日)

は＝ナシ(久)　みえ＝きこえ(久)
ん＝む(日)　や＝て(久)
ん＝む(日)

これはめつらしき人をみん(日)(久)とて、とく
るとそきこえたる。さためもなき
にやあらん(日)。

417　ほと〻きすなくやさ月のあやめ草
　　あやめもしらぬこひも(久)するかな

あやめもしらぬといふ事(久)は、つねに人の
いひならはしたることはなり。よし
あしもしらすといふ事はなれは、い(久)
かにもこと事も(久)おほえすとよめる也。
し(久)やうふをあやめといふこと(久)は、か(久)のしやう(久)
ふのなにはあらす。あやめといふは、くち(久)
なはのひとつの名なり。そのくちなはに
にたれは、し(久)やうふをはあやめとは(日)まうせは、
た〻あやめとよみて、草とつ〻(久)けすは、
た〻くちなはをよめる哥にてそ
あるへき。なをし(久)やうふをよむ(久)へき
にては、あやめ草(久)とそつ〻くへきと

（196オ）
（196ウ）

ん＝む（日）（久）
ん＝む（日）
も＝を（久）
事は＝ことは〻（久）
いかにもこと＝いかにも〳〵こと（久）
も＝ナシ（久）
しやうふ＝さうふ（久）　こと＝二字ナシ（久）　かの＝二字ナシ（久）　しやうふ＝さうふ（久）
くちなはのひとつの＝ひとつのくちなはの（久）
しやうふ＝さうふ（久）　は＝ナシ（日）
つ〻けすは、た〻＝いふによますは（久）
しやうふ＝さうふ（久）　むへきにては＝まは（久）
草とつ〻くへきと申す人もありけり＝とよみてくさと
いふによますはくちなわをよめる哥にてあるへきなを
さうふをよまはあやめくさとつ〻くへきなりとそなかこ
ろの人々申ける（久）

申す人もありけり。あやめ、水あむ（久）
とい（久）へる事の（久）あるは（日）、さもある事
にや。この丶ちあやめの哥をもとむる、
ことにみえす。

418 つくま江のそこのふかさをよそなから
ひけるあやめのねにてしるかな

これはりや（久）うせんか（久）哥也。これ（久）そ（日）よろ（197オ）
しき哥とてはきこゆる。これよしな
し事ともなり。た丶草とつ丶けす
とも、よむへしとそうけ給はりし。

419 はちすはのにこりにしまぬこ丶ろもて
なとかはつゆをたまとあさむく

はすをは（久）ちすといふは（久）、た丶いふには（久）あらす。
はすのみの、はちといふむしのすに丶
たれは（久）いふなり。されはこれは丶ちすと
いはすとも、た丶はすとよみてもあり
ぬへし。（197ウ）

む＝ふ（久）
いへる＝いふ（久）　のあるは、さもある事…ことにみえす＝きこゆそれを思へはさもときこゆ（久）　は＝ナシ（日）
りやう＝らう（久）　か＝ほうしの（久）　これそよろしき…うけ給はりし＝此哥よみたりけるおりに人々さたしけるとそうけたまはる。（久）　そ＝は（日）
はちす＝蓮（久）「ハチス」と傍書アリ　は＝も（久）
は＝ナシ（久）
はいふ＝は丶ちすといふ（久）

420 もかみかはのほれはくたるいなふねの
　　いなにはあらすしはしはかりそ
このかはゝ、いつものくにゝあるかはなり。事のほかにはやきかはにて、四五日はかりにのほるなる(久)かはをくたれは、たゝひとゝ(久)きにくたるなる。(日)(久)されはのほりさまには、かしらをふりて、のほりかたけれは、いなふねとは申すにや。(久)いねつ(久)みたるふねを(久)いふそなと申す人もあるにや。

421 いたつらにたひ〳〵しぬといふなれ(久)は
　　あふにはなにをかへむとすらん(日)

返し

(198オ)

422 しぬ〳〵ときく〳〵たにもあひみねは
　　いのちをいつの(久)たにかのこさん(日)
あふに身をかふといふ事(久)は、心もえぬことなり。うせなん(日)のちには、あふといへ(久)ることやはあるへきときこゆれと、あ

なるかは＝四字ナシ(久)　ゝ(と)きに＝日にそ(久)
なる＝二字ナシ(日)(久)
にや＝とかや(久)　ねつ＝ねをつ(久)
いふそなと申す人もあるにや＝申と申にや(久)
なれ＝めれ(久)
ん＝む(日)
いつの＝何の(久)　ん＝む(日)
事＝心(久)
ん＝む(日)　といへることやはあるへきと＝こともなにゝかはせむと(久)

はむ(久)ことの、たくひなくうれしか
りぬへければ、それをよくいひとらむ
とてよ(久)めるなり。返しの(日)(久)たにかと
い(久)へるは、ためにか(久)とい(久)へる事なり。

423 きかはやな人つてならぬ事のはを
　みとのまくはひまても(久)おもはす　（198ウ）

みとのまくはひとは、まことにしたしく
なるといふ事なり。

424 みるた(久)ひにかゝみのかけのつらきかな
　かゝらさりせはかゝらましやは

425 なけきこし道の露にもまさりけり
　なれにしさとをこふるなみたは

この哥(久)、く(久)わいえんとあかそめとか、
わうせうくんをよめるうた也。
もろこしには、みかとの人のむすめ(久)
めしつゝ、こらむして宮のうちに　（199オ）
すへ(日)(久)なめさ(久)せ給て、四五百人とゐな

む=ん(久)
よめるなり=いふなめり(久)　のたにかと=うたにたに
かと(日)の哥にたにと(久)
いへるは=いふことは、(久)　か=ナシ(久)　いへる事
=申す詞(久)
もおもはす=ならすとも(久)
たひ=から(久)
哥=哥は(久)　くわいえん=くついゑん(久)
めめし=めをめし(久)
へ=ゑ(日)(久)　させ給=三字ナシ(久)

(久)みて、いたつらにあれと、(久)こゝにはあまり
おほくつもりにけれは、こらむする
こともなくて(久)そ候ける。(久)それに(日)え
ひすのやうなるもの、、(久)ほかのくにより
宮こにまいりた(久)る事のありけるに、
(久)いかゝすへきと人々に(久)さためさせ給
けるに、この宮の内に、いたつらにおほ
くはへる人の、いとしもなから(久)む
をひとりたふへきなり。それ(久)にまさ
る心さしはあらしと、(久)さため申
けれは、さもとおほしめして、みつから
御覧して、その人を(日)(久)とさためさせ
たまふへけれ(久)と、人(久)々のおほさに、お
ほしめしわつらひて、ゑしをめ
して、この人々の(久)かた、ゑにかきう
つしてまいれと、おほせられけれは、した
いにかきけ(久)るに、この人々(日)えひすの

（199ウ）

み＝め（久）　こゝ＝のち〳〵（久）
そ候ける＝さふらふなり（久）　それに＝三字ナシ（久）
え＝ゑ（日）
ほかのくにより＝七字ナシ（久）
る事のあ＝四字ナシ（久）
いかゝすへき＝いかか〳〵にかすへき（久）　さためさせ
給けるに＝仰られけれは（久）
む＝ん（久）
に＝し（久）
さため＝三字ナシ（久）
と＝ナシ（日）も（久）
と＝とも（久）　々＝ナシ（久）
かた＝かたち（久）
るに＝れは（久）　え＝ゑ（日）

くにならむ(久)事をなけき思(久)て
われも〳〵とお(久)もふて、を(日)の〳〵こかねを
とらせ、そ(久)れならぬ物をもとらせ
けれは、いとしもなきかたちをも、
（200オ）
よくかきなしてもてまいりけるに、
わうせうくんといふ人の、かたちの
(久)まことにすくれてめてたかりけるを
たのみて、ゑしに物をも心さゝす(久)し
て、うちまかせてかゝせけれは、本の
かたちの(久)やうにはかゝて、いとあやし
けにかきてもてまいりけれは、この(久)
人をたふへきにさためられぬ。そ
の(久)ほとになりて、めして御覧しけるに、
まことにたまの(久)ひかりて、えもいはさり
（200ウ）
けれは、み(久)かとおとろきおほしめして、
(久)これをえ(日)ひすにたはむ(久)事を、おほし
めしわつらひて(日)、なけかせ給(久)て、ひ

む＝ん(久)　思＝ナシ(久)
おもふて、をの〳〵＝七字ナシ(久)　を＝お(日)
それならぬ物をもとらせ＝ナシ(久)
まことに＝四字ナシ(久)
すし＝二字ナシ(久)
のやう＝三字ナシ(久)
の人＝れ(久)
ほと＝こ(久)
の＝ナシ(久)
みかとおとろきおほしめして＝ナシ(久)
これを＝これはこれを(久)　え＝ゑ(日)　む事を＝んみかと(久)
て＝ナシ(日)　給て、ひころふるほとに＝たまひけれと(久)

ころふるほとに、え(日)ひすその人を
そ(久)たまはるへきとき丶て、まいりに
けれは、あらためさためらる丶ことも
なくて、つ(久)いに給は(日)りにけれは、むまに
のせて、はるかにい(日)(久)ていにけり。わう
せうくんなきかなしふ(日)ことかき
りなし。みかとこひしさにおほし
めしわつらひて、かのわうせうくんか(久)
ゐたりける所を、御覧しけれは、
春はやなき風になひき、うくひす
つれ〳〵にて(久)、秋はこのはにはにつもりて(久)、の
きのしのふひまなくて、いと丶(久)物あはれ
なることかきりなし。この(久)心をよ
める哥也。か丶らさりせ(久)はとよめる
は、わろからましかはたのまさらま
しとよめるなり。ふるさとをこふ
るなみたは、道のつゆに(久)まさるな(久)とよ

（201オ）

え＝ゑ（日）
そ＝なん（久）
ついに給はりにけれ＝なく〳〵たひてつかはしけれ（久）
はりに＝ひに（日）
い＝ゐ（日）（久）
ふ＝む（日）
か＝の（久）
て＝なき（久）　て＝ナシ（久）
いと丶＝三字ナシ（久）
この心をよめる哥也＝これをき丶て哥によめる也（久）
せはと＝せはか丶らましやと（久）
に＝にも（久）　な＝ナシ（久）

(久)むも、わうせうくんかおもふら(日)ん心のうち
(日)(久)をしはかりてよむなり。(久)かの(日)えひすの
やうなる物と申すはこのくにのみかとの、
わかくにゝはよき女のなきに、かた
ちよからむ(久)人たまはらむ(久)と、申(久)ける
とも申たるふみありとそ(久)。

(201ウ)

426　おもひか(久)ねわかれし野へをきてみれは
　あさちかはらに秋風そふく
これは、(日)(久)やうくゐひか事をよめる
なり。(日)やうくゐひといへる(久)は、むかしも
ろこしに、く(久)えんそうと申すみかとお
はしけり。本よりいろを(久)なむこのみ給
ける。いみしう(久)あいし給ける女こ、きさ
きな(久)むおはしける。きさきをは源(久)

(202オ)

憲皇后といひ、女御をはふしくひと
な(久)むきこえ(久)ける。いみしう(久)あ(久)いお(久)ほ
しけるほとに、(久)とりつゝきふたりな

むも＝めるは(久)　ん＝む(日)
を＝お(日)をを(久)　か＝こ(久)　え＝ゑ(日)
む＝ん(久)　む＝ん(久)　ける＝たりける(久)
そ＝かや(久)
かね＝やれ(久)
やうくゐひ＝楊貴妃(日)　やうくゐひか事をよめるなり＝ナシ(久)
やうくゐひ＝楊貴妃(日)　いへるは＝いふ(久)
え＝ゑ(久)
をなむ＝なと(久)
う＝く(久)
む＝と(久)　源憲＝元献(久)
む＝ん(久)　ける＝給ひける(久)　う＝く(久)　い＝ひ(久)　ほ＝は(久)
とりつゝき＝あいついて(久)

からうせ給にけり。それ(久)おほしめし(久)
なけきて、これらににたる人や
あるともとめ給ほと(久)に、やうくゑん(日)(久)
たんといへる(久)人のむすめありけり。
かたちよにすくれてめてたくなん(日)
おはし(久)ける。みかとこれをきこしめして、
むかへとりて御覧しけるに、はし
めおはしける女こ、きさきにも
まさりてめてたくなん(日)おはしける。
三千人のちようあい(久)、ひとりになん(久)(日)
おはしけるを、もてあそひ給ける
ほとに、よの中のまつりことをもし
給はす。春は花をともにもてあそひ、
秋は月をともに御覧し、夏は
いつみをあいし、冬はゆきを(久)ふたり(久)
み給き(久)。これ(久)より御いとまなくて(日)、
この女この御せうとの(久)やうこくち

（202ウ）

それ＝それを(久)　めし＝二字ナシ(久)
いへる＝いふ(久)
ほと＝ける(久)　やうくゑんたん＝楊元琰(日)楊玄琰(久)
ん＝む(日)
おはし＝有(久)
ん＝む(日)
ちようあい＝てうあい(久)　になん＝にのみなんありけるかくてめてたく(久)　ん＝む(日)
を＝ナシ(久)　た＝ナシ(久)
き＝にき(久)　これより＝これによりて(久)　て＝ナシ(日)
の＝に(久)

うとい《(久)》へる人になん《(日)》、そ《(久)》のまつりことをは
まかせて、せさせ給ける。これ《(久)》よりせ（203オ）
けん《(日)》なんいみしう《(久)》なけきて、いひけ
る。よにあらむ《(久)》人は、を《(久)》のこゝを《(久)》はまう
けすして、をんなこをなん《(日)》まうく
へきとそいひける《(日)》。か《(日)(久)》く世中なん《(日)》
さはきけるをきゝて、世人のこゝろに
したかひてあむろくさんといふ人
いかて、みかとをあやふめ《(日)(久)》たてまつり
て、この女こをころさん《(日)》とおもふ心あ
りけり。き《(日)(久)》よいむとい《(久)》へるところに
あそはせ給けるほとに、このあむろ
くさん、いくさを《(久)》ゝこし、ほこをこしに（203ウ）
さして、御こしのさきにふして申
けるやう、ねかはくはそのやうくゐ《(日)(久)》ひ
を給は《(日)》りて、天下のいかりをなこ《(久)》め《(日)》ん
と申けれは《(久)》、みかとえ《(日)(久)》をしみ給はすして、

いへる＝いふ(久)　ん＝む(日)　そ＝よ(久)
これよりせけん＝これによりて世中(久)
ん＝む(日)　う＝く(久)
む＝ん(久)　を＝お(久)　を＝ナシ(久)
ん＝む(日)
ける＝けるが(日)　かく＝二字ナシ(日)　かく世中なん
さはきける＝ナシ(久)　ん＝む(日)

ふ＝ナシ(日)　め＝み(久)
ん＝む(日)
きよいむ＝漁陽(日)(久)　いへる＝いふ(久)

ゝ(を)＝お(久)

やうくゐひ＝楊貴妃(日)(久)
はり＝ひ(日)　こ＝た(久)　ん＝む(日)
は、みかとえ＝五字ナシ(久)　え＝ナシ(日)　を＝お
(久)

この女こをたまひてけり。あんろく
さん給はりて、みかとの御まへにしてころ
して(久)けり。みかとこれを御覧して、き
も心まとひて(久)、なみたよ(久)もになかれ(久)て、
み給にたえ(日)(久)すそありける。かくて
みやこに返給て、位をは東宮(日)(久)ゆつり給ひ
に(久)けり。この事をおほし(日)なけきて、
春は(久)はなのちるをもしらす、秋は(久)この
はのおを(日)(久)つるをもみたまへ(日)(久)す、この
はゝにはにつもりたれと(久)、あえ(日)(久)てはら
ふ人(久)なし。かくおほし(日)なけくを(久)
きゝて、まほろしといひける(久)道し
の(久)、さんし(久)てまうさく、わかみかとの御(久)
つかひとして、この女このおはし(久)所を(久)
たつねはへりと(日)(久)申けれは、みかとおほき(久)
によろこひてのたまはく(久)、しからはわか
ために、この人のあり所をたつねて

（204オ）

て＝ナシ(久)
て＝ナシ(久)　たよ＝たをよ(久)　れ＝し(久)
え＝へ(日)(久)
東宮＝東宮に(日)(久)
に＝て(久)　をおほし＝思ひ(日)
は＝の(久)　は＝の(久)
を＝ナシ(日)(久)　へ＝は(日)(久)
と＝とも(久)　え＝へ(日)(久)
人＝事(久)　おほし＝思ひ(日)　を＝ことを(久)
いひける＝いふ(久)
の＝ナシ(久)　さんし＝まいり(久)　御＝ナシ(久)
し＝します(久)　をたつね＝求め(久)
はへりと＝侍らむと(日)はへらんと(久)　おほきに＝四字ナシ(久)
のたまはく＝五字ナシ(久)

(久)きかせよとのたまう(日)。このみこと
（204ウ）(久)のりをうけ給はりて、かみはおほそらを
きはめ、しもはそこねのくにまて、もと
めけれと、(久)ついにえたつねえすなりに
けり。ある人のいはく、ひんかしのうみ
にほうらいといふしまあり。そのし
まのうへに(久)おほきなる(日)くうてんあ
り。そこになん(日)きよくひの(久)大真院といふと
ころある(日)(久)。それになん(日)おはするといひけれ
は、たつねていたりにけり。そのとき
に、山のはに日(久)やう〳〵いた(久)りて、うみの
（205オ）おもてくらかりゆく。花のとひらも(久)
みなたてゝ、人のおともせさりけれは、
このとをたゝきけり。あをきゝぬ
きたるおとめの、ひんつらあけ
たる、いてきたりていはく、なんちは
いかなる所よりきたれる人そ。ま

きかせよとのたまう＝わかことをつたへよと(久)　う＝ふ(日)
のり＝二字ナシ(久)

と、ついにえ＝ともえつひに(久)

おほきなるくうてんあり。そこになん＝ナシ(久)　くうてん＝宮殿(日)
ん＝む(日)　の＝ナシ(久)
る＝り(日)(久)　ん＝む(日)

日＝月(久)　た＝ナシ(久)
も＝ナシ(久)

ほろしこたえていはく、みかとの御
つかひなりと(日)(久)。申すへき事のあるに
より(久)、かくはるかにたつねきたれ
るなり。これおとめ(日)(久)の(久)いはく、きよ
くひまさにねたまへり。ねかはくは
しはらくまち給へ。そのときまほろし（205ウ）
てをたむけて(久)ゐたり。よあけて
このまほろしをめしよせて、きよ
くひの給はく、ていわう(久)はたいらかにおは
しますやいなや。つきには、てんほう
十四ねんよりこのかた、けふにいたる
まて、いかなる事かある(久)。まほろし
そのあい(久)たのことをかたり申(久)けり。
返(日)なんとしけるときに(久)のそみて
たまのかんさしをなむつみをり(久)て
たまはせける。これをもちてみかと
にたてまつれ。むかしのこと、これにて（206オ）

と＝ナシ(日)(久)
より＝よりて(久)
これおとめ＝このをとめ(日)この乙め(久)　の＝ナシ(久)
たむけて＝たんたくして(久)
ていわう＝みかと(久)
ある＝有つる(久)
い＝ひ(久)　申＝いひ(久)
返なん＝帰りなむ(日)　に＝ナシ(久)
なむつみをり＝なんおり(久)

おほしいてよとなん(日)申給ける。ま
ほろしまうさく、たまのかんさしは
よにある物なり(久)。これを(久)たてまつら
(久)むに、わかきみまと(日)(久)ゝおほしめさし。
たゝむかし、きみとしのひてかたら
ひ給けん(日)事の人にしられぬは(久)へ
りけん(日)、それを申給へ。さてなん(日)ま
こと、は(久)おほしめ(久)すへきと申ければ、
(日)(久)やうくゐひしはらくおほしめ
くらしてのたまはく、われむかし
（206ウ）
七月七日に(久)、たなはたあひみし
ゆふへに、みかと、われにたちそひて
(久)(日)(久)の給し事は、たなはたひこほしのち
きりあはれなり(久)。われもかくなん(日)あらん(日)(久)と
おもふ。もしてんにあらは、つはさをならへ(久)
るとりとならん(日)。ちにあらは、ねかはくは
(久)えたをかはしたるきとならん(日)。てん

ん＝む(日)
り＝れは(久)　を＝は(久)
む＝ん(久)　まと＝まこと(日)(久)
ん＝む(日)　はへり＝事有(久)
けん＝なむ(日)　ん＝む(日)
は＝ナシ(久)　しめ＝二字ナシ(久)
やうくゐひ＝楊貴妃(日)(久)
に＝ナシ(久)
の＝いゐ(久)　給し＝たまはるゝ(日)　事＝ナシ(久)
り＝りき(久)　なん＝二字ナシ(日)　ん＝む(日)(久)
へる＝へたる(久)
ん＝む(日)
えたをかはしたる＝連理の枝をさしましへたる(久)　ん＝む(日)

もなかく、ちもひさしく、おはる
事あらは、このうらみはめん〳〵として
たゆることなからむと申せとかたら
ひ給ける。返てこのよしをそう
（207オ）
しけれは、みかとおほきにかなしひ
給て、ついにかなしひにたえすして、
いくほともなくて、うせ給にけりと
そ。そのやうくゐひかころされける
所へ、みかとおはしまして御覧しけれは、
野へにあさち風になみよりてあはれ
なりけんと、かのみかとの御心のうち
をゝしはかりてよめる哥也。

427 人しれす思へはうける事のはも
　つゐにあふせのたのもしきかな

これはのふのりといへる哥よみの、女の
（207ウ）
かりつかはしたりけるうた也。
この哥のこゝろは、もろこしに呉

く、おはる＝くして時をはる(久)
む＝ん(久)　せと＝し、となん(久)
る＝り(日)　そうし＝申(久)
い＝ひ(日)(久)　え＝へ(久)
も＝ナシ(久)　て＝ナシ(日)して(久)
そ＝そいひ伝たる(久)　やうくゐひ＝楊貴妃(日)(久)
みかと＝三字ナシ(日)　まし＝二字ナシ(久)
ん＝む(日)　かの＝二字ナシ(久)
ゝ(を)＝お(日)ナシ(久)
ゐ＝ひ(日)
は＝ナシ(久)　といへる哥よみの＝か(久)　のかり＝に(久)
たり＝二字ナシ(久)

(日)招孝といひける人の、(日)(久)くちうの内より
なかれいてたるかはの、なかれにあそ
ひけるに、(久)しをつくりて、かきたり
ける(久)このはのなかれて(久)くたりけるを、
み(日)(久)めてとりて(久)みれは、かきのもみち
のあかゝりけるに、しをかきたりける
と思けるよりのちに(久)に、女のて(久)とみえけ
れは、いかなる(久)人、つくりて(久)かきけん(日)と、
この(久)人ゆかしさに(久)思になりてすへき
やうもおほえさりけれは、(久)そのしのわ
(久)をつくりて、をなしかきのはにかきて、
そのかはのみなかみになかしけれは、
こゝのへの内に(久)なかれいりにけり。そ
の、ち恋しきたひに、このかきの
はのしをとりいてゝ、(久)なくよりほかの
事なかりけり。さてとし(久)月をふる
(久)ほとに、かの宮の内に(久)うちこめられ

（208オ）

招＝松(日)　くちう＝九重(日)(久)
しを＝かきの葉のもみちしたりけるに詩を(久)
このはの＝か(久)　てくたり＝ていてたり(久)
めてとりて＝けて取りて(日)けてみける(久)　みれは、かきのもみち…三行…と思ける＝ナシ(久)
に＝ナシ(久)　とみえけれは＝にてありけれは(久)
人＝人の(久)　てかき＝三字ナシ(久)　ん＝む(日)
人＝人の(久)　思＝物思ひ(久)
その＝兼て(久)
を＝お(久)
なかれ＝三字ナシ(久)
なく＝みてなく(久)
月＝比(久)
ほと＝二字ナシ(久)　うち＝二字ナシ(久)

て、いたつらにとしを、くる女この(久)
かすあまりつもりぬれは、いとを(日)(久)し、
われを(久)たゝ(日)(久)みて、いたつらにとしを、ゝ
くる、(久)いとを(日)しき事也とて、せう〱
お(日)(久)はを(日)の〱を(久)や〱(日)(久)に返して、お(日)とこ　（208ウ）
をも、せさせん(日)とて返し(久)給けり。その
人(久)に、かの招(日)孝を(日)むことり(日)(久)つ。招(日)孝
かき(久)のはにしをかきたる(久)人のみ
こひしくて、いかにも事ことせん(日)とも
おほえさりけれと、を(久)やのする事
なれは、心(久)にもあらて(久)むこに(久)なりに(久)けり。
この女のおもふさまにて、あはれに心くる
しかりけれは、かのあけくれ、こひ
かなしひつる(日)も(久)、やう〱思わすら(日)れて、
ふるほとに、女のいひけるは、われか物　（209オ）
おもふ(久)人のけしき(久)にてみえし(日)は、いかなる
事そ(久)。ねかはくはわれにかくすこと

の＝ナシ（久）
を＝ほ（日）お（久）
を＝も（久）　ゝ（た）＝の（日）　ゝ（た）みて＝のめて（久）
いとをしき事也とて＝ナシ（久）　を＝ほ（日）
お＝を（日）（久）　を＝お（日）　を＝お（久）　〱＝ナシ（日）（久）　お＝を（日）
ん＝む（日）　し＝させ（久）
人に＝一人（久）　招＝松（日）　を＝をば（日）　むことり＝むこにとり（日）（久）　招＝松（日）
かき＝かのかき（久）　きたる＝きつけたる（久）
ん＝む（日）
を＝お（久）
心＝人（久）　て＝す（久）　に＝には（久）　に＝て（久）
つる＝ける（日）　も＝人も（久）　ら＝ナシ（日）
ふ＝ひ（久）　けしき＝すかた（久）　みえしは＝見しは（日）
そ＝そや（久）

なかれ。せうかうこたえ《(日)(久)》ていはく、われ
むかし、宮のほかにして、か《(久)》はのなかれに
あそひき。みつのうへにこのはのあ
るをみれは女のし《(久)》ゆせきにて、ひと
つのしを《(久)》かけり。それをみてのち《(日)》そ
のぬしにあひあはんと《(久)》思て、けふいま
にわするゝ《(日)》事なし。しかはあれと、きみ
にか《(久)》くしたしくなりてのち、事の
ほかにおもひなくさめるなり《(久)》といへ
り。女これをきゝて、そのしはいかゝありし。
又そのしのわか《(久)》つくりたりしといひ
けれは、しかありきといら《(久)》へけれは、をん
なこのことをきくになみたさきに
たちて、ちきりの《(久)》をろかならぬこと
をしりぬ。そのしはみつからのし《(久)》なり。
わのし、また《(日)》わか《(久)》もとにありとい《(日)》ひて、
を《(日)》の〳〵とりいてたるをみれはたかひに

(209ウ)

え＝へ(日)(久)
かはのなかれに＝七字ナシ(久)
しゆせき＝て(久)
を＝ナシ(久)　のちそのぬしにあひあはんと思て＝ナシ(日)
と思て＝の思有て(久)
ゝ(る)＝ナシ(日)
かく＝二字ナシ(久)
なり＝事あり(久)
か＝や(久)
いらへ＝いひ(久)
の＝ナシ(久)
のし＝かせし(久)
また＝二字ナシ(日)　わか＝みつからか(久)　いひ＝いはれ(日)
を＝お(日)

わかてにてみゆ(久)るを(久)、みる(久)におほろ
けのちきりにはあらさりけりと(久)、いへ(久)
ることをしりぬ。そも〱いかにしてか、
われかしをはえし。このみいたつらに　（210オ）
して(久)月日をゝくる事をなけ
きて、かはのほとりにあそひき。いはのは
さまになかれとゝ(日)(久)まりたるこのはを
みれは、ひとつのしあり。もしありし
わかしをみける人のつくれる(久)か(日)と
おもひて、お(久)きたりつるなりとそ
申ける。これをきけは、いもせの(久)な
からひ(久)、さきの世のちきりのをろか
ならぬより、思よる事なれは、あしよし
ともさたむへきにあらす(久)。　（210ウ）
428 かきこしにむ(日)まをうしとはいはねとも
　人の心のほとをみる(久)かな
この哥は、四条中納言の(日)こしきふの

みゆ＝あ（久）　を＝に（久）　みる＝みゆる（久）
さりけりと＝すと（久）　いへることを＝六字ナシ（久）
して＝二字ナシ（久）
とゝ＝はさ（日）と（久）
れる＝りける（久）　か＝ナシ（日）
お＝を（久）
の＝ナシ（久）
ひ＝ひは（久）
にあらす＝にもあらぬことか（久）
む＝う（日）
みる＝しる（久）
の＝ナシ（日）

ないしのかりつかはしける哥なり。
その心は、くしのてしともをくして、
道をおはしけるに、かきよりむまの
かしらをさしいて丶ありけるを
みて、牛よとの給ければ、てしとも
あやしとおもひて、あるやうあらんと
思て、道すから心をみんと思けるに、
かむくわいといひけるたい一のてし
の、一里《り》をゆきて心えたりけるやう、
日よみのむまといへるもんしの、か
しらをさしいたしてかきたる
をはうしといふもんしになれは、人
のこ丶ろを心みんとて、の給なりけりと
おもひて、とひ申けれは、しかさなり
とそこたえ給ける。つき〱のてし
ともは、したい三里をゆきつ丶そ
心えける。されはそれならねとも、人

（211オ）

のかり＝に（久）
その＝二字ナシ（日）うたの（久）　くし＝こうし（久）
よ＝よな（久）
ん＝む（日）
て、道すから心をみんと思＝ナシ（久）　ん＝む（日）
の、一里《り》＝十六丁（久）　一里《り》＝一里（日）　るやう＝り（久）
いへる＝いふ（久）　ん＝ナシ（久）
を＝ナシ（久）　いたしてかきたる＝いてたる（久）
ん＝ナシ（久）　に＝ナシ（久）
心みん＝みむ（日）（久）　なりけり＝けるなり（久）
さ＝ナシ（久）
そ＝ナシ（久）　え＝へ（久）
したい三里＝次第に一里（日）したいに十六丁（久）　つ丶＝て（久）
れ＝ナシ（久）

こゝろを（久）はみるとよ（久）まれたるなり。
429 みかのよのもちゐ（日）はくはしわつらはし
きけはよとのにはゝこつむなり　（211ウ）

これはさねかたの中将の、人のむすめをかた（久）らひけるに、もとより人にみえたりける人なれは、は（久）ゝのいかに中将との、はつかしくおほしめすらん（日）といひて、むすめを（久）はちしめけれは、むすめはらたちて、あらくい（久）らへけれは、はゝ又はらたちて、むすめをつみければ、（久）それをきゝてかのさ（久）ねかた中将のよめる哥なり。よとのにといふは、つね（久）のねところをいふなり。（212オ）はゝこといふは、もちゐ（日）にする草の名なり。人のむすめの、はしめて人にみゆるは、みえてのち三日といふに、もちゐ（日）をくはするなり。そ（久）れにさき〳〵も、人に

は＝ナシ（久）　まれたる＝める（久）
ゐ＝ひ（日）
ひける＝ひたりける（久）
はゝの＝三字ナシ（久）
ん＝む（日）
を＝ナシ（久）
いらへ＝いひ（久）
（久）「そ」ト「れ」ノ間ニ次ノ文ガ入ッテイル（「そ」ノ傍ニ「本ノマヽ」、「をきゝて」ノ傍ニ「已上本ノマヽ」トアリ）「ひたらさめりされはなをしらぬことなめり我は人よりもわろくよみ人よりもあしくしれるそとおもふへき也それそすゑにはかなうへきよのすゑの人は我はひとよりはよくしれるとおもへるなめりそれはかなふへからさることなりよのすゑはよくよめるものはみえすたゝあしくとももこのむへきなりこのむものを哥よみといふなりたとひこのもしからすともかまへしりてこの道にむつれしたしくなりてうとからぬものにはなるへき也むけにしらぬ人になりぬれはのかれかたきおりにさりとてやはとてすれはことあたらしくてかほあやまりてすゝろはしきなりをのつからよきさまにいひたれと人ほゝゑみてをこの物になりぬ後冷泉院の御とき四条宮の御ゆめさ」。コノ部分ノ頭書ニ「私此段つゝきかたし若奥の四条大納言の話の末欤」トアルヨウニ錯簡ニヨル本文。解題参照
さねかた＝四字ナシ（久）
ね＝ナシ（久）
ゐ＝ひ（日）
ゐ＝ひ（日）
それにさき〳〵も＝それかさす〳〵も（久）

みえにけりとおもふ事(久)のあるには、
そ(久)のもちゐ(日)をくはぬ(久)なり。さる
ことのありけれはよめるなり。

430 かるもかきふすゐのとこのいをやすみ
　さこ(日)そねさらめかゝらすもかな

これはゐのしゝのあなをほりていり
ふしてうへにくさをとり、おほい(日)(久)て　（212ウ）
ふしぬれは、四五日もおきあからてふ
せる也。かるもといふは、かのうへにお(日)
ほひたる草をいふなり。されはこひ
する人は、いをねゝは、さこそねさらめ
と(久)はよむなり。

431 む(久)はたまのとしのやとせをまち(久)かねて
　たゝこよひこそにゐ(日)まくらすれ

これはいせ物かたりの哥也。にゐ(日)といふは、
あたらしといふ事なり。まくらと
いふは、お(日)とこをいふなり。お(日)とこ(久)ゐ中へ

事のある＝四字ナシ(久)
そのもちゐを＝六字ナシ(久)　ゐ＝ひ(日)　ぬ＝せぬ(久)
こそ＝らば(日)
い＝ひ(日)(久)
おほひ＝生ひ(日)
はよむ＝よめる(久)
むは＝あら(久)　かねて＝わひて(久)
ゐ＝ひ(日)
ゐ＝ひ(日)
お＝を(日)　お＝を(日)　こ＝この(久)

ゆきにけるを、よるひるまちけれと(久)、うせに（213オ）
お(久)ともせて、やとせになりにけれは、うせに
けるなめりとおもひ(久)て、あたらしく
お(日)とこをしたりけるよ(久)、かのゐ中に
ありけるお(日)とこのきて、かとをた丶き
けれは、思ひわつらひてよめる哥也。

432　すみよしの神も(久)あはれと思らん(日)
　　むなしきふねをさしてきたれは

これは、こさんてうのゐんの、御(久)すみよし
まうてによませ給へる(日)(久)うたなり。むなしき
ふねとは(久)、を(日)(久)りゐのみかとを申すなり。
その心は、く(久)らゐにておはしますほとは、（213ウ）
ふねに物(久)をお(久)ほくつめれは、うみを
わたるにおそりのあるなり。その(久)にを
と(久)りをろしつれ(久)は、風ふきなみたか
けれとも、おそり(久)のなきにたとふ
るなり。又、はんにやのふねとい(久)へる事

と＝とも(久)
お＝を(久)
おもひ＝二字ナシ(久)
お＝を(日)　よ＝に(久)
お＝を(日)
も＝は(久)　ん＝む(日)
御＝ナシ(久)
へる＝ひける(日)たる(久)
とは＝といふは(久)　を＝お(日)　をりゐのみかとを申すなり＝みかとのくらゐさらせ給ふをはむなしきふねと申ことのある也(久)
くらゐにておはしますほとは＝ナシ(久)
物＝に(久)　おほくつめれは＝つみたるは(久)
その＝二字ナシ(久)
とり＝二字ナシ(久)　れは、風ふきなみたかけれとも＝れを(久)のなきにたとふるなり＝なくてやすらかにうみをわたる也それかやうにみかとのくらゐさらせ給ひつれは萬におそれもなきふねをさしてまいりたれは神もあはれとおほしめすらんとおほしきに(久)
いへる＝申(久)

あり(久)。そのころ(日)(久)は、はむに(久)やはよろつを
むなしとゝくなり。そのはんにやふ(久)ねに(久)
のりて、くかいをわたれは、神ほとけの
よろこはせ(久)給へは、すみよしのみやう
神も、あはれとおほしめ(久)すらん(日)(久)、よませ給
へるなり(久)。

(214オ)

433　しらくものをり(日)(久)ゐる山とみえつるは
　たかねに花やちりまかふらん(日)(久)

これはたゝみねに、はるの哥たてま
つれとせんしありけるに、つかうまつ
れるうたなり。みつねこれをきゝて、
ふしやう(久)おほきにあやまてり(日)。いかてか
せんし(久)によりてそうする哥に、くも(日)
をりゐる(久)とはよまん(日)、みかとをは、くも
のうへと申す。くらゐさらせ給をは
をりゐさせ給と申す。くもをり(日)(久)ゐ
るといひ(久)て、すへ(日)(久)にちり(久)まかうと

(214ウ)

あり＝のあるなり(久)　ころ＝こゝろ(日)(久)　はむに
やはよろつをむなしとゝくなり。その＝ナシ(久)
やふ＝やのふ(久)　にのりて＝して(久)
よろこはせ＝悦(久)
しめ＝二字ナシ(久)　ん＝むと(日)んと(久)
へるなり＝ひしなめり(久)
を＝お(日)(久)
ん＝む(日)(久)
ふしやう＝ふさう(久)　て＝れ(日)
し＝ナシ(久)　くもをりゐるとは＝雲居もおりゐなどは(日)
を＝お(久)　ん＝む(日)
を＝お(日)(久)
いひ＝申(久)　すへ＝末(日)すゑ(久)　ちり＝くも(久)

い(日)(久)へり。さ(久)やうの事、あやまつ(久)へき物に(久)
あ(久)らす。これはしかるへき事なりとそ
申け(久)るにあはせて、世中(日)か丶(日)(久)はりにけ
りとそ申つたへたる。世のすゑなれ
と、ほりかはのゐんの御ときに、てん上のを
のこともをめして、哥よませさせ(日)(久)
給けるに、さたい弁なかた丶に(久)たい
めしけるに、夢の丶ちのほと丶きすと
い(日)へるたいを、たてまつりたりける
を、を(日)の〳〵みなつ(久)かまつりてのち、このた
いま(久)ことにあやし、夢の丶ちといへることは、
まか〳〵しきことなり。この(久)世をゆめの
よとい(久)へは、夢の丶ちとはこしやうを
いふなり。いかてかみかとのめさん(日)(久)たいに(久)、
か(久)丶るたいをはまいらせん(日)(久)、これは(久)しかる
へき事なり。世の(久)人申あひたりし
ほとに、そのけにや、いくはくのほと(久)も

（215オ）

いへ＝書け(日)よめ(久)　さ＝か(久)　つ＝る(久)　に＝には(久)
あ＝はへ(久)
ける＝二字ナシ(久)　中＝中の(日)　丶(か)＝ナシ(日)

させ＝二字ナシ(日)(久)
に＝をめして(久)

いへる＝いふ(日)
を＝お(日)　つかま＝つかうま(久)
まことに＝いと(久)
この世をゆめの＝七字ナシ(久)
いへ＝いへる(久)
ん＝む(日)(久)　に＝には(久)
か丶る＝夢の丶ちといふ(久)　ん＝む(日)あけん(久)
は＝ナシ(久)
世の＝なとよの(久)
ほとも＝こと(久)

なくて、ゐん(久)かくれおはしまし(久)にき。
それ(久)にはまたくよるましき事
なれと、世にいひあひたりしことよ。
を(久)なし御とき中宮の御かたにて花
あはせといふこと(久)ありしに、その宮の　（215ウ）
すけにて、ゑちせんのかみなかさねか
哥(久)に、たまのみとのといへる(久)ことをよ
みたりしを(日)、よに(日)いま〳〵しき事に
人の申しゝか、たまのみとの(久)は、たま
とのとて、むかしはうせたる人を、こ
むる所のなゝり。されはいま〳〵しかりし
なめり。
ほりかはのゐんのはゝきさき(日)(久)、御ときに、
かうしんのよ、さふらひとも、宮つかさ
あつまりて、哥よまん(久)(日)としけるに
のりときかり(久)たいをこひにやり　（216オ）
たりけれは、月(日)しはらくかくるといへ(久)る

ゐん＝二字ナシ(久)　まし＝二字ナシ(久)
それには…たりしことよ＝そのうたよませたまひし日はめしありしかといたはる事ありてえまいらさりきそれにたまさかにものよきことんし(久)「とん」ノ傍ニ「本ノマヽ」トアリ

を＝お(久)

こと＝ことの(久)

哥に＝二字ナシ(久)　いへる＝いふ(久)

を＝に(日)　よに＝二字ナシ(日)

たまのみとのは…なめり＝ほとなくとりつゝきてうせたまひしこそあやしかりしか(久)

きさき＝きさきの(日)(久)

よまんとしける＝よみける(久)　ん＝む(日)

かり＝に(久)

月＝ナシ(日)　いへる＝いふ(久)

たいを、(久)たてまつりたりけるを、(日)をの〳〵よみけれは、くもかくると(久)みなよみあひたりけれは、まこと(日)にいま〳〵し(久)かりける(日)事にて、哥ともを(久)みな(日)やりすて〻けるとそきこえし。それ(久)もほともなくかくれおはしましに(久)けりとかや。またいうはうもんゐんの御ときに、ねあはせと(久)いへる事ありしに、すはうのないしと(久)いひし哥(久)よみ、わかしたもえのけふりなるら(日)んとよめりしを、よき哥(日)なと世に申し〻を、人(久)のもゆるけふりのそらにたなひかむは、よきことにはあらすと申し〻かは、よみ人のためにそ、いか〻とうけ給はりしに、(久)ゐんかくれおはしましてのち(日)にそ、哥よみのないしは(久)かくれにし。(日)これらを御覧

（216ウ）

たてまつり＝をこせ（久）

を＝お（日）　みな＝のみ（久）

にいま〳〵＝に皆忌々（日）

かりける＝き（久）　事＝折（日）　みなやり＝四字ナシ（久）

やり＝二字ナシ（日）

も＝ナシ（久）

けりとかや＝き（久）

いへる＝いふ（久）

いひし＝いふ（久）

よみ＝よみの（久）

ん＝む（日）　なと＝なとに（日）

のもゆる＝もゆひ（久）

ゐん＝ほとなく院（久）
に＝ナシ（日）
かくれにし…ましきそ＝ひさしくありてかくれ給かやうの事はよしなき事なれともこれらを御覧して御心つかせたまはんれうになり人にみせさせ給ましき也（久）　こ＝そ（日）

して、御心(日)をえおはしまさ(日)んれうなり。
ひろうのさふらふましきそ。

434　心うきとしにもあるかなはつかあまり
　　こゝぬかといふにはるのくれぬる（217オ）

これは四条大納言のいゑにて、(久)三月し
むのよ、人々あつめてくれぬる春
ををしむこゝろをよみけるに、なか
たうかよめる哥なり。大納言う
ちきゝけるまゝに、おもひ(日)(久)もあらす、は
るは卅日(日)(久)やあると(久)はかり申されたり
けるをきゝて、なかたう(久)そのやうを
もきゝはてゝ、やかていいてにけり。さて又の
とし(日)(久)のやまひをして、かきりになり
(久)けりときゝて、とふらひに(久)人をつかはし
たりけれは、よろこひてうけ給はりぬ。（217ウ）
たゝし、このやまひは、(久)いんしとしの
三月しむの哥、かうせさせ給し(日)よ、

を＝をば(日)　ん＝む(日)

三月しむのよ＝春のくる、を(久)

もあらす＝敢へず(日)あへす(久)
やある＝やはある(日)(久)　はかり＝三字ナシ(久)
そのやうをも＝披講を(久)

の＝ナシ(日)(久)
けり＝にたり(久)　人を＝二字ナシ(久)

いんしとしの三月しむの哥、かうせさせ給しよ、春は＝
こその春のつくる日は(久)
よ＝に(日)

春は卅日やはあるとおほせられしに、
心うき事かなとうけ給はりしに、
やまひになりて、そのゝちいかにもゝの
のくはれは(久)へらさりしより、(日)かく
(久)まかりなりては(久)へるなりとそ(久)申
ける。さて又のひうせにけり。大納言
事のほかに(久)なけか(日)れけ(久)りとそう
け給はりし。されはかはかりおもふはかり
の人の哥なとは、おほつかなき事
ありともなんすましきれうに
しるし申なり。
(日)(日)(久)為時也非儒ためよしと申すしゆさ《儒者》のこに、
のふのり《惟規》と申す物ありき。(久)をや
の越ちう《越後也》のかみになりて、くたり
けるときに、くら人にてえくたら
て、かふり給はりてのちにまかりける(久)(久)
に、道よりやまひをうけて、いきつ

(218オ)

はへらさりしより＝候はて(久)　かく＝身かく(日)
まかり＝三字ナシ(久)　はへる＝候(久)　そ＝ナシ(久)
に＝ナシ(久)　かれ＝き(日)　けり＝ける(久)
(日)(久)行間ニアル以下ノ注記ハ底本ニノミミエル
ためよし＝為時(日)
を＝お(久)
に＝にそ(久)　るに＝り(久)

きければ、かきりに(久)なりにけり。を(久)や
まちつけて、よろつにあつかひけ
れと、やまさりければ、いまはこせ(久)の（218ウ）
ことを(久)ゝもへとて、まくらかみに
そ(久)ひゐて、こ(久)せのことはちこく(久)ひ
たふるになりぬ。中うといひて、また
さたまらぬほとは、はるかなるくわう
やに、とりけた物なと(久)たになきに、
たゝひとりある心ほそさ、この世の
人のこひしさ(久)、たえかた(久)さ、を(久)し
はからせ給へと(久)いひければ、めをほそ
めにみあけて、いきのしたに、その
中うのたひのそらには、あらしに
た(久)くふもみち、風にしたかふを(日)(久)は（219オ）
はな(久)ゝとのもとに、まつむしす(久)ゝ
むしのこゑなと(久)は(日)、きこえぬにやと
ためらひつゝい(久)ひければ、そう

になり＝なるさまになり(久)　を＝お(久)
こせの＝後の世の(久)
ゝ(を)＝お(久)
そひ＝そ(久)「そ」ノ傍下ニ「う歟」トアリ　こせ＝後のせ(久)　く＝くは(久)
なと＝二字ナシ(久)
さ＝きなとの(久)　え＝へ(久)　をし＝をゝし(久)
と＝なと(久)
たくふ＝したかふ(久)　は＝ナシ(日)(久)
ゝ(な)と＝こ(久)　すゝむし＝なとの(久)
なと＝二字ナシ(久)　は＝ナシ(日)
いひ＝いきのしたにいひ(久)

にくさのあまりに、あららかに、なに
のれうにたつぬるそと、ゝひけれ
は、さらはそれ(久)をみてこそはなく
さめ(久)ゝと、うちやすみていひけれは、
そうこのことものくる(日)(久)をしとて、
にけてまかりにけり。さる人(久)の心は
(日)(久)えもあり(久)けりと、しろしめさ(日)ん
れうに、やくなけれと申すなり。(久)をや
ありて(久)なをはたらかむかきりは
と(久)おもひて、そ(久)ひゐてま(久)もりけれは、ふ
たつのてをさゝけて、(日)(久)かよりけれは、
心もえてみゐたりけるに、ものかゝむ
と(久)おほすにやと、人の心(久)をえて(久)とひ
けれは、うなつきけれは、ふてをぬら
してかみをくしてとらせ(久)けれは、かき
たる哥、
435 宮こに(久)は恋しき人のあまたあれは

(219ウ)

を＝ナシ(久)
ゝ(め)と＝と(久)
を＝ほ(日)(久)
の＝ナシ(久)
え＝へ(日)(久)　けり＝二字ナシ(久)　ん＝む(日)
を＝お(久)
なを＝めの(久)
おもひ＝三字ナシ(久)　ひゐ＝ゐゝ(久)　も＝ほ(久)
か＝た(日)　かよ＝あ(久)
おほす＝おほしめす(久)　を＝ナシ(久)　とひ＝申(久)
けれ＝たりけれ(久)
は＝も(久)

なを(日)このたひはいかん(日)(久)とそ思(日)(久)
はてのふ(久)もしをは(日)(久)、えかゝていき　（220オ）
たえにけれは、を(久)やこそさなめり
と申(久)て、ふもしをはかきそへて、かた
みにせん(日)とてお(久)きて、つねにみてな
きけれは、なみたにぬれて(久)、はてはやれ
うせにけり(久)とかや。

436　みつうみとおもはさりせは道のくの
　　まかきのしまとみてやすきまし

これはきむたゝの弁のこに、く(久)わんけ
うそうつと、くわんゆうき(日)みといひける
人と(久)、あにお(久)とゝふ(久)たりくして、ちく
ふしまといへる所へまかりけるか(久)に、　（220ウ）
そのとし、事のほかにあめふりて
おほみつの(久)いてたりけれは、おほつの
へんのこいゐとも、みなうみにひたりて
わつかにかきねのすへはかりみえける

を＝ほ(日)　ん＝む(日)(久)　思＝思ふ(日)(久)
ふ＝ナシ(久)　は＝ナシ(日)(久)
を＝お(久)
申＝ナシ(久)
ん＝む(日)　お＝を(久)
て、はてはやれ＝はてはとれ(久)
り＝る(久)

くわんけう＝観政(久)
き＝沙(日)
と＝ナシ(久)　お＝を(久)　ふたり＝二字ナシ(久)
か＝い(久)

の＝ナシ(久)

中を、わけゆきけるをみて、くわんゆう
(日)(久)きみかみて、そうつにかたりけるなり。
この(久)哥返しす(久)へけれと、大きなる
な(久)むあり。(久)されは(久)えすましと申ける
に、さらにな(久)んおほ(久)えすといひて、ふた
り(久)ろんしけるを、(日)をの〳〵(久)をやの
弁に申て、一定(久)はせ(日)んと申てきやう
(久)に返けるまゝに、いきてかゝること
な(日)んはへりし(日)(久)かとかたりけれは、(久)弁
きゝて、(久)哥をよく〳〵あ(久)んして、とみに(久)も
いはさりけれは、(日)をの〳〵いふかりおもひて、
のひあかりつゝ、と(久)うきかまほしけに
てゐたりけるに、よく〳〵(日)ほしめて、と
はかりありて(久)そ、なとかさも(久)よまさら
む。又なむもいはれたりとそはむし
ける。なんは(日)まかきのしまとみては
すきかたしとこそいはめ、(久)まか

（221オ）

きみ＝二字ナシ（日）　かみて＝かよみて（久）
哥返し＝哥のかへし（久）　すへけれと＝をよむへけれと（久）
む＝ん（久）　され＝さあれ（久）　え＝かへ（久）
ん＝む（久）　えす＝えはへらす（久）
ろん＝あん（久）　を＝お（日）　を＝お（久）
は＝ナシ（久）　ん＝む（日）
に＝へ（久）
ん＝む（日）　か＝ナシ（日）（久）　弁＝おやの弁（久）
哥を＝二字ナシ（久）　ん＝む（久）　も＝物（久）
を＝お（日）
う＝く（久）
ほしめ＝思ほしめ（日）
そ＝ナシ（久）　よまさらむ＝いはさらん（久）
まかきのしまとみてはすきかたしとこそいはめ＝ナシ（日）
まかきのしまとみてすきぬといふは＝ナシ（久）

きのしまとみてすきぬといふは、（221ウ）
まかきのしまに、はちをみする
なりとそなんしける。これ又させ
る事なけれと、かやうの事とも(久)に
て、このころの哥をさたすへき(久)れう
にかけるなり。

437 あられふるかたのゝみのゝかりころも
　ぬれぬやとかす人しなけれは
438 ぬれ〳〵もなを(日)かりゆかむはしたかの
　うはけ(久)のゆきをうちはらひつゝ

これはなかたう、道なりと申すうた
よみともの、たかゝりをたいにする（222オ）
うたなり(久)。ともによき哥とも(久)にて、
人のくちにのれり。かの(日)人々われ
も〳〵とあらそひて、ひころへける
になをこの事けふきら(久)むとて、
ともにくして(日)四条大納言のもとに

とも＝く（久）
すへき＝めむ（久）
を＝ほ（日）
け＝ゝ（は）（久）
なり＝ともなり（久）　とも＝一字ナシ（久）
かの＝後（日）
ら＝か（久）
くして＝三字ナシ（日）

まうて丶、この哥ふたつたかひに
あらそひてい(久)まに事きれす。いかに
も(久)〱はむせさせ給へと(久)て、(日)をの〱
(久)まいりたるなりといへは、かの大納言
この哥(久)ともをしきりになかめ
あ(久)むして、まことに申たら(久)むに、（222ウ）
(日)をの〱はらた丶れしやと申(日)され
けれは、さらにともかくもおほせられ
む(日)に、はらたち申すへからす。その
れうにまいりたれは、すみやかにうけ給
はりてまかりいて(日)(久)なんと申ければ、さら
はとて申されけるは、かたの丶みの丶
といへ(久)る哥は、ふるまへ(久)るすかたも、も
(久)むしつかひ(久)なとも、(日)まことに(久)をも
しろ(久)く、はるかにまさりてきこゆ。
しかは(日)あれと、もろ〱のひか事なり。
たか丶りはあめ(久)のふら(久)むはかり(日)(久)に（223オ）

ま＝ふ(久)
〱(いかにも)＝けふ(久)　て＝ナシ(久)　を＝お(日)
まいりたるなりといへは＝申ければ(久)
とも＝二字ナシ(久)
む＝ん(久)　むに＝ん(久)
を＝お(日)　され＝し(日)
に＝には(日)
なん＝なむ(日)ん(久)
る＝ナシ(久)　すかたも＝やうたい(久)
む＝ナシ(久)　なとも＝三字ナシ(久)　まことにをもし
ろく＝九字ナシ(日)　を＝お(久)
く＝し(久)
あれと＝あれども(日)
の＝ナシ(久)　む＝ん(久)　に＝ナシ(日)(久)

そ、えせてとゝ(日)(久)まるへき。あられの(久)
ふらむに(久)よりて、やとかりてとまらむ(久)
は、あやしき事なり。あられなとは、
さまてかりころもなとの、ぬれとを
りてをしきほとにはあらし。なを(日)
かりゆかむとよまれたるは、たかゝりの
本いもあり、まことにも(久)を(日)(久)もしろかり
けん(日)(久)と(久)おほゆ。うたからもいうにて
をかし。せむ集なとにもこれやいら
むと申されけれは、道《みちなり》せいまひ(日)(久)かな
(223ウ)
て、いてにけり。哥の八のやまひの中
に、こうくわいのやまひといふやまひ(久)
あり。哥をすみやかによみいたして、
人(久)にもかたり、かきてもいたして
のちに(久)、よき事はふしをおもひ
よりて、かく(久)いはてなとおもひて、く
ひ(日)ねたかるをいふなり。されは、なを(日)

ゝ(と)=ナシ(日)(久)　の=ナシ(久)
に=はかりに(久)　む=ん(久)
を=ほ(日)
も=ナシ(久)　を=お(日)(久)
ん=む(日)(久)　おほゆ。うたからもいうにてをかし。せむ集なとにもこれやいらむと=ナシ(久)
道《みちなり》せいまひ=道済は舞ひ(日)みちなりたちて舞(久)
やまひ=もの(久)
人にもかたり、かきてもいたして=ナシ(久)
に=ナシ(久)
かく=かくは(久)
ひ=い(日)　を=ほ(日)

哥をよまむには、いそくましき
(久)かよきなり。いまたむかしよりと
くよめるに(久)、かしこき事なし。
されはつらゆきなとは、哥ひとつを
十日廿日なと(久)にこ(久)そよみけれ(久)。しか(久)は　(224オ)
あれとをりにしたかひ、事(久)にそ
よるへき。

439 おほえやまいくの、さとのとほけれは
　　ふみもまたみすあまのはしたて

これは(久)、こしきふのないしといへる人の
哥なり。事のを(日)(久)こりは、こしきふの
ないしは、いつみしきふかむすめ
なり。をや(久)のしきふか、やすまさか
めにて、たんこにくたりたりける
ほと(日)宮こ(久)に哥あはせのありける
に、こしきふのないし、うたよみに　(224ウ)
とられてよみけるほと(日)(久)、四条中納言

かよき＝三字ナシ(久)
に、かしこき＝よき(久)
なと＝二字ナシ(久)　こ＝ナシ(久)　れ＝る(久)　しか
は＝たゝしかくは(久)
事にそよるへき＝ときに随ひてよかるへしとそ(久)
は＝ナシ(久)
を＝お(日)(久)
をやの＝その和泉(久)
ほと＝程に(日)　宮こ＝京(久)
ほと＝程に(日)ほとに(久)

さたよりといへるは、四条大納言きむ
たうのこなり。その人のたはふれて、
こしきふのないしのありけるに、
たんこへつかはしけ(久)む人は返ま(久)う
てきにけ(日)んや、いかに心もとなくおほ
すらむと、ねたからせむ(久)と申かけ
てたちけれは、ないしみすより
なから(久)いて丶、わつかになをし(久)のそ
てをひかへて、この哥をよみかけゝれ(久)は、
(日)こはいかにかゝるやうやはあるとて、つ
(日)(久)ゐゝてこの(久)哥の返しせんとて、しはし

(225オ)

(久)はおもひけれと、え思えさりけれは、
(日)(久)ひきかりてにけにけり。これを思へは、
心とくよめるもめてたし。
道のふの中将の(久)、やまふきの花を
もちて、うへの御(日)(久)つほのとい(久)へる所を
すきけるに、女はうたち(久)あまた

しけむ＝し、(久)　返まうてきにけんや＝まいりたりや(久)
ん＝む(日)
むと申かけて＝んとて申て(久)
らいて＝らすき出(久)　のそて＝のはた袖(久)
は＝は中納言(久)
こは＝二字ナシ(日)
ゐゝ＝いゐ(日)(久)　の＝ナシ(久)
は＝ナシ(久)
ひきかりて＝ひきはり(日)ひきかへりて(久)
の＝ナシ(久)
つほの＝局(日)つほね(久)　いへる＝いふ(久)
あまた＝三字ナシ(久)

ゐこほれて、さるめてたき物
をもちて、たゝにすくるやうやあると
いひかけたり(久)けれは、もとよりやまう
けたりけん(日)(久)。（225ウ）

440　くちなしにちしほやちしほそめてけり

といひてさしいれたりけれは、わかき人々
えとらさりけれは、おくにいせたいふ
かさふらひけるを、あれとれと宮
のおほせられけれは、うけ給はり(日)て、ひと
まか(久)ほとをゐ(久)さりいてけるに、思よりて、
㊇道信正暦 卒(日)　上東門院　長保入内
こはえもいはぬはなのいろかな
伊勢大輔　寛弘五年ニ少年女房也
とこそつけたりけれ。これをうへきこ
しめして、たいふなからましかは、ゝ
ちかましかりける事かなと
そおほせられける(久)。これらを（226オ）
思へは、こゝろときも(久)かしこき事
なり。心とく哥をよめる人は、

かけたり＝四字ナシ（久）
ん＝む（日）（久）
はり＝ひ（日）
か＝の（久）　をゐ＝い（久）
㊇行間ノ注記ナシ　卒＝ナシ（日）
おほせられける＝仰事ありける（久）
ときも＝とくよめるも（久）

中々(久)に、ひさしく(久)おもへはあし(久)うよまるゝなり。心(日)をそくよみいたす人は、すみやかによまむとするもかなはす。たゝもとの心(久)はえにしたかひて、よみいたすへきなり。

441　いにしへのいゑの風こそうれしけれ
　かゝる事のはちりくと思へは

これんせいゐんの御ときに、十月はかりに月の(日)(久)をもしろかりけるに、（226ウ）女はうたちあまたくして、(久)なんてんにいてさせおはしまして、あそはせ給けるに、かへてのもみち(久)を(久)をらせ給て、(久)女はうの中に、いせたいふか(久)まこのありけるに、なけつかはして、この中には(日)をのれそせ(日)ん(久)とて、おほせられけれは、ほともなく申けるうたなり。これをきこしめして、

に＝ナシ(久)　おもへは＝よめは(久)　う＝く(久)
を＝お(日)
はえ＝二字ナシ(久)
を＝お(日)(久)
なんてんにいてさせおはしまして＝ナシ(久)
を＝ナシ(久)
を＝お(久)　女はうの中に＝六字ナシ(久)
まこ＝うまこ(久)
を＝お(日)　ん＝む(日)　て＝ナシ(久)

うたからはさる物にてと、さこそを(日)(久)
そろしけれとそおほせられけ
る。(久)されはなを(日)〳〵せう〳〵のふしはを(久)(日)　(227オ)
くれたり(久)とも、とくよむへしとも
おほゆ。を(日)そくよみてよきた
めしは申つくすへからす。
のういんほうしは、哥をもうかひ
して申、さうしなとを(久)も、て
あらひて(久)とりもひろけゝる。たゝ
うちするかと思けれと、さぬきの
せむしけん(久)はうと申し人の、の
ういんをくるまのしりにのせて
(久)物へまかりけるに、二条とひんかしの
とうゐんとはいせかいゑにてありけ
るに、子日のこ(久)まつのありけるを、　(227ウ)
さきをむすひてうへ(久)(日)たりけるか(日)、
をひつきて、まことにおほきなるま

を＝お(日)(久)
されはなを〳〵＝これは(久)　を＝ほ(日)　は＝ナシ(久)　を＝お(日)
り＝る(久)
を＝お(日)
を＝ナシ(久)
とりも＝そ(久)
けんはう＝かねふさ(久)
物へ＝二字ナシ(久)
こ＝ナシ(久)
うへたり＝有(久)　へ＝ゑ(日)　か＝ナシ(日)

つにて(日)ちかうまてありしか、(久)こすゐ
のみえけれは、くるまのしりより
まとひをりけれは、かねふさの(久)きみ、
心もえ(久)す、いかなる事そとたつ
ねけれは、このまつのきは、かう名
のいせかむすひまつには(久)候はす
や。それかまへをは、いかてかくるまにの
（228オ）
りなからはすきはへら(久)むといひて、
はるかにあゆみの(久)きて、(久)こすゐの
かくるゝほとになりて(久)こそ、くるまには
の(日)りけれ。
又うこ(久)んの大夫くにゆきと申
(久)ける哥よみの(久)、みちのくに(久)ゝくた
りけるに、うたよみ(日)ともあつまりて
(久)せむしけるに、しらかはのせきす
き(久)むひは、水ひん(久)かき、うちきぬ
(久)なときてすきよと、をしへけれ

ちかうまて＝五字ナシ(日)　こ＝ナシ(久)
きみ＝卿(久)
す＝て(久)
は＝ナシ(久)
む＝ん(久)
のき＝二字ナシ(久)　こ＝ナシ(久)
こそ＝こそは(久)
りけれ＝れりける(日)
ん＝む(久)
ける＝二字ナシ(久)　の＝たちの(久)　ゝ(に)＝へ(久)
とも＝二字ナシ(日)
せむしける＝せんしはへりける(久)
む＝ん(久)　かき＝かきて(久)
なときて＝きなんとして(久)

は、いかなれはさはすへきそ、くにの人の
あつまりてみるかと、ひけれは、いかて(久)　（228ウ）
こ(日)(久)のういんほうしか(日)、秋風そふく
しらかはのせきとよみたらむ(久)せき
に(久)ては、けなりにてひんふくためては
すき給はん(日)(久)といひけれは、人々わらひ
けり(久)とかや。さりともこの道をこの
まむとおほさ(久)は、さやうにしてそ、哥
は(久)よまれ給はん(日)とそ申ける。されは
この道をこ(日)(久)のまん物は世のすゑなりとも
かしこまるへきなめ(久)り。うたの
よ(久)しあしを(日)しらん(日)事は、ことのほか
のたい(日)しなめり。四条大納言に(久)子の　（229オ）
中納言の、しきふとあかそめといつれか
まされ(久)るそとたつね申されけれは、
い(久)つこうにいふへき哥よみにあら
す。しきふはひまこそなけれあ

て＝てか(久)
こ＝か(日)　このう＝この能(久)　か＝ナシ(日)
む＝ん(久)
にては＝をは(久)
ん＝む(日)むそ(久)
り＝る(久)
さは＝さんは(久)
は＝ナシ(久)　ん＝む(日)
このまん物＝このまむ人(日)(久)
め＝ナシ(久)
よしあし＝よきあしき(久)　を＝をも(日)　ん＝む(日)
い＝め(日)　に＝の(久)
れ＝ナシ(久)
いつこう＝ひとつくち(久)

しのやへふきとよ(久)める物なり。いと
やむ事なき(久)うたよみなりとあ
りけれは、中納言はあやし(久)けに思て、
しきふかうたをは、はるかにてらせ
山のはの月と申す哥をこそ、(久)よき
うたとは世の人申めれと申され
けれは、それそ人のえしらぬ事をいふよ。

(229ウ)

くらきよりくらき道にそ(久)といへ
るくは、法花きやうのもんにはあらすや。
されはいかにおもひよりけ(日)んともおほえ
す。(久)ゝゑのはるかにてらせといへるくは、
もとにひかされてやすくよまれにけ(日)ん。
こやとも人を(久)といひて、ひまこそ
なけれといへる事は(久)ゝ、ほんふのおもひ
よるへき(久)にあらす。いみしきことな
りとそ申されける。てんとくの哥
あはせにも、ねさめさりせはと(久)いへる

める＝みたる(久)
うたよみ＝物(久)
けに＝く(久)
よきうたとは世の人＝よの人はよき哥とは(久)
といへるくは＝いりぬへきといふは(久)
ん＝む(日)
ゝ(す)ゑのはるかにてらせといへるくは…二行…よまれにけん＝ナシ(久)
ん＝む(日)
と＝も(久)
ゝ(は)＝ナシ(久)
に＝ことにも(久)
いへる＝いふ(久)

ほと、きすの哥は、えもいはぬうたにて
（230オ）
侍と、人ならはまてといはましをと
いへる哥は、このころの人の哥にと
りて、もんしつ、きなと、てつ、け
にて、わろうたとも申つへきうた
なるを、をなしほとの哥とさた
められたり。これらをおもへは、いま
やうの人のよしあしといへるは、そら
をそろしき事なめり。さりと
てやはとて人まねに申すなめり。
きやうこく殿に、しやうとうもん
ゐんのおはしましけるとき、なん
（230ウ）
めんに花のさかりなりけるに、
ひかくしのまのほとに、けたかくかみ
さひたるこゑにて、こほれてにほふ
はなさくらかなと、なかめける
こゑをきこしめして、いかなる

は＝こそは時鳥のうたのなかにては（久）
侍と＝は候へとも（久）　と＝を（日）
て、もんし＝ても、し（久）　と＝とも（久）
て＝ナシ（久）　わろ＝わろき（久）　も＝ナシ（久）　つ＝ナシ（久）
を＝お（久）
ら＝ナシ（久）
そら＝あな（日）
を＝お（日）（久）
やはとて＝四字ナシ（日）はよむはかりにてはものもいはてやはあるへきとてた、（久）
（久）頭注ニ「私三日の夜のもちゐの所の詞の末もし此辺へ入へき歟」トアリ。（久）ノ錯簡ニツイテノ注記デアリ次頁ノ十二行目「おもひ」ノ箇所ニアルベキ注
なんめんに＝南おもて（久）
の＝ナシ（久）　に＝とき（久）
にて＝して（久）

人のあるそとて御覧しけれと(久)、
いかにも(久)人のけしきもなかりけれは、
おちおほしめして、うち殿に(日)(久)いそ
きまい《かたり欤》らせ給(久)たりけれは、そこのく
せにて(日)、つねになかめはへ(日)(久)るとそ
申させ給ける。されは物ゝれいなと（231オ）
(日)の、めてたきうたとおもひそめて、
つねになかむら(日)んは、まことによきう
たなめり(日)とおもへ(日)と、わつかにしふゐ
せうはかりには(日)(久)いりたむめり。事
ものにはみえす。世の人もさまて(久)も
(久)おもひた(日)らさめり。されはなをし
らぬことなめり。われは人よりはわ
ろうよむ、人よりもあしうしれ
るとおもふへきなり。それそすゐは
かなふへき。世のすゑの人は、われは
人よりはよくしれり。ひとよりは（231ウ）

と、いかにも＝はとにも(久)
のけしきもなかりけれは＝のあるけしきにもみえさりけれは(久)
いそきまい《かたり欤》らせ＝急きかたり参らせ(日)いそき申させ(久)
たり＝二字ナシ(久)
て＝ナシ(日)　るとそ＝るぞと(日)る也とそ(久)
の＝ナシ(日)
ん＝む(日)
と＝ナシ(日)　と＝ば(日)
いりたむめり＝いりたんめり(日)いりたり(久)
も＝は(久)
おもひたらさめり…御夢さはかし＝おもひわかし(久)この間の校異は元原稿にない。288頁下段の為久本の本文を参照　ら＝え(日)

よくよめるそとおもへる。それは
かなふへからさる事なり。世のす
ゑ〳〵には、よくよめるものはみえす。
あやしうとも、このむへきなり。この
む物を、哥よみとはいふなり。たとひ
このもしからすとものみしらすとも、
かまへしりて、このみちにむつれし
たしくなりて、うとからぬものにな
るへきなり。むけにしらぬ人にな
りぬれは、のかれかたきをりに、さり
とてやはとてすれは、事あたらしく
かをあかまれてすゝろはしきなり。
を(日)のつからよきさまにいひたれと、
ひとほゝゑみて、お(日)このものになる。
これせいゐんの御ときに、四条の宮
御夢さは(久)かしとて、その御いのりせさ
せ給ん(日)とて、あからさまにとう三

（232オ）

を＝お（日）
お＝を（日）
は＝わ（久）
ん＝む（日）

条殿にいてさせ給たり(久)けるに、
ときのきさきの、めつらしくさとに
いてさせ給たりけれは、かんたち
め、てん上人のこる(日)なくまいり(久)あ
つまりて、あそひて、あすは人々まいり（232ウ）
あつまりて、いけのふねに(久)のりてあそ
はむ(久)、なときし(日)(久)て宮つかさをめして、
あすも人々まいりて、御ふねにのりて
あそはむ(久)とす。御ふねにやかたなとして、
ふな(久)さしなとまうけて(久)さふらへと
おほせられぬ(久)。この人たち(久)は、みなき
かれぬ。けふおはせぬ(久)人々に、このよ
しつけ申されよ(久)と、くら人におほ
せくたして、人々(久)みなまかりいてぬ。
宮つかさとも(久)あつまりて、ふねをは(久)いか、
すへき。もみちをおほくとりにや（233オ）
りて、ふねのやかたにして、ふなさしは

たり＝二字ナシ
る＝り(日)　まいり＝三字ナシ(久)
に＝ナシ(久)
む＝ん(久)　し＝ゝ(き)(日)(久)
む＝ん(久)
な＝ね(久)　て＝ナシ(久)
ぬ＝けれは又(久)　人たちは＝人々たち(久)
おはせぬ＝なき(久)
されよ＝せ(久)
人々＝二字ナシ(久)
とも＝二字ナシ(久)　ふねをは＝御ふねは(久)

さふらひの(久)わかゝら(日)んをさしたり
けれは、にはかにかり(久)はかまそめ
なとして、きらめきけり。そのひ
(日)になりて、人々みなまいり(久)あつまりぬ。
御ふねはまうけたりや(久)とたつねら
れ(日)けれは、みなまうけて(久)はへりと
申て、その(久)こになりて、しまかくれよ
りこきいてたるをみれは、なにとな
くひたてりなるふね(久)を、ふたつ
(日)そうこきいてたる(久)けしき、
(久)いとをかしかりけり。人々みな
のりわかれて、くわんくゑんのくとも
御まへ(久)より申い(久)たして、その事する
人々(日)のまへに(久)おきて、やう〳〵さし
まは(久)すほとに、みなみのふけんたう(久)に、
うちのそう正、そうつのきみと(久)申
けるとき、御修法して(久)おはしけるに、

（233ウ）

わかゝらんを＝わかく清けにてことかなひたるを（久）
ん＝む（日）
はかま＝はかまなと（久）

に＝と（日）　あつまり＝つとひ（久）
とたつねられ＝なとひ（久）
けれは＝かゝれは（日）　はへり＝候（久）
こ＝とき（久）

を、ふたつそう＝そ（久）
そうこき＝装ぞき（日）　けしき＝みれは（久）
いとをかし＝なにとなくおもしろ（久）

より＝に（久）　たして＝てゝ（久）
の＝ナシ（日）　おきて＝をきつ（久）
す＝る（久）　に＝のうちに（久）
申けるとき＝て（久）
おはし＝候（久）

かゝる事ありとて、もろ〳〵のそ
うたち、(久)おとなわかきあつまりて、
にはにゐなみたり。わら(久)はへ(久)とも
ほうしにいたるまて、(日)(久)しう花(日)とさう（234オ）
(日)(久)すいて、さしの(日)(久)きつゝむらかれゐ
たり。その中に、りやうせむと(久)いへる
うたよみのありけるを、てん上
人みしりてあれは、りやうせんか
さふらふかとゝひけれは、りやうせん
めもなくゐみて、ひら(久)かりてさ
ふらひけれは、かた(日)(久)わらにわかき
そうの(久)はへりけるか、しか(日)さに
(久)はへりと申けれは、あれふねにめ
してのせて、れんかなとせさせ(日)ん
はいかゝあるへきと、いまひとつのふ（234ウ）
ねの人々に申あはせけれは、いかゝ
あるへから(日)(久)す。のちに人や(久)さらても

おとなわかき＝わかきおとなゝと(久)
は＝ナシ(久)　と＝し(久)
し＝て(日)(久)　と＝ナシ(日)
す＝ぞ(日)　すいて＝すきて(久)　のき＝のぞき(日)
(久)
いへる＝申(久)

かりて＝に(久)
わ＝は(日)(久)
はへりけるか、しか＝八字ナシ(久)　さ＝ま(日)
はへり＝候(久)
ん＝む(日)

す＝む(日)ん(久)　さらても＝そへるにも(久)

ありぬへかりける事かなとや、まう
さ(日)(久)んなとありけれは、さもある事
との(久)せすして、たゝさなから、れんか
なとはせさせてん(日)、な(久)となさためて
ちかう(久)こきよせて、りやうせんさ
りぬへからむ(久)れんかなとして、まいらせ
よと人々申されけれは、さる物にて、
もしさやうの事も(久)やあるとて、
まうけたりけるにや、きゝける
まゝに、ほともなくかたわらのそうに
物をいひけれは、そのそう、こと〱
しくあゆみよりて、

442 もみちはのこかれてみゆるみふねかな
と申は(久)へるなりと申かけてかへり(日)
ぬ。人々これをきゝて、ふね〱(久)にき
かせて(久)、つけん(日)(久)としけるか、をそ(日)
かりけれは、ふねをこくともなく

（235オ）

ん＝む（日）　な＝ナシ（久）
のせすして＝五字ナシ（久）
ん＝む（日）　な＝ナシ（久）
う＝く（久）
む＝ん（久）
も＝ナシ（久）
はへる＝候（久）　かへりぬ＝侍りぬ（日）
〱（ふね）＝ナシ（久）
て＝ナシ（久）　ん＝む（日）　んとし＝三字ナシ（久）　を＝お（日）

て、やう〱つゝ(日)しまをめくりて人(日)(久)
めくりかほとにつけていは(久)ん(日)とし
けるに、えつけさりけれは、むなしくすき　（235ウ）
にけり。いかにお(久)そしとたかひに
ふね〱あらそひて、ふためくりに
なりにけり。なをえつけさりけれは、
ふねをこかて、しまの(久)かくれにて
返々もわろき事なり。これを
いまゝてつけぬは、ひは(久)みなくれぬ、いかゝ
せん(日)すると、いまはつけん(日)の心はなくて、
つけてやみなん(日)ことをなけくほとに、
なにこともおほえすなりぬ。こと〱しく
くわんけんの物く(久)まうしを(日)(久)ろして、
ふねにのせたりけるも(久)、いさゝかかき　（236オ）
ならす人もなくて、やみにけり。かく
いひさたするほとに、ふけんたうの
まへに、そこそ(久)はくおほかりつる(久)

つゝ＝築(日)　人＝へ(日)一(久)
ていは＝二字ナシ(久)　ん＝む(日)
お＝を(久)
の＝ナシ(久)
ひは＝二字ナシ(久)
ん＝む(日)　ん＝む(日)
ん＝む(日)
物く＝物のく(久)　を＝お(日)(久)
けるも＝まことに(久)
そ＝ナシ(久)　つる＝きわか(久)

人みなたちにけり。人々ふねより
を《(日)(久)》りて、御まへにてあそはん《(日)》なと思
けれと、このことに事《(日)》たかひて、
みなにけて、をの〳〵うせにけり。宮
つかさま《(久)》うけしたりけれと、いたつら
に《(久)》てやみにけり。か《(久)》きりあれは、くら
人は、うちに返《(久)》まいりてはへりけれは、
うへ《(久)》きこしめして、御まへにめして、　（236ウ）
さていかなることゝもかありつる
な《(久)》とゝはせ給けれは、このことゝも
を《(日)》ありつるやうに、したいにか
たり申けれは、みかとおほきに
おとろかせ給て、この事きくに
人々のはちにあらす。わかはちに
こそあな《(久)》れ。なにかゝたるとて
いらせ給にけり。くら人にかりて
たちにけり。そのゝち人々いきあひ

を＝お（日）（久）　ん＝む（日）
事＝ナシ（日）
まうけ＝御まうけ（久）
にて＝になりて（久）　かきり＝かく（久）
返＝ナシ（久）
へ＝ち（久）
な＝ナシ（久）
を＝ナシ（日）
あなれ＝あなれと（久）

つゝなけくよりほかの事なかりけり。
とのはうちにおはしましけるほとにて、
しはしは(久)きこしめ(久)さゝりけるか、
つゐにきこしめして、一日みくる
しき事やさふらひける。なを
さやうのこと(久)、つねのふなとか(久)さふら
はぬけ(日)なり。わかき物とものあふ
なきは、かゝるはちかましき事
のさふらふなりと申させ給
たり(久)けれは(久)、いよ〳〵うちなけかせ
給けり。このことをこのむ物はあや
しけれとも、おもなくいひいて(久)ゝ、
うちわらひてやみぬる物なり。そのひ
もつけたる人はありけめと(久)、この
まぬ人はつゝましさに、さ(久)やうのはれ
なとにはえいひいたさて、ほとへぬ
れは、やかてこもりぬるなり。されはな

（237オ）

（237ウ）

は＝ナシ(久)　しめさゝりけるか＝えさりけるほとに(久)

と＝とは(久)　か＝ナシ(久)

け＝ナシ(日)

たり＝ひ(久)　は＝ナシ(久)

いてゝ＝いてつゝ(久)

と＝とも(久)

さやうのはれ＝はな(久)

をよし(久)なし事なれとかやうの
(久)をりのれうに、おもなくこのむへ
きなめ(久)り。
㊐(久)のこりおほかれとさうしたら
てかきさしつ

(白紙)

(白紙)

(久)此草子安元之比聞㆓人読㆒。
其本焼失、六十余年忘
却不㆓覚悟㆒、至㆓于嘉禎三
年㆒存外見及、令(日)㆑書㆓留之㆒。
先人命云、基金吾之説、
(日)其朝臣信(日)㆓倀子之説㆒多経㆓
(日)虚言㆒甚不便事云々。
今加㆓一見㆒、実以有㆓顕然之

(238オ)
し=き(久)
を=お(久)
め=ナシ(久)
㊐(久)以下二行ナシ

(238ウ)

(239オ)
(久)以下ノ奥書ナシ。次ノ奥書ガアル。
寿永二年八月二日於紫金台寺見合了依知足院入道殿下
命奉為賀陽院俊頼朝臣所作今顕家朝臣本号俊秘抄
自教懿御僧相伝之　智範之
俊頼朝臣髄脳二冊借請或人本書写之
享保十七年夏　戸部尚書(花押)

令=急(日)

(239ウ)
其=某(日)
虚=霊(日)　便=□(日)

誤一。不レ限二漢家故事一、至二于
我朝近年事一時代人名
相違多歟。
㊐

墨付弐百四拾丁

（240オ）
（240ウ）
（241オ）
（241ウ）
（242オ）
（242ウ）
（ウラ表紙）

㊐以下ノ識語ガ続ク
時于応永十六年七月五日書二写之一。雖レ有二悪筆之憚一依
レ難レ背二貴命一（留二）鳥跡一者也。外見比興々々。

冷泉為臣（れいぜい　ためおみ）
冷泉家二十三代。明治四十四年（一九一一）五月七日―昭和十九年（一九四四）八月三十一日。國學院大學文学部卒業。著書『冷泉流披講小考』（山一書房）、『藤原定家全歌集』（文明社）、『時雨亭文庫㈠』（教育図書）。中国湖南省邵陽縣磨石舗にて戦死。

鈴木徳男（すずき　のりお）
昭和二十六年（一九五一）生まれ。現在、相愛大学人文学部教授。博士（文学）。著書に『俊頼髄脳の研究』（思文閣出版）・冷泉家時雨亭叢書第七十九巻『俊頼髄脳』（共編、朝日新聞社）ほかがある。

時雨亭文庫二　俊頼髄脳

二〇一八年八月三一日　初版第一刷発行

編者　冷泉家時雨亭文庫
稿者　冷泉為臣
校正・解題　鈴木徳男
発行者　廣橋研三
発行所　和泉書院
〒543-0037　大阪市天王寺区上之宮町七―六
電話　〇六―六七七一―一四六七
振替　〇〇九七〇―八―一五〇四三

印刷・製本　亜細亜印刷　装訂　上野かおる

定価はカバーに表示

ISBN978-4-7576-0882-5　C3395